이강목의 세븐 서미츠 다이어리(Seven Summits Diary)

나의 꿈은 아직 끝나지 않았다

나의 꿈은 아직
끝나지 않았다

초판 1쇄 인쇄일 2015년 2월 25일
초판 1쇄 발행일 2015년 3월 01일

지은이 이강목
펴낸이 양옥매
디자인 최원용
교　정 조준경

펴낸곳 도서출판 책과나무
출판등록 제2012-000376
주소 서울특별시 마포구 월드컵북로 44길 37 천지빌딩 3층
대표전화 02.372.1537　**팩스** 02.372.1538
이메일 booknamu2007@naver.com
홈페이지 www.booknamu.com
ISBN 979-11-5776-024-4(03810)

이 도서의 국립중앙도서관 출판시도서목록(CIP)은 서지정보유통지원 시스템
홈페이지(http://seoji.nl.go.kr)와 국가자료공동목록시스템
(http://www.nl.go.kr/kolisnet)에서 이용하실 수 있습니다.
(CIP제어번호 : CIP2015005987)

나의 **꿈**은 **아직 끝나지** 않았다

Seven Summits Diary
이강목의 세븐 서미츠 다이어리

이강목 지음

책과나무

사랑하는 아내와 가족에게
이 책을 바친다.

등반과 인생의 세븐 서미츠를
축하드리며…

장승필(사단법인 한국산악회 회장)

중학교 시절부터 암벽 등반에 입문한 저는 등반을 잘한다는 주변의 칭찬에 우쭐하여 어린 마음에 인수봉과 선인봉을 선등하고 다녔습니다. 중학교 1학년 때는 인수봉을 선등으로 올랐고, 중학교 2학년 때는 도봉산 만장봉에 올랐습니다. 그 당시만 해도 몸이 참 가벼웠었고 신체가 강하니까 가능했을 겁니다. 지금 생각하면 무모한 면도 없지 않았지만 저는 지금도 그렇게 생각합니다. 등반은 도전할 만한 가치가 있는 것이고 사람의 운명은 어차피 극복의 대상이라고.

그렇게 일찍 등반을 시작한 저에게도 오랜 꿈이 있었습니다. 중학교 3학년 때 우리나라에서 처음으로 에베레스트를 올라야겠다고 생각했었고, 하인리히 하러(Heinrich Harrer)의 저서 《하얀 거미》를 읽고는 목표

나의 꿈은 아직 끝나지 않았다

를 아이거 북벽 등반으로 바꾸었지요. 하지만 당시 저의 꿈은 실현되지 못했습니다. 등반보다는 현실이, 이상보다는 삶의 무게가 무거웠기 때문이었을 겁니다.

그런데 지난 2013년 여름에 저는 나이 70에 아이거를 등반하게 되었습니다. 한국 산악회의 후배들과 함께 아이거 북벽 원정을 떠나 결국 서릉을 통해 아이거 정상 등정에 성공하고야 만 것이죠. 저의 오랜 꿈 중의 하나를 뒤늦게 이루고 나니까 마치 어린아이처럼 기분이 좋았습니다.

그런데 여기 생업에 종사하면서도 전 세계 7대륙의 고산을 모두 등정하고 온 사나이가 있습니다. 사단법인 한국산악회에서 함께 활동하고 있는 이강목 회원입니다. 제가 알기로 이강목 씨는 1993년도부터 고산 등반을 시작하여 2010년 12월까지 20여 년 만에 7대륙 최고봉을 모두 등정하였다고 합니다. 저는 평생에 걸쳐 단 하나의 등반의 꿈을 실현했는데 그는 7개의 고산을 뛰어넘은 것입니다. 그의 기록 중에는 우리 한국 산악회가 함께한 등반도 있어 저의 가슴을 뿌듯하게 합니다. 저는 이강목 씨가 저와 같은 한국산악회 회원이자 동료라는 것이 무척 자랑스럽습니다.

저는 평소 언제나 솔선수범하고 동료와 후배들의 모범이 되어 주는 그가 개인으로서는 대단한 기록인 세븐 서미츠를 완등하고도 기록으로 남겨지지 못한 점을 늘 아쉬워했습니다. 그런데 이번에 그간의 기록들이 모두 정리되어 한 권의 책으로 출간된다고 하니 그 기쁨을 이루 말로 표현할 길이 없습니다.

　이 책에는 어려운 등반 중에서도 쉬지 않고 꼼꼼하게 과정을 기록해 온 이강목 회원의 등반 과정이 모두 망라되어 있습니다. 때문에 앞으로 고산 등반을 하게 될 산악인들이나 세븐 서미츠를 계획하는 분들에게 귀중한 길잡이 역할을 할 것으로 기대됩니다. 이 책은 산악 등반에 있어서 기록 문화의 정수를 보여 주는 작품이며 나아가 한국 산악사에 길이 남을 저서라고 생각합니다.

　이강목 님은 등반뿐 아니라 평소에도 생업에 열심이고 가정에도 충실한 모범적인 산악인으로 알려져 있습니다. 저는 산악인의 한 사람으로서 앞으로도 이강목 님이 원하는 멋진 등반을 이루고 언제나 후배들의 존경을 받는 산악인으로 남아 주기를 부탁드리고 싶습니다. 또 앞으로도 변함없이 우리 한국산악회를 아끼고 사랑해 주십시오.

　등반의 세븐 서미츠뿐만 아니라 인생의 세븐 서미츠도 이루어 낸 멋진 산악인 이강목 님. 산우 이강목 형의 세븐 서미츠 출간을 진심으로 축하합니다.

2015년 3월 1일

나의 꿈은 아직 끝나지 않았다

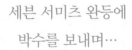

세븐 서미츠 완등에
박수를 보내며…

이인정(사단법인 대한산악연맹 회장)

먼저 이강목 씨의 세븐 서미츠를 기록한 책 "내 꿈은 아직 끝나지 않았다" 의 출간을 축하합니다. 7대륙 최고봉을 의미하는 세븐 서미츠 도전이 점점 늘어가는 추세이지만 이강목 씨의 세븐 서미츠는 더 큰 의의가 있다고 생각됩니다.

순수한 아마추어로써 그 누구의 도움도 받지 않고 스스로 원정경비를 만들어 1993년부터 2010년까지 18년 만에 7대륙 최고봉을 모두 등정 하였습니다.

등반만을 하기도 어려운 상황에서 꼼꼼히 기록을 남겨 원정준비에서부터 치열했던 등반과정 그리고 등정후의 뒷이야기까지 읽을 수 있게 되었으니 이 또한 기쁜 일이 아닐 수 없습니다.

　사실 이강목씨의 세븐 서미츠는 우리에게 잊혀 질 수도 있었습니다. 그는 이 등반이 개인적인 성취이기에 완등사실을 널리 알리지 않았고 이것은 '무상의 행위'인 등산을 가장 순수하게 받아들이고 있는 그의 겸허한 자세를 말해주고 있습니다.

　이제 감사한 마음으로 이 책을 펴듭니다. 오늘이 있기까지 겪어야 했던 고통과 뼈아픈 실패의 연속 등등. 그러면서도 그는 대자연의 품에 안겨 사랑 하는 아내와 가족을 생각하며 진심으로 사랑할 수 있는 방법을 생각합니다. 우리는 이 책을 통해 한 개인의 등반사 뿐 아니라 한 인간의 도전과 모험정신 그리고 고뇌를 충분히 읽을 수 있습니다.

　이제 이 책이 산악인들뿐만 아니라 해외 고산등반을 준비하는 동호인 그리고 내일의 주역인 청소년들에게 널리 읽혀 호연지기를 기르고 도전정신을 고취시켜 우리 등반사를 더 풍요롭게 하는 저서로 남게 되길 희망합니다.

　세븐 서미츠를 기록한 이강목 씨에게 다시 한 번 축하의 말씀을 드립니다. 그리고 늘 곁에서 격려와 성원을 아끼지 않았던 그의 가족분들에게도 감사와 축하의 인사를 드리는 바입니다.

2015년 3월 1일

나의 꿈은 아직 끝나지 않았다

나의 도전은
아직도 현재 진행형

흔히 말하는 세븐 서미츠(Seven Summits), 7대륙 최고봉을 완등하는 일은 30여 년이 소요됐다. 본격적인 고산 등반에 입문하고 또 그 매력에 흠뻑 빠지게 된 2000년 7월의 엘부르즈 등반에서부터 준비 과정이 어려웠고 등반도 이에 못지않게 어려웠던 에베레스트 등반과 7개봉 완등의 희열을 느꼈던 2010년 11월 빈슨 매시프 등반까지의 과정은 내 인생의 축소판이라고 할 정도로 매 순간이 희로애락이 점철된 도전의 순간들이었다.

지금은 적지 않은 산악인들이 세븐 서미츠에 도전하고 있지만, 내가 처음 고산 등반을 시작한 2000년도만 해도 세븐 서미츠란 전문 산악인이나 되어야 꿈이라도 꾸어 볼 수 있는 대단한 일이었다. 그러니 내가 처음부터 세븐 서미츠라는 목표를 갖고 고산 원정 등반을 시작했다면 그것은 어불성설, 말도 되지 않는 이야기였을 것이다.

첫 고산 원정 때부터 나는 고산 등반에 완전히 매료되었다. 해발 고도가 5,000m를 넘어서면서부터 나타나는 수십만 년 동안 쌓인 빙하와 거대한 설산, 설벽 그리고 정상을 뒤덮은 만년설까지. 비록 고소의 높은 기압 때문에 숨을 쉬기조차 힘든 체력의 한계를 느끼기도 하지만 그래도 그 위에서 펼쳐지는 자연의 파노라마는 이 세상 어떤 영화나 다큐멘터리보다도 더 아름답고 감명적인 것이었다.

고산 원정 등반에는 기본적으로 평소에 단련된 강한 체력과 그에 못지않은 정신력이 필요하다. 또 적지 않은 원정 비용이 필요하며 궁극적으로는 운도 따라 주어야 함을 나는 부인하고 싶지 않다. 그렇다고 내가 남들보다 특출한 체력을 가졌다거나 대단한 재산이 있는 것은 아니다. 이 책을 읽고 있는 독자 여러분과 마찬가지로 나는 평균적인 키와 몸집 그리고 역시 평범한 직업을 가졌을 뿐이다.

다만 세븐 서미츠를 떠나서 평소에 동호인들과 마라톤과 산악 마라톤을 즐기고 암벽 등반 등으로 체력을 다져 온 것은 사실이다. 원정 비용을 마련하는 일은 생각보다 쉽지 않았다. 원칙대로 한다면 나는 결코 세븐 서미츠를 완수해내지 못했을 것이다. 수천만 원이 들어가는 원정 비용 마련을 위해서 나는 남들처럼 기업의 협찬을 받으려 하거나 개인의 도움을 받으려고 하지 않았다. "'등반은 무상의 행위'인데 나의 등반을 위해서 왜 다른 사람의 도움을 받아야 하느냐"는 것이 나의 기

나의 꿈은 아직 끝나지 않았다

본적인 등반 철학이라면 철학이었다.

　나는 오로지 나의 힘만으로 원정 비용을 충당했다. 원정을 위해 모아
놓은 돈이 턱없이 모자라 때로는 집을 팔기도 했고 때로는 직업으로 생
계를 이어가는 장비를 팔아서 가기도 했으며 더러는 아내의 도움을 받
아야만 했다. 그렇게 생각한다면 나의 세븐 서미츠는 나와 나의 가족
이 힘을 합쳐 이루어낸 성과라고 해도 과언은 아닐 것이다. 그리고 나
에게는 운도 많이 작용했다. 어려운 순간들이 한두 번이 아니었지만
그때마다 극적으로 위기를 극복하고 정상 등정의 기쁨과 희열을 맛보
았다.

　나는 그 '운'이라는 것도 역시 스스로가 최선을 다할 때 비로소 주어
지는 것이라고 생각한다. '하늘은 스스로 돕는 자를 돕는다(The heavens
help the ones that help themselves.)'는 말이 있지 않은가. 12남매의 막내로
태어난 나는 부모님의 극진한 사랑을 받았다. 어릴 적에도 매 한 번 맞
지 않고 자랐으니 말이다. 그러면서도 어머님을 잘 모시지 못한 회한
과 남들처럼 부모님을 호강시켜 드리지 못한 아쉬움이 항상 마음속에
남아 있었다. 하늘에 계신 어머님께서 생전에 그러셨던 것처럼 언제나
나의 안전과 성공을 변함없이 기도해 주고 계시리라는 사실을 나는 믿
어 의심치 않는다.

　이제 세븐 서미츠는 국가적으로 대단한 일도 아니고 우리나라 산악
등반사에 있어 획기적인 일도 아니다. 그러나 내 개인의 인생사에 비

동남아시아의 최고봉 코타키나발루(Kota Kinabalu / 4,102m)
1996. 9. 7. ~ 1996. 9. 10.

추어 본다면 세븐 시미츠를 빼놓고 나의 인생을 말힐 수 없다고 힐 징
도로 큰 의미를 가지는 일이다.

그러나 나의 꿈은 아직 끝나지 않았다. 세븐 서미츠는 나의 개인 등
반사에 있어서 하나의 과정이었을 뿐 궁극적인 목표는 아니었다. 나는
모험과 도전을 즐기는 한 명의 산악인일 뿐이지 명예나 지위를 먹고사
는 고상한 인품의 소유자는 결코 아니기 때문이다. 나는 아직도 산악
마라톤을 계속 뛰고 있고, 주말에는 쉬지 않고 암·빙벽 등반은 물론
하중 훈련 등을 통해서 계속 체력을 기르고 또 등반 기술을 다듬고 있
다. 그렇게 언제라도 다시 내가 목표하는 산을 향해서 떠날 준비가 되
어 있는 것이다. 아마도 나의 이런 병 아닌 병은 언제고 또다시 도져서
열병을 일으킬지도 모르겠다. 그런 의미에서 저 산의 노송(老松)처럼
언제나 자연을 떠나지 않을 노송이 되고자 하는 나의 도전은 아직도 현
재 진행형이며 도전과 꿈의 행복을 찾아 앞으로도 계속될 것이다.

세븐 서미츠를 마친 지 4년을 훨씬 더 넘기고서야 그간의 기록을 모
아 책으로 펴내게 되었다. 많이 늦어졌지만 원정 틈틈이 힘들어도 일
기식으로 조금씩 기록을 남겨 두지 않았더라면 이 역시 불가능한 일이
었다고 생각한다. 나 자신이 문학적 소양이 있다거나 학술적인 가치가
있는 기록을 남길 만큼 학문적으로 성숙한 사람은 결코 아니다. 그러
나 나의 거칠지만 생생한 기록을 숨김없이 공개하여 도움을 필요로 하
는 분들에게 작은 힘이라도 되었으면 좋겠다는 생각으로 용기를 내어
출판을 결정하게 되었다.

아무쪼록 이 책이 세븐 서미츠를 준비하는 산악인들이나 해외 고산 원정 등반을 준비하는 분들 그리고 진정한 인생의 세븐 서미츠를 이루고 싶은 분들에게 조금이라도 도움이 된다면 그보다 기쁜 일은 없으리라고 생각한다.

여기 올 때까지 여러 분들께 분에 넘치는 사랑과 격려의 도움을 받았다. 먼저 한국산악회 장승필 회장님 외 회원 여러분께 깊은 감사를 드린다. 친구 권혁준 군에게도 고마운 마음을 전하고 싶다. 중학교 1학년 때 만나 양가의 부모님마저 형, 동생이 되도록 만들어준 우리의 우정은 50여 년이나 아름답게 이어져 왔고 수많은 격려와 위로를 받았다. 지면으로나마 혁준 군과 가족 여러분께 감사한 마음을 전한다.

그러나 역시 내가 가장 큰 도움을 받은 사람은 인생의 동반자이자 가장 큰 후원자인 아내와 가족들이다. 이 자리를 빌어 아내에게 그동안의 도움에 정말 감사한다고 그리고 이 세상을 살아가는 한 당신을 진정으로 사랑한다고 전하고 싶다.

2015년 3월 1일 **이강목**

동남아시아의 최고봉 코타키나발루(Kota Kinabalu / 4,102m)
1996. 9. 7. ~ 1996. 9. 10.

15

Contents

엘부르즈(Elbruz / 5,642m)
2000. 7. 18. ~ 2000. 7. 28.

1 이트콜의 숙소에 도착한 원정대
2 2000년 7월 19일 모스크바 우크라이나 호텔 앞

나의 꿈은 아직 끝나지 않았다

1 엘브루즈 정상에 선 저자
2 고소적응 훈련중인 저자
3 엘부르즈 베이스캠프에서 러시아 가이드 라지밀과 함께
4 드물게 맑게 개인 날 베이스캠프에서 바라 본 엘브루즈

3

나의 꿈은 아직 끝나지 않았다

4

5

6

엘부르즈(Elbruz / 5,642m)
2000. 7. 18. ~ 2000. 7. 28.

매킨리(Mckinley / 6,194m)
2001. 5. 17 ~ 2001. 6. 5.

1 매킨리 정상에 선 저자
2 C3에서 C2로 하산중에 나타난 크레바스 지대
3 매킨리 C2에서의 저자. 강한 바람을 막기 위해 눈벽돌로 담을 쌓은 모습

나의 꿈은 아직 끝나지 않았다

2

3

4 C3에서 C4로 이동하는 등반대
5 C1에서 C2로 이동중인 저자. 배낭의 무게만해도 약 30킬로그램에 이른다

4

나의 꿈은 아직 끝나지 않았다

5

매킨리(Mckinley / 6,194m)
2001. 5. 17 ~ 2001. 6. 5.

아콩카과(Aconcagua / 6,962m)
2003. 12. 19. ~ 2004. 1. 12.

1

1 베이스캠프에서 니도캠프로 이동중에 지쳐서 휴식을 취하고 있는 저자
2 '아콩카과'는 남아메리카 원주민의 언어인 '케추아어'로 '경외할 만한 산'이라고 불린다. 정상에는 빙하가 있고, 가파르고 거대한 절벽을 이루고 있다. 등반중 만난 기묘한 바위지대.
3 아콩카과 등산로 양 옆으로는 찌를 듯 높이 솟아 오른 봉우리가 금방이라도 쏟아져 내려올 것 같은 장관이 연출된다.
4 남미 아콩카과 베이스캠프

5 아콩카과 등반중에 만나는 전경은 과연 히말라야를 등반하는 것처럼 장쾌하고도 아름답다.

6 등반로에는 찬바람이 세차게 불고 햇살이 강하게 내리쬐어 과연 만만치 않은 등반임을 실감케 한다.

7 콘프렌시아에서 베이스캠프를 내려다본 모습

8 아콩카과의 후면은 이렇게 험난한 지형을 보여주고 있다.

나의 꿈은 아직 끝나지 않았다

아콩카과(Aconcagua / 6,962m)
2003. 12. 19. ～ 2004. 1. 12.

킬리만자로(Kilimanjaro / 5,895m)
2005. 1. 15. ~ 2005. 1. 28.

나의 꿈은 아직 끝나지 않았다

1 탄자니아에서 버스이동중 지붕 위의 짐을 다시 정리하고 있다.
2 탄자니아에서 버스이동중 잠시 쉬는 사이 현지 어린이들과의 한 때.
3 킬리만자로 등반후 케냐의 한 식당에서 당시 반기문 외무부 장관과 저자(우측 모자 쓴 이)가 환담하는 모습.
4 킬리만자로의 정상 우후루피크에 선 저자.

6

5 킬리만자로 등반중에 만나는 열대우림숲 지대.
6 킬리만자로 등정후 케냐 암보셀리 자연생태공원에서.
7 마랑구게이트에서 입산신고후 원정대의 단체사진.

코지어스코(Kosciuszko / 2,228m)
2006. 8. 16.

나의 꿈은 아직 끝나지 않았다

2   3

1 코지어스코 정상을 공격중인 원정대
2 안자일렌을 하고 코지어스코 정상을 공격중인 원정대.
3 등반중 잠시 휴식을 취하고 있는 원정대.

코시어스코(Kosciuszko / 2,228m)
2006. 8. 16.

4 코지어스코 등반전 야영장에서 단체사진을 찍은 원정대.

5 등반후 시드니 해변에서 피자를 시켜먹고 망중한을 즐기는 원정대.

6 마침내 코지어스코 정상에 선 원정대. 왼쪽에서 세번째가 저자.

7 등정을 마치고 하산중. 스키장이 내려다 보인다.

8 등반중 다소 짓궂은 표정으로 즐거운 시간을 보내는 저자.

9 시드니 해양박물관에서의 저자. 뒤편에 보이는 것은 상어.

4

나의 꿈은 아직 끝나지 않았다

코시어스코(Kosciuszko / 2,228m)
2006. 8. 16.

치즈(Kyizi / 6,206m)
2007. 8. 8. ~ 2007. 8. 16.

1 치즈봉 등반 초기에 나타나는 너덜지대.
2 사진으로 보기에 고도가 별로 높아보이지 않지만 해발 4,000미터가 훨씬 넘는 지역을 등반중이다.

나의 꿈은 아직 끝나지 않았다

치즈(Kyizi / 6,206m)
2007. 8. 8. ~ 8. 16.

3 티베트의 치즈(Kyizi) 마운틴은 '라사'에서 멀지 않은 곳에 있고 카라반이 짧아 원정 등반에 유
  리한 면이 있는 반면 만만치 않은 등반 능력을 요구하는 설산이다. 등반중 만난 고원지대.
4 치즈봉 등반중 잠시 눈 위에 걸터앉아 휴식을 취하고 있다.
5 치즈봉 등반중에는 작은 크레바스를 곳곳에서 만나게 된다. 저자가 등반중에는 가스가 너무
  심해서 바로 앞사람이 제대로 보이지 않을 정도였다.

나의 꿈은 아직 끝나지 않았다

4

5

치즈(Kyizi / 6,206m)
2007. 8. 8. ~ 8. 16.

에베레스트(Everest / 8,848m)
2009. 3. 23 ~ 2009. 5. 28.

1

1 드디어 세상에서 가장 높은 곳 에베레스트 정상에 선 이강목 대원.
2 베이스캠프의 국기봉. 원정대는 등반출발 전후에 항상 이곳에서 기도를 하
  고 떠났고 돌아와서도 감사의 기도를 드렸다.
3 에베레스트와 로체등정코스

4 루크라 출발
5 카라반
6 루클라공항

나의 꿈은 아직 끝나지 않았다

7 베이스캠프에서 C1으로 이동중인 저자
8 C2에서 대원들과 왼쪽에서 두번째가 필자
9 BC에서 라마제

빈슨 매시프(Vinson Massif / 4,897m)
2010. 11. 30. ~ 2010. 12. 23.

1

1 빈슨매시프 정상에 선 저자.
2 남극 빈슨매시프의 베이스캠프
3 남극 빈슨매시프 베이스캠프의 레스토랑. 어떤 원정대라도 이곳에 와서 식사를 하게 되어있고 식비는 원정비에 포함된다.
4 정상공격중인 저자

5 칠레 푼타아레나스의 한식당 신라면 앞에서. 노
  란색 파카를 입은 이가 저자.
6 빈슨매시프 등정후 푼타아레나스에서 아사도로
  풍성한 식사를 즐겼다.
7 남극 패트리어트 힐에서의 원정대. 등정이 끝난
  후여서인지 인상들이 밝다.
8 빈슨매시프 등정후 세레로레를 트레킹했다.

7

8

동남아시아의 최고봉 코타키나발루
(Kota Kinabalu / 4,102m)
1996. 9. 7. ~ 1996. 9. 10.

코타키나발루 등반 당시의 저자.
4천미터가 넘는 고산이지만 등반초입의 기온은 열대기후.

코타키나발루 등반은 저자에게
고산등반의 눈을 뜨게 해준 계기가 되었다.

어머님의
별세를
뒤로하고

폭염의 삼복도 거의 끝나가던 지난 8월 어머님이 세상을 떠나셨다. 일흔 여덟이셨다. 열여섯 살 어린 나이에 한산 이 씨 4대부 종가로 시집오셔서 온갖 풍파를 겪으신 어머님. 어느덧 어여쁜 자태는 사라지고 양 볼에는 주름만이 무수히 이랑을 일구고 있었다. 12남매를 낳으셨지만 6·25 전쟁과 가난 속에 자식들을 먼저 보내신 마음은 책으로 엮더라도 이루 다 설명할 길이 없겠지만, 그 와중에도 남은 우리 삼 형제를 잘 키워 주셨다.

열두 형제의 막내로 태어난 나도 행여나 하는 마음에 호적 등록을 늦추다가 뒤늦게 호적을 올렸으나 오늘날까지도 이렇게 건강하게 살아있을 뿐 아니라 원 없이 산악 활동까지 하고 있으니 참으로 감사한 일이

동남아시아의 최고봉 코타키나발루(Kota Kinabalu / 4,102m)
1996. 9. 7. ~ 1996. 9. 10.

53

아닐 수 없다. 어머님께 마음의 상처가 있다면 이 막내가 조금이라도 위로할 수 있도록 노력하겠으니 부디 마음 편히 계시기를 바라는 마음이 간절했다.

너무도 허망하고 모든 것이 무력해질 무렵 나를 다시 일으켜 세운 것은 꿈이었다. 생전에 다하지 못한 효도에 대한 자책과 홀연히 떠나가신 어머님에 대한 원망에 몸을 가누지 못하고 희망 없는 날들을 보내고 있을 때 임형운 선배가 원정 등반을 가자고 했다. 그 말에 느닷없이 등반을 하고 싶은 충동이 일었다. 그렇게 해서라도 허망함과 공허 속을 헤매고 있는 마음의 한쪽이라도 잡아 보고 싶었다.

이번에 오를 산은 동남아시아 최고봉이라는 코타키나발루(Kota Kinabalu)였다. 등반 대상지가 결정되자 내 마음은 벌써 정상을 향한 등반을 준비하고 있었다. 어느 산을 가든 늘 그러했듯이 나는 등반 과정을 세 부분으로 생각한다. 첫째는 오를 산을 위한 준비 등반이요, 둘째는 실제 산행을 하는 등반 과정이요, 셋째는 산행 종료 후 마무리 점검 결과인 평가 등반이다.

코타키나발루는 말레이시아(Malaysia)에 있는 산이다. 코타키나발루의 지리적 위치는 동경115도 북위 5도 부근으로, 말레이시아 보르네오(Borneo) 북쪽 사바(Sabah) 주에 있다. 2000년에는 말레이시아에서 최초로 유네스코 세계 자연 유산으로 지정된 자연의 보고이기도 하다.

내가 코타키나발루에 주목했던 이유는 동남아시아의 최고봉이면서 해발 4,000m 대의 만만치 않은 높이여서 본격적인 고산 등반을 대비한 연습이 가능했기 때문이었다. 실제로 코타키나발루는 히말라야 등반을 하기 전에 등반 연습을 하는 산으로 알려져 있다. 그런 사실을 알고 난 다음부터 나의 가슴은 서서히 거친 풍랑의 바다 거품처럼 요동치고 있었던 것이다.

1996년 9월 7일

서울발(12:00) 말레이시아항공으로 쿠칭(Kuching)에 도착하니 19시 20분. 다시 코타키나발루(Kota Kinabalu)에 도착하니 21시 20분이었다. 공항에서 미니 셔틀 버스로 팰리스 호텔(Palace Hotel)로 이동 중에 보니 뭔가 이상했다. 운전석이 우리와 반대인 것도 이상했고, 차선의 방향도 우리나라와는 완전히 반대여서 이상했다. 우리나라의 교통 체계에 익숙해 있던 나는 어안이 벙벙할 수밖에 없었다. 우회전을 하려면 신호를 기다려야 했다. 운전이 직업이던 나는 오랜 고정관념이 금방 지워지지 않았다. 맞은편에서 오는 차와 부딪칠 것만 같아 오른발을 혼자 움찔움찔했다. 땀이 나는 것은 아니지만 속옷이 감기는 정도이며 샤워라도 하고픈 열대의 밤은 눅눅했다.

9월 8일

아침 식사는 6시 정각에 호텔 식당에서 간단하게 빵과 과일로 하고, 7시 30분에 호텔에서 나왔다. 목적지까지는 두세 시간이 걸린다고 한다. 일행을 태운 버스가 시내를 벗어나 한적한 산등성이에 올라섰다.

동남아시아의 최고봉 코타키나발루(Kota Kinabalu / 4,102m)
1996. 9. 7. ~ 1996. 9. 10.

55

열대의 숲이 시원하게 내려다보였다. 길 옆 과일 행상에게서 열대 과일을 여러 가지 사서 먹어 보았다. 몽키 바나나가 가장 달고 맛있었다. 바나나라고는 1980년도에 쿠웨이트에 일하러 가서 처음 먹어 보았는데 이곳의 바나나는 작은 것이 곶감같이 달고 맛있다.

아마추어 무선사인 나는 코타키나발루 정상에서 무선 교신을 해 보고 싶었다. 나로서는 새로운 시도였던 것이다. 무전기 배터리도 갈아 끼우고 정상에서 "CQ CQ CQ"를 해 볼 요량이었다. CQ는 세계 공통으로 쓰이는 교신 개시 연락 무전 신호로 불특정 무선국을 호출하는 것이다.

드디어 키나발루 팀포혼 게이트(Kinabalu Timpohon Gate) 국립 공원 입산 신고소에서 입산 신고를 마치니 레인저(Ranger)가 따라온다.

10시 정각에 산행 시작. 1,890m 지점. 키나발루에서는 모든 등산객이 이곳 레인저와 동행을 해야만 산행을 할 수 있다고 한다. 천천히 고소에 적응하면서 산행했다. 낮에 산행을 해서 그런지 내게는 대만 옥산보다 수월한 편이었다. 일반적으로 0.5㎞에서 1㎞ 정도를 간격으로 화장실과 벤치와 비를 피할 수 있는 대피 시설이 잘 되어 있었다.

고도가 높아질 때마다 아열대 식물부터 고산 식물이며 꽃이 무척 많아서 마치 아름다운 정원에 온 느낌이었다. 처음 보는 꽃도 많지만 우리네 꽃집에도 없는 화초들이 야생에서 자라고 있으니 참으로 장관이었다. 발길을 멈추고 한참을 보았다. 일행은 저만치 멀어졌다.

코타키나발루를 등반하면서 느낀 것 중의 하나는 환경 보호가 철저하게 잘 이루어지고 있으며 시민 의식도 높다는 것이었다. 정상을 가기 전 마지막 산장까지도 수세식 화장실이 있었다. 항상 영상의 날씨이니까 오물 파이프라인이 얼지 않아서 가능했는지 정말로 깨끗했다. 산행 도중 담배꽁초나 사탕 봉지 같은 것을 하나 흘리면 레인저들이 곧바로 주워버리니 민망해서라도 쓰레기를 버리는 사람이 없다.

점점 고도가 높아지니까 갑자기 등반을 해서인지 머리가 띵하다. 준비한 도시락을 점심으로 먹으면서 휴식을 취하고 물을 많이 마셨다. 그랬더니 고소 증세가 조금 덜한 것 같다.

드디어 13시 파나르 라반 헛(Panar Laban Hut) 산장(3,353m)에 도착했다. 올라오면서 보니 열대 우림의 숲들은 1,000m 지역에, 온대 지역의 숲은 2,000m 대에 그리고 3,000m 대에서는 침엽수 숲이 나타나는 등 식생대가 확연히 달라져서 더욱 관심이 갔고 인상적이기도 했다.

그러니까 산의 저지대는 열대 지역에 속해 전형적인 열대 우림을 형성하고, 중간 지역은 온대 지역으로 참나무와 무화과나무, 철쭉 등이 자란다. 그리고 산의 정상을 중심으로는 침엽수와 고산 식물들이 군집을 형성하고 있는 것이다. 해발 3,000m가 넘으니 우리나라 설악산 대청봉 주변의 식생대와 비슷하다.

산장의 밤은 그야말로 모기와의 전쟁이다. 모기를 피하려고 모포를 머리까지 뒤집어쓰고 잠을 청해 보지만 좀처럼 잠은 오지 않는다. 찜통 같은 열기 속에 한참을 뒤척거리다가 어렵사리 잠을 이루었다.

9월 9일

2시 30분경, 간밤에 약간의 비가 왔는가 보다. 이곳은 하루에 한 번

동남아시아의 최고봉 코타키나발루(Kota Kinabalu / 4,102m)
1996. 9. 7. ~ 1996. 9. 10.

57

은 비가 온다고 한다. 열대 우림 기후의 스콜인 셈이다. 나는 동절기 옷에다 고어텍스 재킷에 겨울 장갑, 모자까지 완전히 겨울 산행 준비를 하고 야간 산행을 했다. 해발 3,000m 이상의 지대는 새벽 기온이 무척 쌀쌀해서 역시 동절기 산행으로 준비하기를 잘했구나 생각했다. 다른 외국팀들도 마치 겨울이라도 온 것처럼 두꺼운 옷으로 온몸을 모두 감싸고 야단이었다. 배낭에 달려 있는 온도계는 영상 2도를 가리키고 있지만, 바람이 많이 불어 체감 온도는 더 낮을 것 같았다.

산행 중에 가랑비가 내렸다. 칠흑 속에서 헤드 랜턴 불빛만이 나와 내 앞사람의 위치를 분간할 수 있게 해 주었다. 점점 더 숨이 차 왔다. 고소 증세를 느끼거나 힘에 부친 사람들은 그 자리에 주저앉고는 했다. 나는 그래도 무전기를 정해진 주파수(145.00)에 맞춰 놓고 숨소리를 죽여 가며 들어 보았지만 조용했다. "쏴~~아" 하는 소리만 바람에 날려 귓전에 들렸다. '그래도 정상에 가면 누군가가 응답해 주겠지.', '새벽이지만 누구라도 한 분은 깨어나 계시겠지…'라고 생각했다.

한참 동안이나 고도를 높여 걷다 보니 커다란 바위로 이루어진 너덜지대를 지나 5시 30분에 드디어 정상에 도달할 수 있었다. 코타키나발루 정상에는 동판 표지판만 세워져 있을 뿐 안개 탓에 주변 풍광은 전혀 보이지 않고 강하게 불고 있는 바람이 체감 온도를 영하의 추위로 느끼게 할 뿐이었다. "신호 CQ.CQ CQ THIS IS HL2WLK KOREA"를 보내 봤지만, 강한 바람만이 내 목소리를 삼킬 뿐 상대방의 응답이 없었다. 여기저기 주파수를 돌려 봐도 "쏴-아" 소리만 들리지 응답이 없었다. 결국 나의 야심찼던 코타키나발루 정상에서의 교신은 실패로 끝났다.

좁은 정상에 점점 많은 사람이 올라온다. 정상 뒤편으로 가 보니 그곳은 천애의 벼랑이고 낭떠러지였다. 우리는 정상에서 안개를 배경으로 기념 촬영을 하고 서둘러 내려올 수밖에 없어 무척 아쉬웠다.

내려오는 길은 비교적 수월했다. 이곳에서도 산악 마라톤 대회가 열린다고 한다. 팀포혼 게이트(Timpohon gate)에는 올해 우승자의 기록이 3시간 46분이라고 적힌 기록판이 있었다. 아무리 생각해도 안개 때문에 정상을 제대로 보지 못하고 돌아서는 것이 마뜩치 않았다.

아무래도 안 되겠다 싶어 나는 라반(Laban) 산장에 배낭을 내려놓고 조깅 팬티로 갈아입은 다음 다시 한 번 정상을 향해 뛰어 보았다. 이제 고소 적응이 되었는지 시원한 아침 햇살에 춥지도 덥지도 않고 좋았다. 내가 산악 마라톤을 하듯이 뛰어 올라가니까 다른 외국인들이 박수와 함께 '원더풀'이라고 격려하며 웃어 주었다.

그렇게 다시 한 번 뛰어서 정상에 올라갔는데도 주변은 여전히 안갯속인데다가 언제 안개가 걷힐지 기약도 할 수 없는 상태였다. 정상에서 우리 일행을 뒤로하고 아쉬운 마음을 접어둘 수밖에 없었지만, 그래도 나로서는 최선을 다한 결과였기에 후회는 남지 않았다. 이렇게 다소 엉뚱하게 나의 첫 4,000m 대 고산 등정은 막을 내리게 되었다.

정상에서 배낭을 놓아둔 산장까지 약 30여 분을 하산하니 임형운 씨는 아침 식사를 마치고 있었다. 서둘러 빵과 죽으로 끼니를 때우고 나니 또 다른 한국 사람들이 몰려온다. 간단히 인사를 하니까 광명시청 동사무소 직원들인데 휴가를 내서 오게 되었다고 한다.

나는 아쉬운 마음을 달래려고 라반헛에서 팀포혼 게이트까지 뛰어가기로 마음먹고 배낭을 단단히 메고 출발했다. 10시에 게이트에 도착

동남아시아의 최고봉 코타키나발루(Kota Kinabalu / 4,102m)
1996. 9. 7. ~ 1996. 9. 10.

59

했디. 임형순 씨사 올 때까지 한참을 땀을 식히며 기다렸다. 리셉션 오피스에 도착하여 레인저와 기념 촬영을 했다. 호텔로 돌아와서 야외 수영장에 뛰어들어 수영을 즐기고 저녁을 호텔식으로 먹고 꿈속으로 접어드니 코타키나발루 계곡의 선녀들이 나를 둘러싸고 노래를 불러주는 듯한 느낌이었다.

9월 10일

일찌감치 일정을 시작해 사바박물관(Sabah Museum)을 관람했다. 남방의 원시 문화권부터 현재 말레이시아 정부가 들어서게 된 과정을 금방 이해가 가도록 잘 정돈해 놓았다. 하루 종일 관람해도 다 구경하지 못할 정도로 식물원, 생활관, 문화관의 전시 내용이 다양했다.

사피섬(Sapi Island)으로 향하는 보트는 약 20여 분을 달린 끝에 우리를 섬에 내려놓았다. 그런데 과연 이곳이 바다인지 수영장인지… 바닥의 모래까지 훤히 보이는 깨끗한 물이 환상적이었다. 바다의 깊이는 10m도 더 되는 듯하지만 바닥까지 훤히 들여다보였다. 마치 수족관을 보는 느낌이었다. 나는 수영을 못하는지라 오리발과 안경, 스노클, 구명조끼 등을 빌렸다.

정신없이 수많은 고기를 쫓아다니다 보니 배가 고파왔다. 야자열매를 한 개(4엥겔) 사서 목도 축이고 다른 사람들은 혀를 내두르는 두리안을 사서 혼자 먹고 나니 정말 꿀맛이었다. 두리안은 특유의 냄새 때문에 먹기를 꺼리는 경우가 많다고 하는데 그 맛은 먹어 보지 않은 사람

나의 꿈은 아직 끝나지 않았다

을 결코 모를 정도로 구수하다. 두리안은 특히 남성의 정력제로도 좋다고 한다.

점심을 먹으려니까 원숭이들이 약 30여 마리나 모여들어 자기들도 달라고 둘러앉아 나를 빤히 쳐다보고 있었다. 비상식량으로 가지고 간 사탕을 주니까 잘도 까먹었다. 우두머리인 듯한 원숭이는 다른 원숭이의 것을 빼앗아 먹었다. 사피섬은 가족들과 같이 휴가를 오고 싶을 정도로 아름답고 재미있는 섬이었다.

저녁 비행기 편으로 귀국하기로 되어 있어 백화점에 가서 쇼핑을 하고 문구점에 들러 지도를 한 장 사 가지고 나왔다. 코타(Kota) 공항에서 다시 쿠칭 공항으로, 쿠칭 공항에서는 11시 45분에 출발했다. 비행기에서 뒤척이다 보니 어느새 날이 훤해지면서 서울 김포 공항에 도착했다. 코타키나발루 등반에서는 특별한 어려움은 없었으나 급격히 고도가 높아지니 고소 증세에 철저하게 대비하는 것이 좋겠다.

동남아시아의 최고봉 코타키나발루(Kota Kinabalu / 4,102m)
1996. 9. 7. ~ 1996. 9. 10.

61

엘부르즈(Elbruz / 5,642m)
2000. 7. 18. ~ 2000. 7. 28.

모스크바 공항에 도착후 러시아 모델과 아쉬운 작별.

엘부르즈 등반중 설원을 배경으로 다소 짓궂은 포즈를 취한 저자.

고산 등반의 시작

살다 보면 원하지 않는 시점에 예기치 못한 사고를 당하기도 한다. 가평 유명산에서 패러글라이딩을 하다가 추락하여 사고를 당했다. 두 달간 병원에 입원해 있느라 등반은 물론 1년여 동안 운동도 못 하고 지내다가 겨우 올봄부터 운동을 다시 시작할 수 있었다. 동아 마라톤 대회에 참가하는 것을 시작으로 몸을 풀기 시작하여 백두대간 종주를 마쳤다. 그리고 다시 유럽 대륙의 최고봉인 엘부르즈(Elbruz / 5,642m)를 등반하기로 결심했다. 에베레스트 투어에 전화했더니 마침 티켓이 있다고 한다.

삼복더위가 시작되는 시점에 서울발 모스크바행 비행기에 올랐다. 옆 좌석에는 마네킹처럼 아름다운 모스크바 아가씨가 앉아 있었다.

엘부르즈(Elbruz / 5,642m)
2000. 7. 18. ~ 2000. 7. 28.

진도 패션에서 모피 쇼를 하고 귀국하는 아가씨라고 했다. 말은 잘 통하지 않았지만 그녀의 스크랩을 보며 모델 자랑을 듣다 보니 '공산주의 국가 사람들도 자유스럽게 지내는구나' 하는 생각을 하게 됐다. 우리가 그동안 배운 공산주의 국가는 기계적으로 일하고 항상 감시를 받는 사람들이 살고 있는 나라였다. 왠지 군인들만 득실거리는 나라일 것만 같았다.

모스크바 공항에서 차를 타고 비 내리는 6차선, 8차선 도로와 전차 같은 버스를 보면서 그동안 내가 알고 있는 것이 뭔가 잘못된 것은 아닌가 하는 의문이 들었다. 우리가 머무를 우크라이나 호텔은 모스크바에서 200년 동안 짓고 있는 7개 호텔 중 하나라고 했다. 1950년대에 스탈린이 지은 7개의 똑같은 건물 중 하나이며, 172m의 29층 건물로 모스크바 강가에 위치해 있어 전망도 좋았다. 건너편에는 모스크바 크렘린 광장 건물이 보였다. 돌로 된 웅장한 호텔 건물에 짐을 풀었다. 생각보다는 사람들이 자유스럽게 이동하고 대국다운 여유로움이 느껴졌으나 공항 시설이나 지나는 차량들은 역시 낡았구나 하는 생각이 들었다.

우크라이나 호텔 역시 깨끗하기는 한데 관리를 잘 하지 않는 것 같았다. 모스크바에서 제일가는 호텔이면 넓고 현대식일 줄 알았는데 책상과 소파, 커튼, 문짝, 의자, 옷장, 창문, 등나무로 만든 장식장 등이 낡아서 스산하고 침침한 느낌이 들었다. 하기야 이 호텔이 200년 전 건물이라니 할 말이 없기는 했다. 오래된 건물을 지금껏 변함없이 가꾸고 지키려는 이들의 역사를 보면서 오히려 몇 년 만에 부수고 뜯어내고 버리고 새 것만 좋아하는 우리나라 사람들의 국민성이 부끄러웠다. 그런 측면에서 러시아 사람들에게서 대국적인 국민성이 엿보였다.

우크라이나 호텔은 객실만도 몇백 개는 족히 됨직한 큰 호텔이었다. 강폭이 100여 미터가 되는 모스크바 강의 강물은 깨끗하지는 않았지만 배가 다니는 것을 보아 깊은 것 같기도 했다. 강 건너 정면으로 우리나라 정부 종합 청사와 비슷한 용도의 러시아 국무성 빌딩이 보였다.

7월 19일

5시 30분 모닝콜을 받고 도시락으로 아침을 대신한 후 8시에 출발하는 비행기를 타기 위해 미네랄 민버디 공항으로 갔다. 이곳은 터키와 가까워 무척 덥다. 모스크바 공항에서는 세밀히 검색하더니 이곳 민버디 공항에 오니까 그냥 시외버스 터미널에 온 것처럼 사람들이 드나든다.

민버디 공항에서 버스를 타고 넓은 평원을 서너 시간 달렸다. 지천으로 해바라기 꽃만 보였다. 아마 주된 농사가 해바라기인 듯했다. 곳곳에서 경찰들이 검문을 했다. 가이드에게 물어보니 우리가 가는 코카서스산맥 엘부르즈 지역이 더운데다 눈과 빙하가 녹아서 상류의 댐이 무너졌다고 한다. 이로 인해 홍수가 발생해서 도로와 전기 시설, 교량, 아파트들이 붕괴되고, 교통이 두절되어 차량이 더 이상 갈 수 없다고 한다. 날씨는 이렇게 맑은데 웬 홍수인지 이상했다. 그리고 보니 우리나라도 장마철에는 한강에 시뻘건 흙탕물이 넘실거렸지. 바쁜 일정 때문에 사정을 해 보았지만 보내주지 않았다. 할 수 없이 미네랄버디라는 온천 도시로 물러나와 생각을 정리해 보기로 했다.

미네랄버디는 세계적으로 유명한 휴양 온천 도시였다. 물병을 가지고 레닌 동상이 있는 공원에서 탄산수가 섞여 있는 미네랄 생수를 마셔보았다. 수도꼭지 두 곳에서 약간 톡 쏘는 듯한 생수가 나왔다.

도시 전체가 온통 여관과 호텔인데도 방이 없었다. 몇 군데 돌다가 어떤 호텔로 투숙했다. 이곳이 세계적인 온천 지역이라서 유럽이나 모스크바에서 휴가를 많이 온단다. 미네랄버디에서 제일간다는 빼알프꼴프기 인투어리스트 호텔의 로비에는 늘씬한 여성들이 많았다. 여기서 하루 쉬고 내일 날치크라는 군용 비행장에서 헬리콥터로 이동하기로 하고 1인당 100불씩 추가로 냈다.

다음 날 아침 9시, 인투어리스트 호텔을 출발했다. 버스를 타고 날치크라는 작은 군용 비행장에 10시 30분에 도착했다. 도착하자마자 가는 줄 알고 정문 앞에서 이제나저제나 기다린 것이 19시가 돼서야 출발했다. 처음 타는 헬리콥터지만 천장과 바닥이 보이고 창문 유리창은 아예 없었다. 바람이 세차게 불어 고함을 쳐도 옆 사람 말소리도 제대로 안 들리고 금방이라도 추락할 것만 같은 헬기가 40여 분 동안 산과 산 사이 계곡을 날고 있었다. 계곡에는 역시 아파트 전체가 넘어져 있고 다리도 붕괴되어서 흙탕물만 흘렀다. 19시 40분, 헬기는 이트콜에 우리를 사뿐히 내려놓았다. 별다른 충격도 없이 착륙하는 것을 보니 조종은 정말 잘하는 것 같았다.

시골 마을에 갑자기 헬기가 오니까 동네 아저씨, 아주머니, 아이들이 모두 나와 우리 일행을 구경했다. 우리들은 갑자기 신기한 원숭이가 되었다. 짐을 트럭에 싣고 이트콜의 숙소로 이동했다. 군용 막사였는지 빌라 같은 3층짜리 건물에 2층짜리 철제 침대가 놓여 있는 숙소에

나의 꿈은 아직 끝나지 않았다

짐을 풀고 식당으로 내려가 밥을 먹고 나니 머리가 약간 띵했다.

7월 20일

8시. 1층 식당으로 내려가 아침 식사를 식빵과 우유로 하는데 식빵의 단단하기가 마치 벽돌장과도 같았다. 다른 대원들은 아예 식사를 포기하고 일어난다. 칼로 열심히 썰어 보았지만 부서지기만 할 뿐 잘라지지는 않았다. 그래도 나는 배불리 먹고 출발 준비를 했다.

이트콜에서 10시에 출발. 케이블카 탑승장에 10시 20분에 도착했으나 홍수로 전기가 끊어져 케이블카가 작동되지 않았다. 천천히 한 발 한 발 옮기기를 서너 시간 만에 마지막 케이블카 정류장에 도착하니 가라바쉬 산장이 보인다.

나와 몇몇 대원이 산장에 도착하니 벌써 15시 30분이었다. 데포(Depot) 시킬 배낭을 내려놓고 16시에 가라바쉬(3,800m) 산장을 출발했다. 빈 몸으로 달려서 2시간 30분 만에 첫 번째 케이블카에 도착했다. 가라바쉬 산장은 해발 3,800m에 위치하고 있다. 케이블카는 아직도 멈춰 있었다. 이트콜 동네는 조용한 휴양소 같은 곳으로 지금은 빙하가 흘러 도로가 유실되어서 접근이 안 되지만, 평상시에는 러시아나 인접한 유럽 국가의 사람들이 휴양 차 여름에도 스키를 타러 많이 온다고 했다. 저녁은 특별히 주문했다고 하는 수프 종류에다 역시나 빵과 우유가 전부였다. 그래도 다른 대원은 못 먹고 있는데 나는 억지로라도 벽돌장 같은 빵을 우유에 부숴 넣어서 마셨다.

7월 21일

이트콜(2,200m)에서 9시 출발. 15kg 정도의 배낭을 가볍게 메고 어제 갔던 가라바쉬 산장으로 올라가기로 했다. 오늘도 케이블카가 운행을 안 하겠지 하고 어제 내려오면서 보아둔 지름길을 택하기로 했다. 케이블카 정류장에 오르기 전에 우측으로 계곡이 보여서 폭포 쪽으로 올라가니 얼마 안 가서 가라바쉬 산장이 보였다.

일단은 계곡 절벽으로 올랐다. 빙하 물이 흐르고 있는 개울을 건너고 보니 폭포였다. 푸석한 바위에 이끼가 많이 자라 있었다. 등반이 힘들어 보였다. 한참을 올라온 터라 내려가자니 추락할 것 같고 올라가자니 이끼로 덮여 있어 진퇴양난의 처지에 빠지고야 말았다.

역시 붙어 보니 크랙의 바위 조각은 잡으면 그냥 떨어졌다. 풀 포기도 뿌리째 뽑혔다. 마음을 가다듬고 될 수 있으면 서두르지 말자고 수십 번을 뇌이면서 다짐했다. 3,000m에 이르는 이곳에서 온 힘을 다한다는 것은 많은 체력을 요구했다. 그래서 한 번 일어서고 쉬고 한 번 당기고 쉬고를 수십 번 하고 나니 맥이 풀렸다.

결국 서너 시간 사투 끝에 마지막 케이블카가 있는 지점까지 왔더니 다른 대원들은 케이블카를 타고 왔단다. 내가 갔을 때는 전기가 들어오지 않아서 운행을 안 한다고 했는데 어찌 된 건지 모를 일이었다. 여하튼 간에 배는 아프지만 나름대로 무사히 코리아 직등 루트를 개척했다는 자부심으로 혼자 속병을 앓았다. 다른 대원들은 나 때문에 적지 않은 걱정을 했다고 한다.

가라바쉬 산장에 14시에 도착하니 머리가 약간 어지럽고 술 마신 것 같이 눈알이 붉어지고 가슴이 진정되지 않았다. 초기 고소 증세가 아

나의 꿈은 아직 끝나지 않았다

닌가 하는 생각이 들었다. 올라올 때 너무 체력을 소모한 것 같아 걱정
됐다. 저녁을 먹는데 밥맛이 영 없었지만 그래도 억지로 몇 숟가락을
떴다. 대원들이 물을 많이 마시라고 한다. 저녁 식사를 마치고 누워서
물을 마시기 시작했다. 땀이 나고 조금 으슬으슬 춥고 떨렸다. 침낭 속
에 들어가서 모자를 쓰고 발을 높이 올리고 밤새 물만 마셨다. 아침이
되자 증세가 조금 호전된 것도 같았다.

7월 22일

고소 적응 차 4,800m까지 올라간다고 한다. 10시에 가라바쉬 산장을
출발, 그야말로 천천히 아이젠과 스틱에 의지하면서 오르기를 서너 시
간, 4,500m지점에 도착했다. 그래도 다른 대원들은 아직도 올라오고 있
었다. 가이드가 오늘은 여기서 하산한다고 한다. 하산 중에도 물은 계속
마셔 주었다. 빙하가 녹은 물을 마셔서 그런지 약간의 설사 증상이 있었
다. 물을 끓여 마시지 않아서 그런 것 같았다. 내일이면 정상 공격이라는
데 조금 걱정이 되었지만 다행히 고소 증세는 점점 호전되는 것 같았다.

7월 23일

새벽 2시 기상. 어둠 속에서 간단히 숭늉으로 요기하고 스노모빌
(설상차)로 4,500m에 도착하니 4시였다. 모든 대원의 짐을 점검하고

4시 20분에 파이팅과 함께 출발했다. 처음으로 만년설이 덮여 있는 5,642m 고지에 올라 보니 기분이 이상하게 흥분됐다. 천천히 한 발 한 발 내딛는데 갑자기 배가 아파오기 시작했다. 더 오르기 전에 볼일을 봐야겠다 싶었다. 작은 바위 뒤에 앉아서 약간의 설사를 하고 나니 기분이 나아졌다.

두어 시간 지나니 이번에는 허기가 졌다. 배낭에서 육포를 꺼내 허기를 달래 가면서 중간 그룹쯤에 섞여서 올라갔다. 그런데 안부에 위치한 대피소(5,200m)에 도착하니 두 사람만 보였다. 서봉으로 방향을 잡고 보니 골바람에 눈보라가 쳤다. 숨이 찼다. 70도 정도의 경사면을 찍고 서고 한참을 가다 보니 정상이 보였다. 올라오는 가이드한테 물어보니 이곳은 정상이 아니라 중앙봉이라고 했다. 아닌 게 아니라 구름이 걷히고 보니 왼쪽으로 더 높은 봉우리가 보였다.

나도 모르게 정상을 향해 뛰었다. 한참을 뛰다 보니 가슴이 아프고 숨이 막혔지만 다시 천천히 숨을 고르자 괜찮아졌다. 9시 30분 도착. 구름이 걷히는 순간을 포착하여 여러 차례 사진을 찍었다. 정상에는 비석 같은 표지석이 하나 서 있고 그 옆에 각종 기념 피켓들이 바람에 날리고 있었다. 대여섯 명이 서 있을 정도의 5,642m 정상. 드디어 나는 이곳에 오른 것이었다. 나는 감격에 겨워 대한민국 만세를 크게 외쳤다.

한참 지나서 다른 대원들이 올라왔다. 나는 무척 반가워서 마중 나가듯 쫓아가 그들과 함께 다시 정상에 섰다. 어떤 대원은 엉엉 소리 내서 울기도 했고 기뻐서 눈물을 흘리기도 했다. 박하상 씨는 환호성을 질러 보지만 정작 소리는 들리지 않았다. 기념사진과 단체 사진을 찍으면서 정상에서 너무 오래 있다 보니 몸이 떨렸다.

나는 먼저 내려간다고 말하고 설사면을 뛰기 시작했다. 그 순간 가이드가 나를 꼭 부둥켜안으면서 꼼짝도 못 하게 했다. 나는 추워서 뛴다고 말을 하고 싶은데 말이 통하지 않아 뭐라고 할 수도 없었다. 한참만에 놓아 주길래 눈보라가 치는 급사면을 조심조심 사이드 킥으로 한발 한 발 내디뎠다. 올라올 때 보니까 작은 크레바스에 발이 빠질 것 같은 구간이 몇 군데 있었다.

안부 대피소에 도착하니 눈보라가 더욱 세차게 쳤다. 몸을 구부리고 번갈아 가면서 스틱을 내리꽂았다. 그리고 킥 스텝으로 삼 지점 보행을 했다. 크레바스 구간을 조심스레 건넜다. 4,500m 지점에 도착하니 배가 고프고 목도 말랐다. 비스킷과 육포, 초콜릿 등을 먹으며 일행을 기다렸다. 12시 40분, 한참을 웅크리고 기다려도 아무 것도 보이지 않았다. 한 시간가량 기다리니까 동봉 능선 상에 사람들이 보였다. 천천히 움직이는 것이 지친 것 같았다.

오후 3시가 되어서야 다들 내려왔다. 아래쪽에서 스노모빌이 올라온다. 나는 뛰어가서 불렀다. 원래 스노모빌은 16시에 올라오기로 약속이 되어 있었다. 가라바쉬 산장에 다시 도착하니 기분이 무척 좋았다. 드디어 어렵게 해냈구나. 다른 사람들의 지친 모습에서도 흐뭇해하는 표정을 읽을 수 있었다. 문홍식 씨는 중앙봉 근처에서 추락하여 한참 동안이나 의식을 잃었다고 했다. 모두가 천운이라고 했다. 그는 언덕에 걸려서 추락을 멈추었다고 하니 정말 다행이 아닐 수 없었다.

문홍식 씨는 계속 나와 같은 방을 사용했는데 함께 정상에 가지 못해 미안했다. 올라갈 때는 내 뒤에서 계속 그의 숨소리를 들었는데 안

다까있다. 하여간 정상 5,642m를 올랐다는 기쁨을 누구에게 표현하리? 나 자신에게 잘했다고 칭찬하고 싶었다. 그리고 행복의 꿈을 꾸고 싶었다.

7월 24일

아침을 먹고 10시 30분에 가라바쉬 산장을 출발해서 케이블카를 타고 이트콜에 도착하였다. 샤워도 못 하고 점심을 먹는데 갑자기 헬기가 도착했다고 한다. 그나마 나와 문홍식 씨는 식사를 다 마쳤는데 다른 대원들은 음식도 제대로 먹지 못하고 피난을 떠나듯 부랴부랴 10분 이내로 배낭을 메고 나왔다. 이번에는 민간 헬기였다. 아직도 도로가 복구되지 않아서 식량 수송 차 왔던 헬기인 모양이었다.

현지 여행사 라지밀은 한국계로 미스터 리라고 한다. 우리들에게 잘해 주려고 노력하는 것이 피부로 느껴졌다. 헬기는 박산이라는 도시 근처에 우리를 내려놓고 저 계곡 속으로 사라졌다. 다시 봉고차에 짐을 싣고 구겨 앉아 미네랄버디 온천이 있는 곳으로 돌아와 빼알프꼬프기 인투어리스트 호텔에 숙소를 정했다. 다른 사람들이 내 식성에 놀란다. 바짝 건조되어 마치 벽돌장과도 같은 식빵과 다른 대원은 향료 냄새 때문에 입에 대지도 못하는 통닭 등을 주는 대로 먹었다. 호텔에서는 키도 크고 늘씬한 아가씨들이 직접 접대 흥정을 하고 다닌다. 나에게도 물어보았지만 흥정에 응하지는 않았다.

7월 25일

7시에 일어나 호텔 식당에서 며칠 만에 여유롭게 맛있는 식사를 했다. 미안하게도 나 혼자만 음식을 맛있게 먹는 것 같았다. 그리고 보면 내 식성이 아주 좋은 모양이다. 그리고 그렇게 아무 음식이나 맛있게 먹는 왕성한 식욕과 식성이 앞으로의 등반을 원활하게 해 줄 것 같았고, 실제로 등반에 적지 않은 도움을 주었던 것이 사실이다.

민버디 공항으로 출발한다. 버스는 오전 내내 평야 같은 구릉을 달렸지만, 창밖으로 보이는 것은 해바라기뿐이었다. 멀리서 보면 꽃밭같이 아름답게 핀 야생화인 줄 알지만 길옆에서는 작은 해바라기만이 보였다. 민버디 공항에서 올 때처럼 시외버스 터미널 같은 곳에서 걸어 나가면 비행기가 있어 비행기 계단을 올라가면 됐다. 모스크바에 오니 조금은 사람들이 풍족하고 여유 있어 보이지만 웃는 사람들은 거의 없는 것 같았다.

점심은 모스크바에서 한인이 운영하는 식당에서 된장찌개로 맛있게 먹었다. 식사 후에는 모스크바대학으로 구경을 갔다. 너무 넓어서 정문 앞에서 사진만 찍고 그냥 왔다. 우크라이나 호텔에 여장을 풀고 호텔 앞 강가를 거닐어 보아도 가게도 없고 어두워지니까 사람들도 없었다. 호텔 침대는 지난번보다는 양호한 상태였다. 샤워를 해야 할 것 같아 샤워기를 사용했다. 그런데 물이 안 빠졌다. 바닥이 금방 물바다가 되었다. 이상해서 바닥의 구멍을 찾아봐도 배수 구멍이 없었다. 그래서 수건으로 적셔서 퍼내느라 고생했다. 촌스럽고 창피해서 말도 못하고 샤워도 제대로 못 하고 나왔다.

7월 26일

7시, 이날 아침 호텔 음식은 역시 나에게만 맛이 있었다. 가볍게 접시를 비우고 9시에 출발, 우크라이나 호텔을 뒤로하면서 레닌 광장으로 갔다. 바닥은 석축 돌로 넓게 덮여 있었다. 줄을 서서 레닌 묘에 들어가니 유리창 너머로 미라를 만들어서 보관하고 있었다. 많은 사람들이 광장에서 관광하고 있었다. 일명 도깨비 시장인 중고시장을 구경한 후 한인식당에서 불고기를 정말 잘 먹었다. 장비점도 구경하고 모스크바 공항에서 20시 15분발 서울행 비행기에 상쾌하게 몸을 실었다.

먹고 자고 하는 사이에 어느덧 28일 10시, 김포 공항이었다. 이번 엘부르즈 등반을 마치면서 다음 등반을 생각하니 가슴이 벅찼다. 코카서스 산맥에 오천 미터 급 봉우리가 많다는 사실도 알게 되었고 그곳 날씨가 더워서 빙하가 한꺼번에 녹아서 댐과 마을을 덮쳤음에도 불구하고 어려운 등반을 아무 탈 없이 모두 할 수 있었다는 것에 감사했다.

엘부르즈는 고산을 향한 출발 원정 등반이라 생각했다. 나에게는 첫 고산 경험이었다. 코타 키나발루는 해발 4,000미터밖에 되지 않아서 그런지 고산 증세가 없었으나 이번에는 두 번째 짐 수송을 하면서 직벽에 오를 때 약간의 고소 증세로 어려움이 있었다. 하지만 잘 적응하여 무사히 등반에 성공함으로써 자신감을 얻게 되었다. 한국에 돌아와 뉴스를 접하니 엄홍길 씨가 K2를 마지막으로 세계 14좌를 완등한 7인 중 하나라고 하였다. 정말로 찬사를 보내고 싶었다. 나도 꿈의 팔천고지를 오를 그날을 위해 치열하게 몸과 마음을 다듬고 가꾸어야겠다고 다짐했다.

나의 꿈은 아직 끝나지 않았다

엘부르즈(Elbruz / 5,642m) 등반 요약

대원

박하상, 정영구, 오진석, 김덕환, 한상철, 이강묵, 김진길, 문홍식, 신현대(9명)

엘부르즈 가이드 : 라지밀 => ullutau@glasnet. Ru 7-095-7526811 home

모스크바 가이드 김원석 194-2337-8095-194-2337

일정

7월 18일	서울 - 모스크바
7월 19일	모스크바 - 미네랄리버디 - 이트콜
7월 20일	이트콜 - 치켓
7월 21일~24일	이트콜 - 가라바쉬
7월 25일	가라라쉬 - 이트콜
7월 26일	텔스콜 - 민버디 - 모스크바
7월 27일	모스크바 - (서울)
7월 28일	서울(10:00)

개인 장비

1. 의류 : 다운 우모복 상하, 고어텍스 상하, 파일 상하, 고소 내의 상하, 반소매, 속내의 (여러 벌), 긴소매 티셔츠, 반소매 티셔츠(여러 벌), 여벌옷, 고소모, 바라클라바, 면양말(여러 켤레), 모 양말(여러 켤레), 속 양말(6켤레), 면장갑, 모 장갑, 오버미튼, 목출모, 스카프.

2. 장비 : 이중화, 경등산화, 아이젠, 스패츠, 침낭, 침낭 커버, 텐트 슈즈, 매트리스, 하네스, 하강기, 등강기, 주머니 난로, 고도계, 카메라, 헤드 랜턴, 아이젠, 피켈, 고글, 스키 고글, 스키스톡, 배낭(80리터), 어택 배낭(30리터), 보온병, 립스틱, 휴대용 칼, 스카프, 신분증, 기록구 일체, 세면도구, 수건, 배터리, 휴지, 식품류(깻잎, 볶은 된장, 새우젓 등), 고소 식량(비상식량 용으로 직접 만든 것. 나는 소음인 체질이라 찹쌀가루 50%, 보리 15%, 콩 15%, 인삼가루 0.5%, 시금치가루 0.5%, 검은콩 0.5%, 땅콩가루 0.5%, 버섯 0.5%, 꿀 소량, 솔잎가루 소량 등으로 환을 만들었고 이것을 말려 가져갔다.)

매킨리(Mckinley / 6,194m)
2001. 5. 17 ~ 2001. 6. 5.

페어뱅크스 대학교 박물관에서.

매킨리 등정이 끝난후 일행은 고상돈 묘비에 가서 추모의 시간을 가졌다.

매킨리
정상에
홀로 서서

2001년 5월 17일

　마치 어렸을 적 소풍 전야와도 같이 거의 뜬눈으로 밤을 지새웠다. 이런저런 생각을 하다 보니 훈련 과정이나 등반 일정 등이 마치 스크린처럼 눈앞을 스쳐지나갔다. 멍한 기분으로 아침을 먹고, 다시 패킹 리스트를 확인 점검하고, 간단히 점심을 때우고는 설레는 마음으로 오월의 싱그러운 공기를 들이마시며 굳은 다짐을 했다.

　적지 않은 원정 비용을 마련하기가 쉽지만은 않았다. IMF 사태로 대다수의 국민이 고통의 나날을 보내고 있을 때 원정 비용을 만든다는 것은 쉽지 않은 일이다. 부득이 정들었던 집을 팔고 작은 집으로 이사한 후 얻게 된 자금으로 등반을 떠나는 나의 마음은 사실 가볍지만은 않았다. 가족들의 원망보다도 무능하고 무책임한 가장으로서의 자괴감이 내 마음을 짓누르고 있었다. 어느 가족이 원정 등반을 가는데 집을 팔아서 간다고 하면 승낙을 하겠는가. 적지 않은 시간 아내를 설득하고 이해를 구했다. "내가 가지 않으면 미쳐 버릴 것 같다"고 말하고 용서를 구했다. 만년설을 끌어안고 돌아오지 않으면 가족 앞에 다시 설 수가 없을 것 같았다. 나는 사뭇 비장한 심정으로 무거운 카고백과 배낭을 메고 인천 공항으로 향했다.

18시 5분발 앵커리지(Anchorage)행 비행기에 올랐다. 너무 피곤해서인지 이륙하자마자 눈을 감고 말았다. 잠시 눈을 붙인 것 같은데 앵커리지 공항이라고 한다. 혼자 원정 등반을 준비하느라 며칠 잠을 설친 탓에 깊은 잠을 잤던 것이다.

5월 17일

5월 17일에 한국을 출발하여 5월 17일 오전 10시 30분에 앵커리지 공항에 도착했다. 같은 날에 출발하여 역시 같은 날에 앵커리지에 도착하니 기분이 이상했다. 비행기를 타면 시간이 거꾸로 가는 것만 같다. 와실라(Wasilla)에서 오갑복 씨가 우리를 픽업하러 마중을 나왔다. 마음은 벌써 흰 설원을 걷고 있는 듯 양어깨에 무거운 배낭의 무게가 느껴졌다.

나의 꿈은 아직 끝나지 않았다

5월 18일

8시에 기상하여 대충 아침을 먹고 와실라의 봄기운을 느끼며 호수 주변을 산책했다. 오갑복 씨가 경영하는 장비점인 윈디 코너(Windy Coner)에 들러서 필요한 장비를 구입했다. 밤 열두 시가 지났는데도 해는 머리 위에 떠 있었다. 내일을 위해 억지로 잠을 청했지만 날이 너무 훤해서 영 잠은 오지 않았다.

5월 19일

아침 온도는 영하 2도 정도. 내내 뜬눈으로 지새웠다. 5시 출정의 긴장 속에 별다른 생각도 없이 아침을 먹고 10시 10분, 탈키트나(Talkeetna)로 출발했다. 역시 오갑복 씨가 픽업을 도와주었다. 탈키트나 레인저 스테이션에 들러 등반 허가 신청과 함께 교육을 받고 햄버거로 요기한 후 드디어 '코리안 드림 매킨리 팀'(나와 문홍식 씨. 매킨리 산 등반은 단독으로는 허가가 나지 않고 2인 이상이어야 한다.)이 탄생했다.

15시 30분경 비행장(허드슨 항공)에 1인당 56kg짜리 오버 차지와 여권과 돈을 보관하고 가솔린 티켓을 받았다. 16시 30분에 출발한 허드슨 항공기는 우리를 17시 정각에 해발 2,200m의 만년설 랜딩 포인트(LP)에 내려놓고 굉음을 내면서 도망가듯이 날아갔다. 랜딩 포인트의 레인저 직원에게서 식량과 가솔린 그리고 대변 봉투를 받고 텐트 정리를 하고 나서 저녁을 먹었다.

오후 11시가 되어도 대낮같아 몇 시인지 도무지 분간하기가 힘들었다. 화장실의 볼일은 사과 상자를 엎어 놓은 것 같은 곳에서 보면 됐다. 내일을 위해 침낭으로 들어갔으나 영 잠이 오지 않았다. 머릿속으로 내일부터 있을 등반 과정을 생각하니 매킨리와 헌터봉과 포레이커봉의 모습이 계속 떠올랐다.

5월 20일

3시에 소변을 보기 위해 자리에서 일어났는데 텐트 안은 훤해서 글씨를 쓸 수 있을 정도로 밝았다. 눈을 녹여서 마실 물을 만들고 또 수통(날진Nalgene사 제품)에 채우고 인삼차를 마시고 눌은밥을 먹었다. 텐트 밖은 물론 텐트 내부의 천장도 얼음 조각으로 꽁꽁 얼어 있었다. 그러나 이제 곧 해만 뜨게 되면 얼음은 녹아내리면서 물로 변해 떨어질 것이었다.

나는 매킨리 원정에 대비해서 가볍고 방풍 효과가 좋은 패러글라이딩 소재로 텐트를 직접 제작했다. 이 텐트는 무게가 가볍고 내구성이 강한 것이 장점이다. 다만 내연성은 약한 소재이고 결로가 생긴다는 것이 단점이라고 할 수 있다. 크기는 1인용 A텐트 형식으로 제작되어 성인 한 명과 대형 배낭이 들어가면 꽉 찬다. 밤에 잠을 자고 일어나면 텐트 내부의 천장 부분은 결로 현상으로 살얼음이 끼어 침낭 위로 떨어지고는 했다. 그런 단점에도 불구하고 워낙 가볍고 질긴 텐트여서 나는 이 텐트를 효과적으로 사용했고, 지금도 내가 아끼는 등반 장비이다.

나의 꿈은 아직 끝나지 않았다

외국에서 온 다른 팀들은 출발 준비를 하느라 법석이었다. 나도 서둘렀다.

11시 30분 랜딩 포인트를 출발했다. 아이젠과 스패츠, 하네스를 고정하고 문홍식 씨와 안자일렌과 썰매를 매고 나니 내리막길에서는 발도 없는 썰매가 나를 앞질러간다. "이런~ 썰매가 대장의 명령도 없이 혼자 내빼다니~" 혼자 실소를 해 본다.

첫 번째 캠프(C1)가 있는 곳까지는 거리가 약 7㎞ 정도, 가파른 경사가 두 군데나 있었지만 큰 어려움 없이 캠프1에 18시에 도착하여 고도계를 보니 해발 2,470미터였다. 같이 등반한 문홍식 씨는 너무 힘들어하는 것 같았다. 생각 같아서는 캠프2(C2)로 가고 싶었지만 홍식 씨는 차마 못 가겠다고 한다. 하루 쉬어서라도 같이 베이스캠프(BC)까지 가야 할 것 같아 텐트를 치고 쉬기로 했다.

눈을 녹여 마실 물을 만들고 수통에 물을 채우고 익혀서 건조한 쌀인 알파미로 밥을 해 먹었다. 식후에 차를 한 잔 마시면서 만년설의 깊이를 생각해 보았다. 그러나 만년설은 상상도 되지 않을 정도로 오랜 기간 동안 쌓였으니 그 두께가 어마어마할 것이다.

이제부터 변은 봉지에 담아서 가지고 다녀야 한다. 매일 보는 변을 모아서 봉지에 담고 또 그것을 갖고 다녀야 하는 일은 정말로 귀찮고 짜증나는 일이지만, 한편으로는 자연을 아끼려는 그들의 노력을 지켜보는 것 같아 기꺼이 즐거운 마음으로 환경 보호에 동참하기로 했다. 우리는 탈키트나 레인저 사무실에서 등반 교육을 받을 때 산행 날짜에 맞추어 쓰레기봉투와 변 봉투를 받았다.

C1의 많은 외국팀은 그저 마주치면 "헬로(Hello)", "땡큐(Thank you)",

"하와유(How are you)", "화인 땡큐(Fine thank you)" 같은 인사를 건네 온다. 어떻게 생각하면 서양 친구들이 더 예의가 바른 것 같다. 우리는 낯선 외국인을 보고 먼저 인사하는 것이 영 쑥스러워서 모른 척하는 경우가 더 많았기 때문이다. 시계는 오후 9시 30분을 가리키는데 해는 아직도 중천에 떠 있고 저 아래로 뭉게구름처럼 흰 구름이 지나가니 마치 구름 위의 손오공이라도 된 것 같은 기분이 들었다. '손오공이라면 그저 저 구름 위에 편안히 앉아서 매킨리 정상에 가겠지'라는 실없는 생각을 하면서 침낭 속으로 들어갔다. 아무 생각 없이 내일만 생각하며 눈을 감으니 편안하고 행복한 기분이었다.

5월 21일

6시에 기상해서 아침 식사를 하고 났는데 이게 웬일인가. 문흥식 씨가 출발할 생각도 않고 있는 것이다. 대구 YMCA팀과는 이곳에서 헤어졌다. 생각 같아서는 그들과 같이 가고 싶지만 문흥식 씨가 워낙 힘들어했기 때문에 이곳에서 마음 편히 하루를 더 쉬기로 했다. 쇠고기 죽으로 아침을 먹고 나니 힘이 나서 혼자라도 C2에 짐을 올려놓는 것이 나을 것 같았다. 12시 50분에 나는 짐을 C2로 데포시켜 놓기로 했다. 국내의 산을 등반할 때는 거의 접할 일이 없는 '데포(Depot)'란 등반 중인 루트에 미리 장비나 식량을 보관하기 위해 설치한 장소 또는 이러한 것들을 보관하거나 등반 중 별로 필요 없는 짐을 놔두는 것을 말한다. 국내에서는 외국의 산이라 해도 고산이 아닌 경우에 데포를 하는 경우는 그렇게 많지 않다. 그러나 고산 등반에서 데포를 여러 번 하는 것은 또 중요한 의미를 갖고 있다.

고산 등반에 있어서의 데포는 본래의 목적인 장비나 식량을 높은 지점에 올려놓는 것 이외에도 고소 적응을 할 수 있다는 장점이 있다. 고산 등반에 성공하기 위해서는 높은 곳으로 자꾸 올라가야 하는데 높은 지점일수록 산소가 희박하기 때문에 고소 증세가 나타난다. 고소증에 대해서는 아래에서 다시 이야기하겠거니와, 해발고도가 높은 곳으로의 등반을 위해서는 고도를 서서히 높이면서 고소증에 대비해야 한다. 조금씩 고도가 높은 곳에 가서 머무르다가 다시 내려오고 또 높은 고도에 적응이 되었다 싶으면 다시 더 높은 곳으로 가는 방식을 통해서 안전하게 등정을 마무리할 수 있는 것이다.

17시, 짐을 데포 시키고 내려오는데 마침 눈이 내렸다. C1에 도착하니 맑은 하늘에서 눈발이 계속 내린다. 22시 50분. 저녁을 먹고 나도 눈발은 굵어지고 더 많이 쌓였다. 10여 미터 앞도 안 보일 정도였다.

랜딩 포인트에서 작업을 하다가 눈톱(Snow Saw)이 부러지는 바람에 당황스러웠다. 그런데 하산하는 외국팀에게 사정 이야기를 하니까 눈톱을 아무 대가 없이 선뜻 내주는 것이 아닌가. 고마운 마음에 인삼 젤리와 건삼 세 뿌리를 주고 약소한 답례를 했다. 등반 장비는 때로 목숨과 바꿀 정도로 소중한 것이며 등반할 때마다의 추억이 담기는 귀중한 물건이다. 눈톱은 그들에게도 중요한 장비 중 하나이자 추억의 소장품일 것이다. 그러나 모험을 즐기는 사람들은 더러 이렇게 다른 사람들을 배려해줄 줄도 안다. 만일 내가 이런 경우를 만났다면 어떻게 행동했을까? 결코 쉽지 않은 문제다.

부디 오늘 밤만 눈이 오고 내일은 눈이 그치기를 빌었다. 우리는 우리의 행운을 자연에게 맡길 수밖에 없었다. 마음속으로 '머리 아픈 일은 내일 생각하자'고 다짐하고 포근한 침낭 속 잠자리에 들었다.

5월 22일

좀처럼 잠이 오지 않을 것 같았는데 일어나 보니 벌써 오전 3시 30분이었다. 한국 같았으면 한밤중인데 역시 텐트 밖은 마치 대낮처럼 훤했다. 눈은 내리지 않았다. '그래, 날씨가 우리를 도와주는구나. 조금만 더 자 두자'라는 생각으로 다시 자리에 누웠으나 결국에는 뒤척뒤척하다가 다시 일어나고 말았다. 버너에 불을 붙이고 아침 식사 준비를 한다.

9시 10분 개인 장비를 챙겨야지, 하네스를 챙겨야지, 썰매를 챙겨야지, 거기다가 구차스럽지만 꼭 지참해야 할 변 봉투까지 챙기고 나니 신경이 곤두섰다. 이러다가는 고소 증세가 올 거라고 혼자서 투덜거렸다. 문홍식 씨와 안자일렌을 하고 그가 앞에 그리고 뒤에는 내가 섰다. 그러나 운행을 시작한 지 채 10분도 못 되어서 썰매가 떨어지고 풀리고 뒤집히고 야단이었다. 그래도 썰매의 중심을 잘 잡으려고 노력하며 어렵게 C2에 도착했다.

어제 짐을 데포 시켜 놓은 곳을 찾았더니 다행히 장비들이 고스란히 있었다. 오늘 하루 쉬어갈 텐트를 쳤다. 저녁 식사로는 오랜만에 라면을 두 개 끓였다. 그러나 컨디션이 썩 좋지 않은지 두 사람이 라면 두

나의 꿈은 아직 끝나지 않았다

개를 다 먹지도 못하고 남기고야 말았다.

　문홍식 씨에게 김치와 식량을 나누어 주면서 "C3까지 갈 수 있겠느냐"고 물어보니 "너무 힘들어서 가기가 어렵겠다"고 답한다. 매킨리를 홀로 등반한다는 것은 결코 쉬운 일이 아니지만 어떤 면에서는 홀가분하게 등반한다고 생각하니 오히려 마음이 편했다. 또 이곳까지 와서 혼자이기 때문에 등반을 하지 못한다고 하면 그것은 나의 등반 철학이나 원칙에 어긋나는 일이 아닐 수 없다.

　C3에 장비를 데포 시키기 위해 10시 30분에 출발하여 4시간 반 만인 15시에 C3에 도착했다. 다시 C2로 내려와서 저녁을 먹고 나니 벌써 20시였다. 이렇게 베이스캠프에서 캠프1로 장비를 옮기고 다시 베이스캠프에서 취침, 다시 캠프1로 올라가서 캠프2에 장비 데포를 한 후 캠프1에서 취침한다. 이렇게 등반을 하는 이유는 역시 고소에 적응하고 고산 등반에 가장 치명적인 고소 증세를 예방하기 위한 것이다.

* 고산병 / 낮에 부지런히 오르고 잘 때 낮은 곳에서 자라 💬

고소증, 혹은 그냥 '고소'라고도 부르는 '고산병(Mountain Sickness)'에 대해서 잠시 언급해야 할 필요가 있을 것 같다. 해발 3,000m가 넘는 고산을 등반하기 위해서 고소 적응은 반드시 필요한 조건이기 때문이다.
고소병 발생의 원인은 한마디로 말해서 산소 부족 현상 때문이다. 신체 활동을 위해서는 산소가 원활하게 공급되어야 하는데 산소가 부족해지면서 신체가 제대로 적응하지 못하기 때문에 나타나는 증세인 것이다. 해수면(해발 0m)에서 공기 중 산소의 농도는 21%에 기압은 760mmHg라고 한다. 그러나 해발고도가 높은 곳에서는 산소의 농도는 같지만,

호흡당 산소 분자의 수는 감소한다. 즉 해발 3,658m(12,000ft)에서 기압은 483mmHg이며 호흡당 산소 분자는 약 40%나 더 적다.

줄어든 산소에 대응하기 위해서는 신체가 저산소에서도 적응하는 수밖에 없다. 그러나 그러기 위해서는 최소한의 적응 시간이 필요하다. 신체에 필요한 산소를 공급하기 위해서 고소에서는 안정 상태에서도 호흡 횟수가 증가해야 한다. 즉 호흡이 빨라지는 것이다. 이렇게 증가된 호흡으로 혈중의 산소 농도는 증가하지만 당연히 해수면에서의 농도까지는 이르지 못한다.

고도를 급격히 높이다가 일단 고소증에 걸리면 무기력증과 두통, 어지러움, 피곤함 등이 동시에 수반된다. 사람에 따라서 구토, 복통, 졸음, 환시, 환청, 잦은 트림이나 방귀 등의 현상이 나타나는 경우도 있다.

고산증은 일반적으로 해발 2,400m~2,800m에서 시작된다고 한다. 다만 같은 고도라고 하더라도 산마다 압력의 차이가 달라 주의할 필요가 있다. 특히 남극 대륙에 위치한 산은 고소 증세가 다른 산에 비해 약 1,000m 정도 더 빨리 오는 것으로 알려져 있다. 즉, 남극 대륙의 최고봉인 빈슨 매시프는 해발고도가 4,879m밖에 되지 않지만, 실제로는 해발 6,000m에 이를 정도로 압력이 높다는 뜻이다.

고산증은 체력이 강하다고 겪지 않는 것도 아니고 성별의 차이나 연령의 차이도 크지 않다. 전문 산악인이라 할지라도 고산 증세가 일반인보다 빨리 나타날 수 있으며 심하면 사망에 이른다. 고산병 가운데 가장 치명적인 결과를 가져오는 것이 뇌수종이다. 뇌는 다른 기관과 달리 두개골이라는 아주 한정된 곳에 들어 있다. 뇌가 부어서 늘어날 수 있는 자리는 척수와 두개골이 갈라지는 빈틈뿐이다. 부풀어 오른 뇌가 늘어난 골수에 가하는 압력으로 심장의 활동을 조종하고 호흡을 조절하는 중심부가 지장을 받게 된다. 이러한 상태에 놓인 사람은 사형선고를 받은 것과 다름없다고 한다.

뇌수종의 초기 증세는 무기력, 졸음, 운동 신경의 둔화와 심리적 태만 등이다. 이 모든 것이 고소 순응 단계에서 나타날 수 있다. 수종이 악화되면 심한 두통과 평형 장애, 청각 장애, 시각의 환각이 일어나며 마침내는 실신 상태에 이른다.

고산 등반 중에 일종의 환각이나 환청에 대해서 언급하는 경우가 적지 않다. 그러나 해발 5,000m가 넘는 고산에서의 환각과 환청은 뇌의 기전이 악화되어서 발생하는 마지막 현상일 가능성이 크다고 한다. 고소에서의 환각과 환청이란 사실상 삶과 죽음의 기로에 섰다는 강력한 증거라는 것이다.

언젠가 한국 여성으로는 다섯 번째로 에베레스트에 오른 산악인 곽정혜 씨의 인터뷰 기사를 본 기억이 난다. 그가 에베레스트 등정을 마치고 힐러리 스텝과 발코니를 지나 하산하는 중에 미끄러져 6시간이나 혼자 고립된 적이 있었다고 한다. 그때 어린 시절 헤어진 이후 한 번도 만난 적이 없는 친구가 두 번이나 찾아왔다고 한다. 그는 그 친구가 저승사자라고 생각했다고 한다. 그 높은 곳에 오래 전 헤어졌던 친구가 찾아올 리 만무하고 뇌의 기억에 남아 있던 친구가 어떤 작용에 의해서 오래 전 그 친구를 기억에서 불러오지 않았을까 하는 것이 나의 지극히 주관적인 생각이다.

너무 높은 곳을 너무 빨리 오르는 것이 고소병의 가장 큰 원인이다. 그래서 고소 적응(Altimeter Accommodation)이 필요한 것이다. 특정한 고도에서 어느 정도 시간이 지나면 신체는 산소 분자의 감소에 적응할 수 있다고 한다. 이런 과정을 새로운 환경 적응이라고 하며 해당 고도에서는 일반적으로 1~3일의 적응 기간이 필요하다. 즉, 해발 3,048m에 오르고 그 곳에서 며칠을 보낸다면 신체는 3,048m에 적응하게 된다. 그러나 다시 그보다 높은 해발 3,658m에 오른다면 신체는 시간을 갖고 다시 한 번 적응해야 하는 것이다. 고산 증세가 나타났을 때 최상의 방책은 고도가 낮은 곳으로 내려오는 것이다. 그것이 어렵다면 더 이상 고도를 올리지 않는 것이다. 그러나 그것이 말같이 쉽지만은 않다. 따라서 예방이 가장 중요하다고 할 수 있겠다.

가능하면 고소까지 비행기나 자동차로 오르지 않아야 하며 고도가 낮은 지역에서 걸어서 올라가야 한다. 낮에는 높이 오르고 밤에는 낮은 곳에서 잔다. 천천히 행동하고 하루에 약 3~4리터의 물을 충분히 마시도록 한다. 금연·금주는 물론이고 머리를 감는 일도 삼가야 한다. 신경 안정제나 수면제, 진정제, 근육 이완제 등은 금물이다. 이런 종류의 약물들은 수면 중 호흡 운동을 감소시켜 증상을 오히려 악화시키는 경향이 있다.

식사는 탄수화물 중심으로 하되 빠른 시간 내에 에너지화할 수 있는 음식 즉 초콜릿, 사탕, 바나나 같은 고포도당 음식을 자주 먹도록 한다. 육류는 오히려 적게 먹어야 한다. 근육의 젖산량을 증가시켜 근육을 쉽게 피곤하게 하기 때문이다. 그밖에도 과로를 피하고 적당한 운동을 하는 것이 바람직하다. 의약품으로는 다이아막스(Diamox) 등이 유용하다고 되어 있다. 다이아막스도 사실은 안과용 약품으로 개발된 것인데 우연히 고산병에 예방 효과가 있다는 것이 밝혀지면서 광범위하게 사용되고 있다.

최근에는 성 기능 개선제인 비아그라가 사용되기도 한다. 고소증에 시달리는 경우 비아그라를 즉시 복용하게 하면 효과가 즉시 나타나지는 않지만, 약 두세 시간이 경과한 후에 상태가 상당히 호전된다고 한다.

그러나 고산병을 가장 효과적이고 완벽하게 예방할 수 있는 방법이 있다. 잠을 잘 곳에서 해발 약 500m 정도 올라가 1시간 정도 머무르다 내려오면 고소 예방이 된다. 그러나 이 방법을 안다고 해도 높은 산에서 무려 해발을 500m나 더 올라가 1시간을 머문다는 것은 그렇게 간단한 문제가 아니다. 네팔에는 "낮에 부지런히 높이 오르고 잘 때에는 낮은 곳에 내려와서 자라"는 격언이 있다.

텐트에 들어와서 누우니 텐트 위로 눈이 떨어지는 소리가 소록소록 들렸다. 오후 9시에 침낭 속으로 들어갔는데 이 날은 머리를 대자마자 단잠에 깊이 빠져들었다. 아마 피로가 많이 쌓인 탓이리라. 한국을 떠난 후부터 지금까지 낯설고 신비로운 백야 현상 때문에 거의 두세 시간밖에 잠을 이루지 못했는데 오랜만에 깊은 잠을 자고 나니 상쾌하고 컨디션이 정상으로 돌아온 듯했다.

5월 23일

어제부터 계속 눈이 내렸다. 7시 38분, 눈을 치우고 들어와야 할 것 같았다. 캠프2의 다른 텐트는 모두 조용했다. 시시각각으로 변하는 매킨리의 날씨는 하늘에 맡기는 수밖에 없었지만, 내일은 부디 출발할 수 있기를 간절히 빌었다. 시계를 보지 않으면 지금이 오전인지 오후인지, 또 오늘이 며칠인지 도무지 분간하기가 힘들었다.

그러나 어쩌랴. 자연 속에 왔으니 자연의 흐름 속에 순응하는 수밖에… 밤이 없이, 어두움 없이 마냥 떠 있는 해는 훤하게 흰 설원을 비추고 있다. 그 와중에 백두대간을 걷던 시절이 생각났다. 혼자서 며칠을 걷다 보면 말할 상대가 없으니 나중에 사람을 만나도 말을 제대로 할 수 없을 것 같아 혼자서 중얼중얼 소리 내서 말해 보고는 했었다. 그런데 매킨리에 와서도 그래야 할 모양이다. 혼자 있으니 대화를 나눌 수 있는 상대가 없는 것이 가장 아쉽다. 어쩔 수 없이 등반이란, 또 모험이란 원래 고독한 것이다.

나의 꿈은 아직 끝나지 않았다

C3으로 진출하기 위해서는 이제 눈이 그만 와야 할 텐데… 눈이 많이 내려 텐트가 가라앉았다. 텐트 위에 쌓인 눈을 열심히 치우다 보니 벌써 오후 2시. 쉬지 않고 내린 눈은 벌써 1미터도 넘게 쌓인 듯했다. 알파미에 누룽지를 넣어서 코펠로 한 솥 가득 끓였다. 입맛이 없어 한국에서 가져온 김치, 새우젓, 된장만으로 식사를 했는데 그런대로 먹을 만했다.

'알파미(precooked rice)'란 한마디로 끓는 물을 부어 10분 정도면 밥이 되는 즉석 식품이다. 제2차 세계 대전 중 불을 쓰지 않고 밥을 지어야 할 필요성에 따라 일본의 화학자 '니쿠니 지로'가 네덜란드의 J. R. 카츠의 이론에 따라 연구·개발한 건조밥이 시초라고 한다. 쌀에 물과 열을 가하여 알파화하여 알파미라 부른다. 알파미를 만들 때에는 쌀로 밥을 지은 후, 80~130℃에서 상압 또는 감압으로 급속하게 탈수하거나 수분 함량을 5% 정도로 건조하면 된다. 최근 생산되는 알파미는 동결 건조 방식으로 만들어 맛도 좋고 보관도 용이하다.

국내 업체인 '제로그램'에서 나온 친환경 알파미는 개당 80g씩 포장되어 1인분으로 먹기 좋고 10개들이 한 박스에 가격은 18,000원 정도한다(2014년 기준). 알파미의 맛은 쌀로 밥을 바로 해서 먹을 때만큼은 못 하지만, 시장이 반찬이라고 뜨겁게 해서 먹으면 제법 먹을 만하다.

그러나 무엇보다 고산에서 알파미를 먹는 이유는 일반 쌀에 비해 무게가 약 20% 정도 가벼워 운반이 간편하고 물이 끓기 시작하는 동시에 조리가 완료되므로 연료 소모가 적으며 부득이한 경우 물만 부어도 밥을 먹을 수 있다는 장점 때문이다.

15시 30분, 눈을 치우려고 한 삽 가득 눈을 퍼 올렸는데 눈의 무게

때문에 삽을 들어 올릴 수가 없다. 그래도 열심히 눈을 치우고 텐트 안으로 들어온다. 이제 홀로 1인용 텐트에서 살아가는 방법에 적응이 된 듯싶었다. 눈을 녹여서 물을 만들고, 밥인지 죽인지 질게 된 밥을 만들어 두 공기나 먹고, 수통에 물을 가득 채우고, 차를 마신다.

사용하지 않는 코펠은 요강 대용으로 아주 적절했다. 배변은 비닐봉지에 넣어 텐트 밖에 놓아두면 자동으로 얼어붙는다. 그러면 한군데에 모아 놓았다가 나중에 한데 모아서 가지고 내려가면 된다.

1인용 텐트의 비좁은 공간에서는 활동에 제약이 있기 마련이다. 일어나 앉아 있다가 다시 눕고 또 앉아 가벼운 스트레칭을 하고는 바람소리와 눈 내리는 소리를 듣는다. 내일은 눈이 그치겠지. 이 고립무원의 상태에서 '나는 행복한가?'라는 생각도 했다. 돈 걱정, 일 걱정, 친구, 직장 등 세상 속에 있으면 갖은 스트레스를 받게 되지만, 아무도 없이 바람 소리, 눈 내리는 소리에 텐트 자락만 펄럭여도 나는 행복하기만 했다. 텐트는 속세의 도피처인지도 모른다. 나는 그저 '지금 이 순간을 즐기자'는 기분으로 텐트 문을 빼꼼히 열고 눈이 내리는 장관을 하염없이 바라보았다.

한숨 자고 일어나니 18시 40분. 눈을 치우려고 나가 보니 텐트 중간 높이까지 눈이 쌓였다. 어제 본 변 봉투와 오늘 것을 찾아 같이 넣어 보관했다. BC까지 가지고 가야 했기 때문이다. 차 한 잔을 마시고 텐트의 무게를 느껴 고글을 쓰고 나가니 눈보라에 눈이 고글에 달라붙어서 도무지 앞이 보이지 않는다. 강한 눈보라 때문에 더 이상 길을 내지 못하고 다시 텐트로 들어왔다. 시계를 보니 20시, 하는 일 없이 무료하다 보니 자꾸 시계만 들여다보게 된다.

나의 꿈은 아직 끝나지 않았다

5월 24일

날짜를 몰라서 뒷장을 들춰 보니 24일이었다. 며칠을 잤는지, 얼마나 지났는지 기억이 희미했다. 아니 기억하고 싶지 않았다. 행복하니까, 즐거우니까 더 바랄 것이 없었다. 내리는 눈이 정말 아름다웠다. 밤톨만큼이나 큰 것이 펄펄 내리니 텐트에 닿는 소리가 사그락사그락 들렸다.

4시, 잠결에 보니 텐트가 눌려 있다. 텐트 안쪽 면에는 성에가 얼어붙어 얼음 조각이 떨어졌다. 침낭도 젖었다. 감기 기운이 있는지 머리가 지끈거렸다. 눈삽으로 눈을 치우고 들어오니 손이 저려 왔다. 온 세상이 흰 눈이라 훤한 건지, 그냥 밝은 건지 한밤중인데도 불구하고 우리나라의 흐린 날 낮과도 같았다. 역시 편히 누운 침낭 속은 행복하다. 조용한 텐트, 좁은 공간에 누워만 있다 보니 갖가지 상상이 꼬리에 꼬리를 문다. 새가 되어 이 공간을 벗어나 자유롭게 날아다니면 어떨까? 구름을 타고 매킨리 정상까지 날아갈 수 있다면 얼마나 좋을까? 현실에서는 도저히 이루어질 수 없는 일들이 머릿속을 떠다녔다.

7시 30분, 볼펜이 얼어서 글이 잘 써지지가 않는다. 눈이 쌓인 텐트 천정의 무게가 묵직하게 느껴졌다. 여전히 눈보라가 쳤다. 성애와 얼음 조각에 손이 시렸다. 버너에 불을 붙이고 천정의 얼음 조각을 녹이면서 차 한 잔의 시간 속으로, 상상의 세계로 빠져 본다.

눈을 치우고 요강을 비우고 밥을 먹고… 같은 일의 반복이지만 마음만은 편했다. 텐트 사이트의 위치는 능선의 가장자리다. 텐트 뒤쪽으로는 눈사태가 발생할 수 있는 지역 같아 '조금 더 올라가서 칠 것을 그랬나?' 후회가 되기도 했지만, 그렇게 위험해 보이지는 않아 굳이 텐트 위치를 옮기지는 않았다. 밖에서 사람 소리가 나지만 귀찮아서 그냥 소리만 들었다. 그래도 지나다니는 사람이 있으니 '나도 살아있구나' 하는 존재 의식이 생긴다. 소음이 가득한 세상에서 살다가 이렇게 고요한 세상으로 오니 지극히 정상적인 일들도 특별하게 다가온다.

'C3도 못 가고 여기서 후퇴해야 하는 것이 아닌가?' 하는 걱정도 잠시, 텐트 위로 눈이 쌓여 더 이상 버티기가 힘들 것 같았다. 귀찮아도 밖으로 나가서 눈을 털어내야 텐트가 무너지지 않을 것 같았다. 언제쯤 눈이 그칠까? 대자연 앞에 무릎이라도 꿇고 애원해 보고 싶기도 했다. 미안하다고 사정도 하고 싶었다. 몇 년을 기다려 이곳까지 왔는데 텐트 속에서 무료하게 보내자니 답답한 마음을 이루 말할 수가 없다. 여기까지 오게 된 사정을 무릎이라도 꿇고 하소연하면 내 소원을 들어주려나?

애꿎은 해는 환히 웃고 있는데도 웬 눈보라가 그리도 치는지, '매킨리 산신'이 있다면 그에게 따지고라도 싶었다. 그러나 이제는 모든 걸 잊어버리고 자연의 순리에 맡길 수밖에 없다. 처음 이곳에 왔을 때 혈기왕성하던 컨디션도 점차로 떨어지고 이제 먹을 만한 반찬도 별로 없다. 남은 반찬이라야 새우젓 한 스푼에 김치 반 포기. 혼자 먹으면 그래도 이틀은 버틸 수 있을 것 같았다.

먹고 싶어서 밥을 먹는 것이 아니라 오로지 등정의 순간을 위하여 열심히 밥을 먹는다. 우선 날씨가 좋아져야 하겠고, 날이 좋아져도 그동안 내린 엄청난 양의 눈 때문에 눈사태에도 철저하게 대비해야 할 것 같았다. 고산에서 눈사태에 휩쓸리게 되면 살아날 가망성이 별로 없다. 그런 생각을 하는 사이 어느 캠프에서 몇 동이나 눈사태로 쓸려 버

나의 꿈은 아직 끝나지 않았다

렸는지 걱정도 되고 궁금하기도 했다.

14시 15분, 햇볕이 쨍쨍한 날씨였지만, 눈보라는 멈추지 않고 불어왔다. 바람이 부는데도 불구하고 텐트 위에는 무너지지 않을까 겁이 날 정도로 눈이 많이 쌓였다. 텐트 위의 눈을 치웠지만, 눈은 그칠 줄 모르고 계속 내리고 또 쌓일 뿐이었다.

17시 19분 허리까지 쌓인 눈을 치우고 들어왔다. 텐트 밖 통로로 만들어 놓은 좁은 길은 그냥 두고 들어왔다. 눈은 이미 내 키를 넘을 만큼 쌓여 있었다. 나중에 이렇게 높이 쌓인 눈을 빠져나갈 때 어떻게 헤쳐 나갈지도 걱정이었다. 쌓이는 눈 걱정, 언제 눈이 그칠지 걱정, 온통 눈에 대한 걱정을 하고 있다 보니 입술 피부가 갈라지고 밥 생각도 별로 나지 않았다. 며칠째 세수도 하지 못해 내 얼굴이 어떻게 달라지고 있나 거울이 있다면 비춰 보고 싶었다.

5월 25일

새벽에 소변을 보고 다시 침낭에 들었는데 9시였다. 눈을 치우고 요강을 비우고, 일정대로 버너에 불을 붙이고, 이어지는 행동들. 눈보라는 언제쯤 그치려나? '이러다가 고산에서 조난을 당하는 것은 아닌가?' 하는 생각도 들었다. 22일부터 4일째 혼자 눈에 고립된 상태로 있으니 어느 캠프, 어느 텐트에서 혹시라도 굶거나 동사하는 일은 없었는지 걱정되는데, 눈보라가 그쳐야만 알 것 같았다. 문흥식 씨의 텐트는 내가 머무르고 있는 텐트에서 약 5미터, 서너 걸음밖에 되지 않는데도 그의 텐트가 보이지 않았고 기척도 들리지 않는다.

문홍식 씨한테서 무전이 날아왔다. "별일 없느냐?"는 것이었다. 문홍식 씨도 별일 없다고 했다. 밤 10시에 다시 교신하기로 하고 끊었다. 눈보라는 쉴 새 없이 몰아친다. 밤새 텐트 주변의 눈을 치우느라 개미가 개미굴에 드나들 듯했다. 한 시간만 있으면 텐트 위에 눈이 쌓여 그 무게에 텐트의 폴대가 휘청거릴 정도였다.

무전기를 꺼내는 순간 텐트 위로 무엇인가 묵직한 느낌의 물건이 떨어지는 소리에 놀라서 보니 그 충격으로 텐트 안에 매달려 있던 성에가 그대로 떨어지면서 침낭을 덮쳤다. 텐트 밖으로 나가 도대체 텐트 위로 날아든 물건이 무엇인지 정체를 확인하니 놀랍게도 변이었다.

누군가 내 텐트 주변이 크레바스인 줄 알고 변을 보아서 던진 모양이다. 하기야 심한 눈보라 때문에 2미터 앞도 제대로 보이지를 않으니 던졌을 테지. 돌덩이처럼 단단하게 굳어진 인분이 날아와 강한 충격으로 텐트를 찔렀는데도 텐트가 찢어지지 않은 것이 다행이라면 다행이었다. 그래도 볼일을 보면 변 봉투에 담아 등정이 끝나고 가지고 내려가야 할 텐데 아무데나 변을 보고 던져버린 어느 몰지각한 산악인의 행태가 괘씸했지만, 나는 실없이 혼자 코웃음을 쳤다. 슬며시 안면의 근육이 움직이는 것을 느낄 수 있었다. "재수 없지만 똥은 꿈에서 횡재수라 하니 분명히 이 눈보라가 그치면 등반에 성공하고 귀국할 것이다."라고 애써 좋은 편으로 생각했다.

눈을 치우고 들어오니 오전 10시 30분. 대충 눈을 털고 온통 얼음 덩어리로 변한 텐트 안을 털어내고 버너에 불을 붙여 장갑과 양말을 대충 말린 후 누룽지를 끓인 숭늉으로 한 끼를 때웠다. 이제 밥은 하루에 한

끼밖에 못 먹는 것 같다.

12시 17분, 눈보라 속에 눈을 치우러 나갔다. 눈이 엄청나게 쌓여 있었다. 한 삽을 뜨고 숨 쉬고, 한 번 허리 굽히고 두 번 숨 쉬고, 숨이 찼다. "내일은 그치려나?" 하면서 눈을 치우고 있으니 앞 텐트의 문홍식 씨가 눈을 치우다가 손을 들었다. 서로 손만 들어도 그 이상을 알고 있었다. 불을 달라고 해서 주니까 눈이 그치면 LP로 내려간다고 하면서 초콜릿과 내가 주었던 깻잎을 다시 돌려준다. 그는 "내 썰매가 도무지 어디에 묻혀 있는지 모르겠다"고 했다. 눈을 다 치우고 시계를 보니 오후 4시.

16시 20분, 바깥 온도가 따스했다. 계속 눈보라가 치는데 햇볕이 드는 텐트는 바람을 피해서인지 훈훈했다. 눈보라가 며칠이나 더 올지? 동료도 없이 더욱이 안자일렌도 없이 나 홀로 운행한다면 비상사태가 발생했을 경우에 아무도 나를 도와줄 사람은 없다. 여러 차례 고민하다가 등반하는 다른 원정대의 맨 뒤를 따라가면 어떨까 싶었다. 좀 쑥스러운 등반이기는 하지만 어쩔 수가 없다. 나 혼자 눈사태와 크레바스를 피해 완벽하게 등반해 나간다는 것은 결코 쉽지 않은 일이기 때문이다. 역시 안전이 제일인 것이다.

매킨리는 해발고도가 6,194m로 8,000m 급 고산이 즐비한 히말라야에 비하자면 상대적으로 낮은 산으로 인식되어 등반의 난이도가 실제보다 낮게 평가되는 경향이 있다. 그러나 이것은 사실과 다르다. 매킨리는 지리상 북극과 가까이 있어 산 전체가 빙하로 덮여 있다. 크레바스가 많고 상시 강풍이 불어온다. 그래서 8,000m 급의 고산 등정과 비슷한 정도의 등반 난도가 있다는 것이다. 또 해수면으로부터 산의 높이를 재세 되면 난연 에베레스트가 높지만 땅에서부터 높이를 측정하면 매킨리가 에베레스트보다도 더 높다는 말도 있다.

20시 21분, 잠이 오지 않는다. 외국 원정대가 내 텐트가 있는 위쪽 지역에 텐트를 치고 있었다. 가만히 있으면 "뚜~우 뚱, 뚱, 뚱" 얼음 갈라지는 소리가 귀전에 울렸다. "내일은 눈보라가 치더라도 운행을 해야 하나?" 썰매를 찾아야 하는데 눈보라가 시야를 가려서 한 치 앞도 보이지 않았다. 마치 소독차가 온통 뿌연 연막을 뿌리고 떠난 골목길의 허공 같았다. 내 일생에 이렇게 지독한 눈보라는 처음이다. 며칠이 지났는지도 모를 지경이었다. 볼펜을 놓고 눈을 치우러 나가 눈을 모두 치우고 돌아오니 23시, 라면을 한 개 끓여서 다 먹을 때까지 눈보라는 그치지 않고 몰아친다. 24시 38분, 그 와중에 유일한 행복이랄까, 꿈속의 행복을 위해 침낭으로 들어간다.

5월 26일

5시 30분, 이상했다. 새벽에 요의를 느껴 깼는데 사방이 쥐죽은 듯 조용했다. 상황을 파악해 보니 눈보라가 약해진 것 같았다. 눈이 내리기 시작한 날짜가 5월 22일이었으니 눈이 그친다면 5일만의 일이다. 나는 마음이 급해 서두르기 시작했다. 일상적인 아침 스케줄을 신속하게 끝내고 보니 오전 9시. 윗집에 자리 잡은 외국 팀의 텐트에서도 눈을 치우는 소리가 들렸다.

그러나 눈은 그쳤으나 앞이 한 치도 보이지 않는 안갯속과도 같다.

나의 꿈은 아직 끝나지 않았다

이번에는 가스가 가득 차 있는 것이다. 벌써 해가 떠 있을 시간인데 자욱한 안개에 운행은 도저히 힘들 것 같았다. 그래도 썰매를 찾아 놓으려고 눈 속을 설동만 한 크기로 파 보았는데 찾을 길이 없었다. 부지런히 설동만 한 눈구덩이 옆을 열심히 파낸 결과 12시가 다 되어서 간신히 눈에 완전히 갇혀 있던 썰매를 찾을 수 있었다. 나는 마치 내 분신을 되찾은 것만큼 기뻤다. 매킨리 원정은 모든 짐을 등반자 자신이 썰매에 지고 날라야 하기 때문에 '분신'이라는 표현이 어색하지가 않다.

서둘러 라면을 하나 끓여 먹고 C2에서 13시 30분 정각에 출발했다. 다른 팀들도 여러 팀이 줄을 서고 있었다. 심하게 눈보라가 치는 궂은 날씨에 다른 팀들도 날이 좋아지기를 눈이 빠져라 기다리다가 드디어 길을 나선 것이다.

드디어 C3에 16시 30분에 도착했다. 갈증이 나서 물을 마시고 있는데 정승권 씨가 이곳까지 와서 짐을 데포 시키고 다시 내려갔다. 나는 요행히 담장이 있는 자리를 권리금(?)도 내지 않고 입주할 수 있었다. 텐트를 치고, 짐을 정리하고, 저녁은 누룽지를 끓여 먹고 나니 20시 13분, 조금 이르지만 침낭 속으로 들어갔다.

C3에 도착하니 주변 경치가 정말이지 아름다웠다. 며칠 내린 흰 눈 덕분에 세상의 모습이 정말 장관이었다. 눈이 내릴 때는 그렇게 원망스러운 눈보라였지만, 이렇게 아름다운 경치를 만들어 주니 그동안의 원망은 눈 녹듯 사라지고 가슴 속에서는 다시 희망이 싹트기 시작한다.

20시 38분, 애써 잠에 들려고 해도 저 멀리서 눈사태로 인한 소리가 마치 대포를 쏘는 소리같이 엄청나게 크게 울렸다. C2에서 올라온 쪽을 내려다보니 내가 이런 길을 어떻게 썰매까지 끌고 왔는가 싶었다. 내일은 오늘보다도 더 급경사인 구간을 올라가야 한다. 또 그동안 착용해 온 설피를 벗고 아이젠을 착용하고 등반해야 한다. 설피는 이곳에 데포 시키고 갈 생각이었다. 세상은 온통 하얀 눈 세상. 더러 군데군데서 눈사태만 일어날 뿐이었다. 옆에 있는 외국 등반 팀의 텐트에서는 무엇이 그리 좋은지 떠들고 노래를 부르고 야단이었다.

5월 27일

4시, 갑자기 추워져서 잠에서 깼다. C2보다 굉장히 추웠다. 다운파카 상하의에 영하 30도까지 견딜 수 있는 오리털 침낭에 들어가서 모자와 신발 그리고 파일 장갑까지 끼고 자는데도 추위를 막을 방법이 없었다. 그나마 바람은 없어 잔잔했다.

8시, 물만 마시고 뒤척이며 누워 있었다. 그동안 먹은 것도 변변치 않고 귀찮기도 해서 변을 참아 왔는데 오늘 며칠 만에 변을 볼 수 있었다. 식사량은 얼마 되지도 않는데 컨디션이 별로 안 좋은지 약간의 설사 기운이 있었다. 오늘은 C4까지 등반하려고 마음먹었지만, 마음이 바뀌어 일단 장비만 데포 시키고 돌아오기로 했다.

9시 27분, 해가 떠오르고 햇살이 텐트 위를 비추니 그 열기에 텐트 안은 마치 비가 오듯이 물이 흘러내렸다. 매일 아침 반복되는 일상적인 행동으로 들어간다. 여기서 말하는 '일상적인 행동'이란 우선 버너에 불을 붙이고 눈을 녹여서 보관하는 등 일련의 과정을 말한다. 녹인 물을 거즈에 걸러서 수통에 인삼차 두 개와 함께 담는다. 그 후 텐트 천장의 물기를 말리고 침낭과 장갑도 말린 후 식사를 하고 다시 물을 만들어 보관하는 것이다.

12시 30분에 C3을 출발, C4(사실상의 BC로 해발 약 4,300m에 이른다.)까지 데포 시키러 가는 중이었다. 거의 설벽이라고 할 정도로 경사도가 높았다. '윈디 코너(Windy Corner)'까지 약 300미터를 전진하는 데 무려 1시간 반이나 걸렸다. 윈디 코너는 하도 바람이 많이 불어와서 붙여진 이름이라고 한다. 윈디 코너로 오르는 길과 모터사이클힐로 오르는 길은 급경사 지역으로 썰매를 끌고 가려면 그만큼 더 힘이 든다. 더욱이 신설 위로 러셀을 하고 가려면 두 배 이상의 힘이 드는 것이다. 또한 고도상으로 윈디 코너에 이르면 고소 경험이 있는 등반자도 본격적인 고소 증세가 나타나기 시작한다고 한다.

벌써 운행 중에 숨이 많이 찼다. 나는 약 50kg의 정도의 짐을 썰매에 올려놓은 다음 썰매를 끌고 지고 이동했는데 그런 방식은 외국팀이라고 해도 다를 바가 없었다. 등반 중에 미끄러지기라도 하면 C3까지 도로 내려가야 했다. 그렇지 않으면 크레바스에 빠질 위험이 있기 때문이다. 나는 '프론트 사이드 킥' 방식으로 등반을 이어 나갔다. 그러나 썰매는 마치 자기는 가기가 싫다는 듯이 매달리는 것만 같았다. 숨이 찼다. 나는 열 걸음을 옮겨놓고 숨을 골랐다. 안부에 올라 숨을 돌리려니 우측 사면은 더 가팔라 보였다.

그렇게 힘든 와중에도 신비롭고도 아름다운 경치가 눈에 한가득 들어왔다. 카메라를 꺼내 셔터를 눌러 봤다. 정말로 이렇게 아름다운 광경은 신이라도 감히 만들지 못할 것만 같았다. 경악 그 자체라고 할까?

이 설경을 보면 누구라도 감탄하지 않을 수 없을 것이다.

C3부터는 얼음과 눈사태로 거대한 빌딩 같은 눈덩이가 기둥을 이룬 것들이 마치 그 누구라도 감히 흉내를 내지 못할 신의 작품과도 같았다. 그곳에 크게 입을 벌리고 있는 크레바스는 무섭다기보다 그저 신비롭고 경이로울 뿐이었다. 나도 모르게 눈물이 주르륵 흐르면서 목이 메어왔다. 이유도 없이 눈물이 자꾸 흘러내렸다. 오오라 인간이 너무 감복하면 이렇게 숨 쉴 새 없이 눈물이 흐르는구나. 지금껏 수십 년 동안 국내외에서 산행을 해 왔지만 이런 경험은 처음이었다. 눈물을 흘리면서도 한편으로는 한없이 기쁜 마음이 들어 정신줄을 놓을 것만 같았다.

이런 기분이라면 내가 미칠 것만 같아서 스틱을 들어 다시 내 머리를 찍어 보고 흔들어 봤다. 숨겨진 크레바스가 나왔다. 그러나 겁이 나는 않았다. 썰매를 우측 사면 수백 미터 쪽으로 달리면 몸은 반대로 기울어 수평을 이루어 이동했다. 목이 탔다. 물을 한 모금 마시고 주위의 만물상을 둘러보면 힘든 줄도 몰랐다. 그저 경악스런 눈동자로 주위의 경치를 말없이 바라볼 뿐이었다. "어디 누구 없소?" 누구에게라도 이렇게 아름답고 신비한 세상을 보여주고 또 말로 표현해 주고 싶었다.

18시 30분, C4(BC / 4,300m)에 도착했다. 매킨리 캠프4는 일명 '매킨리시티(Mckinley City)'라고도 불리며 실질적인 베이스캠프 역할을 하는 장소다. 때문에 이곳에서는 텐트를 제대로 설치하고 화장실과 인원에 따라 식당 텐트를 설치하기도 한다.

자연에 감사하면서 또 숨을 고르면서 C4에 도착하니 대구 박인수 YMCA팀이 반겼다. 대구 팀은 한국에서 출발하면서 알게 된 팀이었다.

내가 C1에서 하루를 지체하는 바람에 헤어졌는데 오늘 반갑게 다시 만난 것이었다. 그들도 매우 반가워하며 내게 저녁 대접을 해 줬다. 이렇게 높고 거친 곳에서 저녁 대접을 받다니 정말로 고마울 뿐이었다. 짐을 데포 시키고 표식기로 표시해 놓은 다음 카메라 셔터를 눌렀다.

19시 30분, 다시 C4를 출발하여 크레바스에 온 신경을 집중해서 조심스레 하산을 완료하니 그때가 21시 정각이었다. C3에서는 서울 정승권 팀이 도착해서 나를 반겨 주었다. 일상적인 작업을 마치고 나니 23시, 한밤중인데도 역시 밖은 대낮같았고 눈이 내리며 소복이 쌓이고 있었다.

5월 28일

어제는 0시가 넘어 잠이 들었는데 4시 30분에 저절로 눈이 떠졌다. 잠을 잔다고는 했지만, 사실 추위 때문에 깊은 잠을 잘 수 없었다. 8시 30분에 눈을 녹여 버너에 올려놓고, 숟가락으로 장단을 맞추다가 이내 김이 나면 알파미 봉투에 물을 붓고 10분 정도 기다리다가 먹으면 됐다.

11시 45분에 C3을 출발한다. 어제 내려온 길을 다시 썰매를 끌고 올라간다. 쉼 없이 걸어 C4(BC)에 도착하니 17시, 이번에는 원주 서광호 팀이 저녁을 함께 먹자고 한다. 이렇게 고마울 데가~ 맛있게 잘 먹었고 또 그만큼 고마웠다. 나도 그분들에게 무언가를 해 주고 싶은데 내게는 그들에게 줄 것이 별로 없다는 것이 아쉽고 미안했다.

텐트 주변은 어제보다 많이 내려앉았다. 내일은 하루를 쉬기로 마음

먹었다. 18시, 낮잠을 자서 그런지 나른했다. 내일은 C5(하이캠프)에 공격용 식량과 장비를 데포 시키고 올 생각이었다. C4에서 바라다 보이는 매킨리 정상 부근은 구름이 가득했다. 저 정도 상태라면 정상 주변에서는 아마도 눈보라가 칠 것 같았다. 현 위치에서 정상까지의 고도차이는 약 900m 정도이며 약 8시간 정도가 소요된다고 한다. C5에서 정상까지 등정하고 다시 C5로 돌아오는 데 소요되는 시간은 약 12시간이라고 한다. 베이스캠프에도 눈이 내렸다. 21시 22분, 어제보다 컨디션이 좋은 편이다. 마음속으로 내일과 모래 일정을 그리면서 침낭 속으로 들어간다.

5월 29일

정승권 원정대의 선발팀이 BC에 입성했다. 오전에는 원주팀 텐트를 방문하여 정상 공격 상황과 일정에 대해서 이야기를 나누다가 돌아왔다. YMCA 팀은 정상 공격을 하고 내일은 BC로 내려갈 예정이라고 했다. 대규모로 꾸려진 영국 팀이 BC에 입성했고 그 여파로 온통 시끌벅적했다.

베이스캠프에는 공중 화장실이라고 만들어 놓은 곳이 있는데 앞문도 없고 남녀의 구분도 없이 그냥 지나는 사람들 앞에 앉아 볼일을 볼 수 있게 눈구덩이만 파 놓은 곳이다. 소변은 깃발이 꽂혀 있는 데서 대충 보는 형편이었다. 앞에 천막이라도 가려 놓았으면 얼마나 좋으랴. 지나는 사람들 앞에 무릎까지 내리고 대변을 보자니 정말 쑥스러웠지만

나의 꿈은 아직 끝나지 않았다

그래도 어쩔 수 없는 노릇이었다.

여자 등반 대원들은 어떻게 생리 현상을 해결하는지 모르겠다. 아마도 최대한 견뎌내다가 모두가 잠든 한밤중에 일을 치르리라. 내가 볼일을 볼 때 사람들이 지나가게 되면 나를 향해 싱긋 웃고 '헬로' 하면서 지나간다. 그런 행동들이 나를 놀리는 것인지, 격려해 주는 것인지 모르겠으나 어쨌든 기분이 썩 좋지는 않았다. 매킨리까지 와서 별 이상한 일을 다 겪어 본다.

5월 30일

정각 7시에 기상, 9시에 C4를 출발한다. 첫 발걸음부터 숨이 턱에 차올랐다. 거의 직벽 같은 '헤드 월'(Head Wall / 5,000m)은 그야말로 설벽이었다. 1시간 30분을 올라갔는데도 5분의 1도 못 올라온 것 같았다. 나는 열 걸음을 이동한 다음에 숨 고르기를 했다. 이렇게 수백 번을 거듭하니 고정 로프(Fixed Rope)가 있었다. 나는 주마(Jumar : 고정된 로프를 타고 오르기 위해 사용되는 기계적 장치. 어센더ascender 또는 등강기登降器라고도 부른다.)를 꺼내서 고정 로프에 걸었다.

킥을 하고 당기고를 거듭하니 모두 10피치(pitch : 한 확보 지점과 다음 확보 지점 사이의 구간. 피치는 루트의 일부분으로 등반자가 올라가야 할 두 확보 지점 사이의 길이는 일정치 않으며, 짧게는 40m에서 60m 이상일 때도 있으나 구간별 난이도에 따라 피치의 길이가 달라질 수도 있다. 암벽 등반에서는 여러 피치가 하나의 루트를 이룬다. 피치는 등로에 있는 한 구간을 뜻한다. 루트와 같은 뜻을 가진 '코스'

는 루트보다 비교적 좁은 의미로 쓰인다.)는 되어 보였다.

주마링을 끝내고 보니 벌써 13시 30분. 4시간 30분을 올라왔는데도 C4는 바로 발아래 있었다. 이번에는 칼날 같은 사면 능선을 탔다. 좌측으로는 발을 잘못 디디면 수백 미터나 떨어지는 급사면이었다. 뒤돌아보지 않고 찍고, 서고, 숨 고르고를 수백 번 거듭하니 5,200m C5(High Camp)에 도착했다. 16시. 무려 7시간을 등반해 온 셈이었다. 서둘러 데포를 시키고 나니 원주 팀이 죽을 한 모금 마시라고 해서 고맙게 마신 후 바로 하산을 시작했다.

내려올 때가 더 위험했다. 한 발 한 발 딛고 내려가다 드디어 고정 로프가 나타났고 설벽에 주마를 걸고 천천히 하산하니 로프가 끝난다. 다음에는 비닐봉투를 깔고 눈썰매를 탔다. 제동은 피켈을 이용했다. 어렵게 올라갔던 길을 신나게 눈썰매를 타고 내려오자니 내가 마치 산타클로스라도 된 듯한 느낌이었다. 소요된 시간은 불과 1시간 50분 정도. 간단히 라면을 하나 끓여 먹고 기쁨에 충만한 마음으로 내일을 생각하며 이내 깊은 잠에 빠졌다.

5월 31일

7시 45분, 텐트 밖을 보니 가스가 자욱했다.

8시 40분, 눈발이 날리기 시작한다. 일정상으로는 오늘 텐트를 가지고 올라가야 하는데 이런 날씨라면 아무래도 틀린 것 같았다.

11시 55분, 30여 명이 흰 설벽에 붙었다. C5로 가는 것 같지는 않아

보였다. 눈이 또 내리면 C2에서처럼 며칠 동안이나 이곳에서 갇히게 될 텐데 그렇게 되면 어떻게 하나? 식량과 연료부터 걱정이었다. 내일은 등반해서 올라가야 하는데 대구 YMCA 팀은 벌써 LP로 하산했다. 제발 날씨가 개어 주기를 빌면서 간식으로 점심을 때웠다.

지금 시각 16시 27분, 눈은 펄펄 내리는데 날씨는 쨍쨍. 텐트 안은 포근했다. "내일 일은 생각하자! 침낭 속으로 들어가 가슴 가득히 희망을 품자."

6월 1일

6시 30분에 일어났다. 3시부터 뒤척이다 일어나 아침 식사를 마치고 출발하려고 하는데 원주 팀이 하산한다며 사진이나 찍자고 한다. 그들과 함께 오랫동안 추억될 기념 촬영을 한 다음 잘 내려가라고 배웅하고는 9시 10분에 출발했다. 배낭이 어제보다 더 무거워진 느낌이었다. 어제 힘들고 어렵게 등반했던 길을 오늘은 그래도 길이 눈에 익어서인지 비교적 수월하게 올라왔다는 생각이 들었다. 이 높이에 담장까지 있는 C5의 '집터' 또한 어렵지 않게 구하고 나니 내게 운이 따르는 것도 같았다.

16시 10분에 C5 도착. 텐트를 치고, 차를 마셨다. 저 멀리 카힐트나(Kahiltna) 빙하 지대가 아스라하게 바라다 보였다. 눈부시게 흰빛으로 반짝이는 빙하는 마치 푸른빛으로 발광하는 것처럼 보이기도 했다. 마치 우주선에서 내려다보는 듯, 멀리 구름에 가린 도시는 손톱만큼도 보이지 않았지만 마음만은 그렇게 편하고 행복할 수가 없었다. 바람이 세어졌다. 내일 공격인데, 너무 강하게 바람이 불면 안 되는데… 걱정이 앞선다.

오늘날 전 세계의 수많은 산악인들이 매킨리에 도전하고 있고, 우리나라의 산악인들도 마찬가지다. 그러나 매킨리는 결코 만만하게 볼 산이 아니다. 2007년까지 미국인 71명이 등반 중 희생되었고, 일본인 22명, 캐나다인 12명이 매킨리에서 유명을 달리했다. 한국인도 매킨리에서 8명이나 희생되었다. 그 중에 고상돈과 이일교 대원이 있다.

나는 잠시 그에 대해서 떠올려 보았다.

1977년 9월 15일 오후 12시 50분, 고상돈 대원은 한국인으로는 최초로 에베레스트 정상에 올랐다. 새벽 4시에 셰르파인 펨바 노르부와 함께 캠프 5를 출발한 그는 8시간 50분이라는 짧은 시간에 등정에 성공했다. 산소 호흡기를 찬 고 대원은 정상에서 태극기를 휘날렸고 그 모습은 얼마 안 있어 한국의 일간지 지면을 장식했다. 그는 또 정상에서 무려 1시간이라는 긴 시간 동안 머무르기도 했다. 고 대원의 에베레스트 등정은 그 자신만의 영광이 아니라 김영도 대장이 이끄는 77에베레스트 원정대의 쾌거이기도 했다.

고 대원의 쾌거로 우리나라는 세계에서 8번째로 그리고 아시아에서는 일본, 중국, 인도에 이어 네 번째로 에베레스트 정상을 밟은 나라가 되었다. 당시만 해도 에베레스트 등정은 국가적인 쾌거로, 고 대원을 포함한 원정대는 김포 공항에서 광화문까지 귀국 퍼레이드를 펼쳤고 박정희 대통령은 원정대를 청와대로 불러 18명 대원 전원에게 체육 훈장을 수여했다. 대한산악연맹은 9월 15일을 '산악인의 날'로 정하고 대한민국 산악 대상을 시상하고 있는데, 이는 고상돈 대원의 에베레스트 등정을 오랫동안 기리기 위한 것이기도 하다.

국민적 영웅이었던 고 대원을 삼켜버린 곳이 바로 매킨리다. 고 대원은 1979년 매킨리 원정에 나섰고, 5월 29일 오후 7시 15분경 정상을 밟은 후 하산 중 빙벽을 내려오다가 추락하여 생을 마감했다. 당시 그의 나이가 31세였으니 대한민국의 산악계는 물론 전 국민은 산악 영웅의 운명을 슬퍼했다.

앵커리지에서 북쪽으로 180㎞ 정도 떨어진 곳에 있는 작은 마을 탈키트나(Talkeetna) 공원묘지에는 매킨리에서 장렬하게 산화한 고상돈 대원과 이일교 대원의 추모비가 서 있다. 그리고 역시 매킨리에서 스러져 간 또 다른 6명의 한국 산악인들 위패가 모셔져 있다.

이런저런 생각을 하고 있는 사이 정승권 씨가 짐을 데포 시키기 위해 캠프 5까지 올라왔다가 다시 내려갔다. 캠프5 일대에는 강풍이 불고 있었는데 그가 과연 무사히 내려갔을지 무척 걱정이 되었다. 나는 "바람아 멈추어다오~"라는 노래라도 불러 주고 싶은 심정이었다.

이렇게 아름다운 날씨에 웬 바람은 이렇게 세게 부는 것일까? 날씨가 나의 등정을 시샘하는 것은 아닌가 하는 생각이 들 정도였다. 내일은 드디어 정상 공격인데 이제 남은 것은 겨우 3일치 식량이 전부. 코밑은 헐어 있고 입술은 갈라지고 목이 아파 침을 삼킬 수도 없는 지경이었다. 누가 돈을 주면서 매킨리를 가라고 했다면 아마 천만금을 준다고 하더라도 오지 않았을 것이다. 그러나 내 마음은 그런 와중에서도 마냥 행복하기만 했다. 편안히 쉴 수 있는 텐트와 침낭이 있고 매킨리 정상이 나를 기다리고 있었기 때문이었다.

6월 2일

밤새 잠을 이루지 못했다. 강한 눈보라에 텐트는 요동을 치고 심하게 펄럭거렸다. 시계를 보니 새벽 4시, 텐트 밖은 이미 훤해져 있었다. 나는 그대로 누워서 8시까지 기다렸다. 텐트 주변의 눈을 치우는 동안 가슴이 저리도록 아름다운 일출이 시작된다. 붉은 해는 흰 광채를 내면서 온 세상에 붉은 빛을 드리우기 시작했지만, 기온은 섭씨 영하 20도 정도로 낮다. 이제 매킨리를 지키고 있는 신에게 기도를 드리는 수밖에 없다. "바람이 잦아지게 해 주소서. 눈이 그치게 해 주소서, 제발 하루만이라도."

고도계는 해발 5,145m를 가리키고 있다. 텐트의 문틈으로 눈보라가 들이쳤다. 바닥이 온통 얼음 조각이었다. 머리가 띵하고 눈을 치우려니 숨이 턱에 찼다. 한 삽을 치우고 세 번 숨을 쉬고, 눈을 적당히 치우고 소변통도 비우고 손목시계만 바라봤다. 딱히 시간을 정해둔 것은 아니어서 큰 의미가 없는 행동이었지만, 달리 할 일도 없었기 때문에 그저 "몇 시인 줄은 알아야지" 하면서 별 의미도 없이 시계만 바라봤다.

11시 47분, 햇볕은 눈부실 정도로 강렬했다. 강하고 황량한 바람이 마치 텐트를 날려 보낼 듯 불어오고 있었다. 온 세상이 단지 산과 바람으로만 이루어진 것 같았다. 매섭게 차가운 바람이 텐트를 뚫고 들어와 숨통을 죄어 왔고 숨이 찼다. "그래. 오늘만 내가 참아 준다. 내일 아침 7시 이후로는 바람도 눈보라도 불어서는 안 된다." 스스로에게 다짐하듯 중얼거려 본다. 옆에 위치한 텐트에는 중년 커플이 머무르고 있는데 기침 소리도 들리지 않았다. 남자는 수염이 길고 얼굴도 헤밍웨이같이 멋지게 생긴데다 덩치도 아주 컸다. 그냥 저녁 텐트를 정리하면서 마주치게 되어 그저 '헬로'라고 간단한 인사만 하고 말았다. 아침에는 머리가 약간 띵하더니 지금은 거의 정상적인 컨디션으로 돌아왔다. 물통에 담아 둔 인삼차를 밤새 마셨다.

정상 등정을 위해서 꿈속에서 행운의 신이라도 불러보고 싶었다. BC에서 C5로 오는 길은 지금껏 가장 힘든 구간이었다. 숨통이 막혀서 숨을 못 쉴 때면 빨리 숨을 쉬어야 한다는 생각만 들지 숨이 안 쉬어졌다. 두 발짝 딛고 숨을 쉬고… 옛날에 산에 나무하러 갔다가 지게를 지고 일어서려는데 배가 고프고 허기가 져서 일어날 수가 없는 그런 느낌이었다. '고산 등반은 날씨가 말해 준다'는 속설이 있다. 이제 정말 이틀만 지나면 BC로 다시 내려가야만 한다. 이제 몇 개 남지 않은 텐트 중에서도 비어 있는 텐트가 많았다. 텐트가 날리는 소리를 위안 삼고 일명 '누룽지라면(누룽지와 라면을 동시에 넣어 끓인 것)'에 밥으로 하루를 때웠다. 텐트는 여전히 바람에 거칠게 날리고 있다.

18시 32분, 거친 바람을 뚫고 캐나다 팀이 올라왔다. 옆에다가 텐트를 치겠다고 해서 마치 내가 캠프 5의 고참이라도 되는 양 "쳐도 된다"고 했더니 둘이서 좋아하며 "어디에서 왔느냐"고 "서미트는 했느냐"고 물었다. "내일 간다"고 하니까 "솔로냐"고 되묻는다. "그렇다"고 했다. 영어 실력이 있으면 지금 심정과 이 아름다운 느낌을 설명하고 매킨리 정상 등정에 대해서 또 나에 대해서, 내 존재를 확실히 확인하고 싶어서 왔다고 이야기하고 싶은 충동이 생겼지만, 간신히 누르면서 그저 바람이 멈추어 주기만을 바랐다.

고통과 고독과 아픔 그리고 죽음의 공포까지 사랑하고 싶은 순간이다. 아직도 정오 같은 저 태양은 밝고 아름답다. 하늘은 티 없이 맑은 파란색이고 그보다 더 높고 먼 하늘은 검은색처럼 짙푸르다. 18시 55분, 흐르는 시간이 아까운 듯 나는 연신 시계만 봤다.

6월 3일

7시 45분, 잠이 오지 않아 뜬눈으로 밤을 새우고 보니 다행히 바람은 약해졌다. 8시에 일어나 텐트 주변의 눈을 치우다 보니 가스가 자욱하다. 아침 식사를 마치니 10시 28분경. 건너편 텐트에서 바람 소리와 함께 '헬로' 하며 인사를 건네 온다. 나도 무사함의 표시로 손들어 답례하고 상황을 보니 아무도 올라가지 않고 있었다. 영하 15도. 나는 지금 장갑을 낀 채 펜을 들고 메모를 하고 있다. 식량은 모래까지 버틸 수 있지만 연료가 모자랄 것 같다. 이곳에서 정상을 다녀오는 데에는 12시간에서 14시간이 걸린다. 그제부터 BC에서는 아무도 올라오지 않고 있다.

10시 40분, 오늘도 할 일 없이 텐트 지킴이를 해야 할 것 같았다.

14시 31분, 아침에 해 놓은 죽으로 점심을 먹었다. 내일 아침에 일어나면 정상 공격이냐 아니면 다시 내려갔다 오느냐를 결정해야겠다 싶었다.

19시 39분, 누워 있어도 잠은 오지 않고 바로 밑 텐트에서는 불어로 대화를 나누는데 벌써 서너 시간이나 떠들고 있었다. 입도 아프지 않은지, 무슨 대화인지 전혀 알아들을 수가 없으니 내게는 그냥 소음일 뿐이다.

대낮인데도 싸락눈만 종종 내렸다. 사그락사그락 텐트에 내리는 눈소리가 프랑스 친구들의 떠드는 소리보다는 한결 나았다. 고소라서 내가 사소한 것에 너무 신경을 쓰는 것은 아닐까? 아마도 정상 등정이 너무 간절하여 신경이 곤두서서 그런지도 모르겠다. 막 라면을 끓이려고 하는데 정승권 팀이 올라왔다. 저녁을 먹고 텐트에 오니 24시.

6월 4일

잠을 자다가 두어 번 뒤척이고 시계를 보니 5시 15분. 1시간 정도를 자리에서 뒤척이다 일어나니 6시 55분이다. 텐트 밖에는 기적같이 바람도 잠들었고 구름 한 점 없는 날씨였다. 거의 본능적으로 아침 식사를 포함한 일상 행동을 급하게 마치고 드디어 9시 30분에 간식과 물을 챙겨 텐트를 나섰다. 다른 등반팀 들도 일렬로 등반을 하고 있었다. 그들의 뒤를 따라가는데 숨이 턱에 차올랐다. 12시 15분에 해발 5,500m 지점까지 왔는데 간간이 구름이 시야를 가렸다. 아침에 설사를 해서 속이 편하지 않았다. 그러다가 갑자기 10m 앞도 보이지 않을 정도로 시계가 좋지 않았다. 모두 3시간을 전진한 끝에 결국 후퇴해서 캠프 5로 돌아올 수밖에 없었다. 하산 길의 설사면은 생각보다도 훨씬 가팔랐다.

13시 50분, C5로 다시 돌아오니 맥이 풀렸다. 그냥 그대로 드러누워서 한참을 있었다. 그렇게 등정을 갈망하던 시간이었는데, 침낭의 신세를 지고 있다는 생각을 하게 되니 허탈하기조차 했다. '정상을 향할 때에는 마음을 비우고 겸허한 자세여야 하는데 욕심이 너무 지나치지는 않았나?' 스스로 꾸짖기도 했다. 서울 팀이 "식량을 줄 테니 BC로 내려가지 말라"고 한다. 그동안 C5에서 너무 오랫동안 머물러서인지 아니면 오래 누워 있어서인지 자꾸 머리가 띵한 현상이 나타났다. 내일은 날씨가 좋아야 할 텐데… 그러나 나는 '후퇴를 할 줄 알아야 전진도 할 수 있다. 걱정 말자. 식량이 없으면 한 끼 안 먹으면 되지.'라고 스스로 위안하면서 꿈속으로 빠져들었다.

6월 5일

3시에 일어났다.

6시에 용변을 보고 차를 한 잔 마신 다음 수통에 물을 가득 채우고 등반 준비를 마쳤다. 8시가 되니까 바람이 일기 시작했다. 서울 팀이 밥을 같이 먹자고 해서 편하게 아침 식사를 했다.

9시 10분, 강한 바람 속에 장비를 챙기고 C5를 출발했다. 내 앞으로는 아무도 보이지 않았다. 러셀을 해야만 했다. 해발 5,200m에 위치한 데날리 패스(Denali Pass)의 중간쯤까지 전진을 마치고 나니 힘이 들었다. 잠시 쉬면서 소변을 보는 사이 다른 팀이 나를 추월해 갔다. 계속 발을 앞으로 내딛고는 있지만 전진 속도는 느려서 마치 굼벵이와도 같았다. 몸이 앞으로 나아가는 것 같지 않고 그냥 제자리에서 발만 들었다 놓았다 하는 것 같았다.

발걸음을 두 번 떼고 숨을 한 번 고르고, 숨이 차면 손으로 가슴을 쳐

나의 꿈은 아직 끝나지 않았다

봤다. 빨리 숨을 쉬라고 하는 행동이었지만, 그래도 심폐 기능은 생각과 같이 원활한 편은 되지 못했다. '그래도 졸지 않고 계속 전진하다 보면 9시간 후에는 정상에 도착하겠지' 생각하고 고개를 숙인 채 전진하다가 어느 순간 고개를 들고 왼쪽을 바라보니 매킨리 정상 부분이 시야에 들어왔다.

등반자들이 우측 능선을 따라 올라가는 모습이 저 멀리 보였다. 나의 위치는 긴 대열의 가장 끝부분이었다. 내심 다른 등반자들을 앞지르고 싶은 충동에 삼각 함수의 빗변을 생각하며 능선을 가로질러 러셀을 하기 시작했다. 다져진 눈이 아니었기 때문에 피켈로 눈을 박으면 아무런 저항이 없이 푹 하고 박혔다. 나는 내가 가는 길이 '코리안 드림 매킨리 신 루트'라고 생각하면서 어금니를 한 번 물었다. 예상대로 내가 등반하는 길은 우측 능선을 이용해서 등반하는 루트보다 훨씬 빨랐다.

6월 5일

17시 2분, 매킨리 정상.

아무런 생각도 나지 않았다. 더 오를 곳이 없고 사방이 모두 트여 거칠 것 없는 시야가 이곳이 매킨리 정상임을 말해 주고 있었다. 아무도 없는 매킨리 정상이었지만, 수많은 사람들이 내게 박수를 보내고 있다는 상상을 하게 되었다. 너무나도 기쁜 나머지 온몸에 소름이 돋는 듯했다.

배낭에 있는 카메라를 얼른 꺼내서 20여 분가량 정상 주변을 찍었다.

그러는 사이 C5의 옆집 텐트 주인인 수다쟁이 프랑스 커플도 정상에 도착했다. 우리는 서로 좋아라 '콩그레추레이션(congratulation)'을 외쳤다. 이곳에 오르기 위해 얼마나 많은 시간을 기다렸던가? 기쁨과 슬픔이 교차되는 양가감정이 심정을 차분하게 만들었다. 꿈인지 생시인지 모를 이 행복감을 누군가에게 꼭 전하고 싶었다. 순간적으로 고통스런 고독, 고소, 산소, 바람, 눈보라, 식량, 호흡 리듬 등이 머릿속을 파노라마처럼 스쳐 지나갔다.

'나는 왜 이곳에 왔는가?', '행복의 진실은 언제 느끼는가?'라는 의문이 들었다. 고통의 희열 속에 행복이 있었다. '지금 이곳이 인생의 한 계점인가? 아니면 이제 시작인가?' 고산 등반의 훈련장 같은 느낌이 들었다. 아무리 힘들고 어려워도 이 행복한 순간을 영원히 간직하고 싶었다. 앞으로 나는 일상의 모든 것들에 대해서 진심으로 감사하리라.

정상에서 18시 정각에 출발하여 C5에 내려오니 20시 10분. 내려올 때는 그저 앞만 보고 내려왔을 뿐 어떻게 내려왔는지 기억조차 잘 나지 않을 정도였다. 정승권 원정대가 "축하 한다"면서 저녁을 차려 주어서 꿀맛같이 맛있게 식사를 했다. 내일은 C3에서 하루를 쉴 생각이었다. 오늘이 C5의 마지막 밤이다. 아무 조건도 없이 모두를 사랑하고 싶었다.

6월 6일

8시 30분, 밤새 텐트에 부딪치는 바람 소리에 잠을 이루지 못했다. 정승권 씨가 나의 단독 등반을 축하하는 티타임을 제의해서 정말로 감

나의 꿈은 아직 끝나지 않았다

사하게 마셨다. 나는 목이 아파서 침도 삼키기 힘들 정도였지만, 하산하기 위한 힘을 비축하기 위해서는 억지로라도 먹어야 했다. 잘 들어가지 않는 알파미를 열심히 먹었다. 기온은 다시 급속도로 떨어져 섭씨 영하 30도를 밑돌았다. 실로 엄청난 추위였다. 차가운 바람 소리가 마치 채찍을 때리는 소리처럼 들렸다.

C5에서 11시 20분에 출발. 베이스캠프인 C4에는 13시 10분에 도착했다. 비닐을 깔고 눈썰매를 타듯 하산하는데 레인저 아가씨가 나를 보고 "한국 사람이냐?"고 묻는다. "오~ 케이" 내 대답도 신바람이 났다. BC에 내려오니 언제 그랬냐는 듯 기온이 따스했다. 나는 텐트를 걷고 나머지 장비를 썰매에 싣고 다시 C3을 향해 출발했다. 얇은 파일 재킷만 입고 썰매를 매니 이놈도 기분이 좋은지 올라올 때와는 달리 먼저 내려가겠다고 앞장을 선다. 며칠 사이에 크레바스의 간격도 넓어지고 눈이 많이 녹아서인지 드문드문 검은 바위가 보였다.

18시 47분 C3에 도착, 캠프 사이트는 조용했다. 몇 남지 않은 텐트들은 한적하고 아름다운 시골 마을을 연상시켰다. 수많은 원정 팀들이 다녀갔어도 캠프 사이트는 하얀 수정같이 흰 눈 세상이었다. 성냥개비나 휴지, 비닐봉지는 물론이고 국물 자국도 하나 찾아보기 힘들었다.

이 대목에서 우리의 등반 행태를 되돌아보지 않을 수 없었다. 우리나라에서는 등반 팀이 야영지에서 한 팀만 숙영을 해도 담배꽁초를 포함한 갖가지 쓰레기가 넘치는 것이 현실 아닌가. 환경을 아끼고 보호하는 성숙한 등반 문화만큼은 정말 우리도 본받아야겠다는 생각이 들었다. 나는 음식을 모두 먹고 숟가락과 그릇을 씻어서 스님들처럼 '발우공양'을 했다. 그동안 여러 나라의 고산들을 등정해 보았지만 매킨리처

럼 등반 문화가 모범적으로 정착된 곳은 쉽게 찾지 못했다. 이것 또한 매킨리를 오랫동안 기억하게 하는 이유이기도 했다.

22시, 매킨리 C3에서 마지막 밤을 보낸다고 생각하니 영영 침낭 속으로 들고 싶지 않았다. 어느덧 늘어나 수많은 텐트 어디에서도 누구 하나 큰 소리를 내는 일 없이 밤은 깊어가고 있었다.

6월 7일

7시 15분, 일어나서 텐트 문 밖을 보니 텐트 문을 한 뼘은 막고 있는 눈이 일상의 풍경 같았다. 눈을 녹여 물을 만들고 누룽지 육개장으로 아침 식사를 마쳤다. 목에 염증이 생겼는지 침을 삼키기도 힘들 정도로 인후통이 심했다. 코를 풀면 피가 묻어 나왔고 가래침에도 진한 피가 맺혀 있었지만, 그래도 정상 등정을 마친 다음이기에 마음만은 더할 나위 없이 행복했다. 이 행복한 기분과 기쁨을 누군가와 함께 나누고 싶었다. 정상 등정의 순간이 다시 한 번 기억 속에 아련히 떠올랐다.

11시 30분 썰매를 끌고 다시 C3을 출발. 약 30분정도 하산 중 갑자기 10미터 앞도 보이지 않는 가스가 꽉 들어차고 눈발은 굵어졌다. 지나온 발자국을 되돌아보니 그도 보이지 않았다. 방향감각이 확실치 않았다. 판단을 잘 해야 할 것 같았다. C3으로 다시 올라갈까, 아니면 이 자리에 텐트를 칠까?

이 같은 상황에서는 잘 못하면 '링반데룽(ringwanderung)' 상황에 빠질 수 있다. 링반데룽이란 산에서 방향 감각을 잃고 같은 지점을 맴도는

나의 꿈은 아직 끝나지 않았다

일을 말한다. 즉 야간이나 악천후로 목표가 정확히 인지되지 않는 상황에서 광대한 지형을 곧바로 가는 것 같지만 실제로는 원을 그리며 같은 곳을 계속 돌게 되는 현상을 말한다. 이를 '환상방황(環狀彷徨)'이라고도 하는데 짙은 안개나 눈보라, 폭우와 같은 급격한 기상 변화나 누적된 피로로 사고력이나 집중력이 떨어졌을 때 발생하기 쉽다. 이럴 때는 무리할 것이 아니라 그 자리에 머무르면서 방향과 위치를 확인해야 한다. 나는 급히 그 자리에 텐트를 쳤다. 계속 퍼붓는 눈발은 마치 전장에서 터지는 연막탄처럼 시야를 짙게 가렸다.

17시 30분, 시계를 봐야만 비로소 하루가 지나는 것을 실감할 수 있었다. 연료와 식량은 이제 여유가 있었지만 나는 먹고 싶은 것들을 하나둘 머릿속으로 떠올려 보았다. 사과, 포도, 딸기, 레몬, 수박… 신선한 과일들이 가장 먼저 생각나는 것을 보면 아마도 내 몸은 비타민을 많이 원하는 상태인 것 같았다. 달리 생각하니 인간이란 속물의 마음은 수시로 변하고 마는 존재인 것 같다. 며칠 전에는 먹고 싶은 것도 없고 오로지 바람만 멈추어 달라고 신께 빌었는데… 허탈한 웃음이 나왔다.

20시 15분, 침낭의 신세를 지고 났더니 온몸이 나른했다. 진눈깨비는 여전히 내리고 있다. 텐트 밖의 눈을 치우고 초콜릿과 이모가 만들어 준 미숫가루 환약과 누룽지를 주섬주섬 먹고 물을 한 컵 마셨다. 긴장이 풀려서인지 마냥 침낭 속에 머무르고 싶었다. 자고 또 자고 물을 마시고 또 잠을 잤다. 그러나 자고 나면 또 나른해져 왔다. C5에서 헤어진 정승권 팀은 지금쯤 정상에 올랐을지 궁금했다.

6월 8일

7시 20분, 텐트 문이 얼어붙어서 손가락으로 살살 달래고 입김으로 녹여가면서 문을 열고 보니 밤새 눈은 엄청나게 쌓여 있었다. 다행히 날씨는 맑고 좋았다. C3 아래 지점에서 10시에 출발, C2와 C1을 거쳐 LP에 도착하니 16시 정각이었다. 하산 중에는 사진만 몇 장 찍고 속도를 높였다. 텐트를 치고 저녁을 먹고 나니 19시 30분 기후 관계로 어제 뜨지 못한 비행기들이 연신 굉음을 내며 잠자리처럼 잘도 날아다녔다. 내일 오전 8시 항공편을 예약했다. LP는 따스했다. 눈이 많이 녹아서 경사도도 완만해 진 것 같았다.

20시 10분, 아직도 해는 중천에 떠 있다. 이제는 헤어지고 싶지 않은 매킨리와의 작별을 준비해야 할 시간이다. 탈키트나에 도착하면 제일 먼저 싱싱한 사과를 한 알 맛있게 씹어 먹고 시원하게 샤워를 하고 싶었다.

6월 9일

7시에 문홍식 씨가 아침 식사를 준비했다고 해서 7시 30분에 식사를 마치고 8시 10분에 짐 정리를 마친 후 레인저 사무실을 방문했다. 쓰레기와 가솔린을 반납하고 남은 식량 무게를 달고서 허드슨 항공의 항공기를 기다리니 12시 30분, 드디어 우리 차례가 왔다. 30여 분 비행 후에 탈키트나에 도착, 레인저 사무실에 들러 서미트 신고를 했다. 1인용 샤워장에서 2달러짜리 동전을 넣으면 7분간 뜨거운 물이 나왔다. 비누

나의 꿈은 아직 끝나지 않았다

를 사고 수건을 빌리는 데 1달러를 추가로 지불하고 짧은 시간에 군대식 샤워를 마쳤지만 몸과 마음이 날아갈 듯했다.

고상돈, 이일교 대원의 묘역에서 묵념을 하고 기념 촬영을 한 후 허드슨 항공에 오니 오갑복 씨가 우리를 픽업하러 왔다. 와실라(Wasilla)로 향하던 중 슈퍼마켓에 들러서 고기와 싱싱한 야채, 과일 등으로 장을 보아서 오갑복 씨 자택 뒤편의 호숫가에서 점심 겸 저녁 만찬을 즐겼다. 쇠고기 스테이크가 입 안에서 살살 녹았다. 18시 30분부터 23시까지 우리는 등반 이야기며 알래스카 현지 사정 이야기 들으며 마음껏 떠들고 마셨다. 밤 12시가 넘어도 건너편 호숫가에서는 떠들고 즐기는 소리가 들려왔다. 그러는 사이 와실라의 밤은 깊어만 갔다.

6월 10일

7시, 설원의 일상적인 행동은 와실라에 와서도 계속 이어졌다. 오갑복 씨 별장 밑 호숫가에 텐트를 치고 자는데 거의 고추잠자리만 한 모기들이 소리도 없이 날아와서 물고 갔다. 한국 모기는 작아도 소리라도 내는 데 반해서 이곳의 모기는 밤낮을 가리지 않고 소리 없이 날아와서 우리를 물고 갔다. 오갑복 씨와 호숫가로 내려오는 길을 보수하기로 하고 셋이서 오전부터 19시까지 작업을 했다. 저녁 식사를 감칠맛 나는 쇠고기로 마치고 23시에 침낭에서 피로를 푼다.

6월 11일

3시 30분, 비가 오는 것 같다.

7시 30분, 김치찌개로 아침 식사를 마쳤는데 대한항공이 파업이라 티켓 날짜가 연기된다는 소식이 들려왔다. 문홍식 씨와 페어뱅크스(Fairbanks)로 관광을 가기로 해서 기차역까지 걸어갔다. 9시 45분발 기차라고 했다. 역무원은 뚱뚱한 체구에 인정 있어 보이는 중년 남자였다. 1인당 175달러로 비싼 편. 기차는 탈키트나를 지나 북쪽으로 10시간 정도 달려간다. 앵커리지에서 페어뱅크스까지는 약 570㎞나 된다고 했다. 와실라는 중간 정도 되는 지점인 셈이다. 좌측의 강을 끼고 6~70㎞ 정도 천천히 계곡도 지나고 다리도 건너고 평원도 지났다.

페어뱅크스에는 20시에 도착했다. 곧바로 택시를 타고 디스커버리(Discovery)호를 타는 곳으로 가자고 했다. 뚱뚱한 중년의 기사 아저씨는 떨어진 운동화에 흰 더벅머리에 지저분한 청바지 차림이었다. 그리 멀지 않은데도 13달러가 나왔는데, 15달러를 받고 잔돈도 안 주고 그냥 가버렸다. '똥차' 기사의 매너는 여기 말로 '노굿'이었다. 디스커버리호는 체나 강(Chena River)을 유람하는 유람선이었다. 1인당 요금은 40달러에 빵과 커피를 서비스로 주는 이 유람선은 내일 타기로 하고 인근 숲 속에 텐트를 쳤다.

6월 12일

6시 30분, 디스커버리호를 타고 에스키모들이 체나 강가에서 연어

나의 꿈은 아직 끝나지 않았다

를 잡으며 생활하던 마을이었던 곳과 우리나라의 담배 건조장 같은 곳에서 연어를 훈제하며 보관하던 곳을 둘러봤다. 우리나라의 민속촌과 같이 잘 꾸며 놓은 곳이었다.

관광을 끝내고 12시 30분에 시내 여행사에 들러 보니 내일 아침 9시에 와실라로 가는 버스가 있다고 했다. 여행사(visitor center)에는 투어, 쇼핑, 먹을거리, 볼거리 등을 소개하는 팸플릿이 가득했다. 역전의 피자집으로 갔다. 인도네시아인인 주인은 15년 전에 이곳에 와서 정착하여 피자 가게를 한다고 했다. 피자를 먹으며 자연스레 숙소 이야기를 했더니 파트타임으로 일하는 할머니의 집을 소개해 준다. 22시에 일을 마치고 할머니를 따라 그 집으로 갔다. 집에는 방 두 개에 주방이 있었고, 고양이 두 마리도 있었다. 할머니는 자신보다 훨씬 젊은 남편과 살고 있었다. 방값으로 25달러를 지불하기로 하고 건넌방으로 들어가서 피로를 달랬다.

6월 13일

6시 30분, 어제 먹다 남긴 피자로 간단히 요기를 하고 나서 할머니의 친절에 감사를 표한 후에 와실라 버스 정류장으로 향했다. (민박 할머니 주소 : 31182883 MADELEINE JOY MYERS PEABODY PO BOX 74923 FAIRBANKS. AK 99707) 버스는 9시 정각에 데날리 국립공원(Denali National Park)에서 서너 명을 더 태우고 와실라에는 17시 30분에 도착했다. 오갑복 씨가 삼계탕을 해 놓고 우리를 기다리고 있었다. 정말 고맙게 살 먹고 24시가 넘어서는 닭갈비와 국수를 또 먹고 텐트에 와서 하루를 정리하는 글을 쓴다.

6월 14일

어제 늦게까지 이야기하다 자서 그런지 9시 10분인데도 침낭 속에 있다가 대충 밥을 먹고 오갑복 씨가 운영하는 장비점(Windy Corner)을 구경했다. 보석 가게에서 한국인 점원을 만나고, 점심으로 이곳 햄버거를 맛보았다. 양이 많아도 너무 많은 정도로 큼지막했다. 독특한 것은 햄버거가 8달러이고 콜라를 마실 수 있는 컵은 2달러인데 컵을 사면 코카콜라는 얼마든지 리필해서 마실 수 있다는 점이다.

16시에 텐트에 오니 박하상 씨와 정영구 씨가 등반을 끝내고 내려와서 고기를 먹고 있었다. 박하상 씨와 정영구 씨가 우리에게 렌터카를 빌려서 함께 여행하자고 한다. 렌털은 정영구가 하고 운전은 내가 하기로 했다. 늦게까지 이야기꽃을 피우다가 침낭 속으로 들어가 내일을 약속했다.

6월 15일

6시에 박하상 씨와 정영교 씨를 태우고 어제 기차로 갔던 길을 승용차로 이곳저곳을 구경하며 페어뱅크스로 가는데 경찰차가 뒤에서 무어라 하는 것 같았다. 우측으로 서행하면서 정차를 하고 차에 앉아 있으니 잠시 후 경찰차는 뒤에 두고 젊은 경찰이 다가와서 65마일 도로에서 90마일로 과속했다고 면허증을 보여 달라고 했다. "아뿔사!" 벌금을 내는구나 싶어서 아찔했다.

내가 국제 면허증에 한글로 된 곳을 펴 주면서 우리는 매킨리를 등정하고 페어뱅크스 대학 공용 박물관에 투어를 간다고 하면서 미안하다고 하니 내 얼굴을 빤히 쳐다봤다. 설원에 반사된 햇볕에 얼굴은 흑인같이 검고 눈만 반짝이는 내 얼굴이 인상적이었는지 "정말로 서미트를 했느냐?"고 묻는다. "정말 그렇다"고 답하니 대뜸 내게 악수를 청한다. 그리곤 'Congratulations'이라며 천천히 가라고 또 악수를 청한다. '휴~' 안도의 한숨을 내쉬고 "땡큐"라고 인사하고는 뒤도 돌아보지 않고 달렸다.

페어뱅크스 대학 공룡 박물관에 들러서 구경을 하고 16시에 페어뱅크스에서도 비포장 산길을 넘어서 겨우 도착한 곳은 노천 온천이었다. 22시에 이곳 씨쿠레크 온천에 도착하여 얼른 숙소를 정하고 몇 안 되는 집들 사이로 들어가 보니 바(Bar)처럼 보이는 작은 찻집이 있다. 무척이나 조용한 곳, 벽에는 온갖 동전과 화폐가 붙어 있고 이곳을 다녀간 이들의 낙서들이 침침한 공간을 채우고 있었다. 서부 영화에서 본 총잡이 같은 두 사람이 우리를 스산한 눈초리로 쳐다본다.

우리는 얼른 노천 온천장으로 향했다. 숙박비는 셋이서 85달러. 수건, 팬티, 비누 등이 모두 무료인데 모기가 너무 많았다. 온천에서 나오면 모기가 달라붙고 소변을 볼 때는 계속 고개를 흔들고 있어야 그나마 모기에게 물리지 않고 볼일을 마칠 수 있었다. 1시 15분이 넘어서 노천 온천장에서 나와 침낭 속에서 피로를 풀었다. 세상 어디를 가더라도 침낭은 나의 편안한 안식처요 휴식 장소가 되어 주었다.

6월 16일

8시 32분, 모기와의 전쟁이었다. 아침을 먹고 체크아웃을 한 후 13시 10분에 비포장 길을 한참 달렸다. 오로라 촬영 장소라고 적혀져 있는 고갯마루에서 잠시 쉬는 사이 정영구 씨가 자기가 운전한다고 했다. 잠시 후 내리막길을 내려오다 나도 잠시 졸았나 보다. 갑자기 차가 좌우로 요동치고 구르기 시작했다. 나는 꼼짝 안 하고 버티고 있다가 순간 찬 기운을 느끼면서 정신이 들었다. 두 사람은 외마디 소리를 냈다. 뒤를 보니 차의 뒤 유리창이 깨져 있었다. 천천히 나가라고 하고 여권과 몇 가지 짐을 챙겨 나왔다. 엄청 추웠다. "다친 데 없느냐?"고 하니 다들 괜찮다고 한다.

산중이어서 우선 불을 피우라고 하고 차를 살펴보니 네 바퀴가 하늘을 향하고 있다. 박하상 씨의 제의로 정영구 씨는 면허가 없으니 내가 운전했다고 신고하자고 했다. 셋이서 약속하고 한참 후에 지나는 차량에 구조 요청 양해를 구하고 온천 지역으로 오니 어느새 구급차 아줌마가 와서 정영구 씨의 목에 부목을 대 주려고 했다. 우리는 미국 구급차의 바가지 요금을 익히 들어온 터라 극구 괜찮다고 사양했다. 그녀는 페어뱅크스로 나가는 젊은 친구가 있으니 필요하면 타고 가라고 했다.

사건 현장에서 경찰과 만나 면허증과 신분증을 주고 페어뱅크스 경

나의 꿈은 아직 끝나지 않았다

찰서로 3시간 정도 걸려 도착, 오갑복 씨에게 사고 사실을 전하니 보험 회사 규칙이 사건 현장에 사고 당사자가 있어야 한다고 한다. 내가 산중이고 멀어서 갈 수 없다고 하니 그건 우리 사정이라고 했다. 토요일이라서 경찰서 직원들도 모두 퇴근하고 당직만 남았다고 했다. 말이 통하지 않으니 경찰관도 답답한지 한인 여성과 통화시켜줬다. 오갑복 씨 전화번호를 가르쳐 주면서 연락을 취하니 보험 회사에서 월요일 날 사건을 처리한다고 한다. 정영구 씨가 자신의 잘못으로 사고가 났으니 미안하다고 했고, 우리는 그래도 그만한 사고에 다친 사람이 없으니 정말 다행이라고 위로했다.

6월 17일

6시 30분. 아침을 라면으로 간단히 때우고 '비지터 카운터(Visitor Counter)' 옆 버스 정류장에 오니 8시 6분에 문을 연다. 9시에 지난번처럼 데날리 공원을 지나 와실라에 도착해서 오갑복 씨에게 이런저런 이야기를 하고 보험 회사에서 카드 번호만 가르쳐 달라고 했다. 내가 자동차 상태를 봐서는 폐차해야 할 것 같은데 보험 회사에서는 그냥 고칠 것같이 말하는 것 같았다. 아무 말 없이 1시가 넘어 우리는 일행 모두가 다치지 않은 것에 정말로 감사하면서 침낭 속으로 들어갔다. 삶의 무게를 새삼 느낀 하루였다.

6월 18일

7시 40분에 기상하여 숭늉으로 아침을 대강 때우고 '윈디 코너'에 가서 선물을 샀다. 렌터카 회사의 이름은 '버젯', 사건을 보험 회사에 설명하고 카드 번호를 적어 달라고 해서 적어 주었다. 햄버거로 점심을 먹고 들소의 일종인 무스들이 있는 농장에 가서 구경하고 판매하고 있는 모자와 목도리를 살펴보았다. 그러나 상품들은 엄청난 고가로 조끼 하나에 천만 원도 넘었다. 이제 내일이면 출국이다. 정영구 씨가 이것저것 먹을 것을 푸짐하게 사 줬다. 우리는 아무도 다치지 않은 것이 고맙고 감사할 뿐이었다. 그리고 이런 행운은 매킨리의 산신이 지켜준 덕분이라고 굳게 믿고 싶었다.

6월 19일

8시 50분, 이름 모를 새들이 시끄럽게 깨운다. 오갑복 씨가 매킨리에서 내려온 정승권 씨를 픽업하러 탈키트나로 간다고 했다. 윈디 코너에 들러서 장비를 사고 통닭과 빵을 먹고 17시에 오니까 오갑복 씨가 광어회와 매운탕을 준비해서 맛있게 잘 먹었다. 그동안 그가 베풀어준 도움에 진심으로 고마움을 표하고 싶었다. 앵커리지 공항으로 출발한다.

나의 꿈은 아직 끝나지 않았다

6월 20일

앵커리지 공항에서 화물을 부치고 면세 구역에 오니 온통 한국 사람들이었다. 술 한 병을 사 들고 4시 20분 탑승 신호를 기다린다. 기내에서 졸고 있다 보니 기내식을 제공하여 식충이라도 된 듯 먹고 자고, 얼마나 잤는지 일어나 보니 그토록 고대하던 내 나라 한국이었다. 한국 시각 20일 아침 5시 15분. 날짜 변경선 덕분에 한 시간 만에 알래스카에서 한국으로 날아온 셈이었다. 크고 작은 사건들의 연속 선상에서도 무사히 등반과 여행을 마치고 귀환한 것에 진심으로 감사했다. 그러면서도 마음 한구석에서는 또 다른 원정을 꿈꾸고 있었다.

2001년 매킨리 WEST-BUTTRES 단독 등반 일정

5월 17일	16:55	인천발 앵커리지 대한항공
	10:30	앵커리지(Anchorage) 도착
	14:00	중식. 한국 식당
	19:30	와실라(Wasilla) 도착 및 저녁 식사
18일	08:00	기상 및 윈디 코너(Windy Corner) 장비 구입 및 쇼핑
	14:00	중식
	21:00	석식
	24:00	취침
19일 와실라	03:00	기상
	10:10	와실라 출발
	12:00	탈키트나 레인저 스테이션 (Talkeetna Ranger Station / 150달러)

	15:30	허드슨 항공 수속 (250달러)
	16:30	이륙
	17:00	LP도착(식량 계량, 가솔린, 쓰레기봉투 받음)
	23:30	취침(텐트에서 책을 읽을 수 있음)
20일 LP(2,200m)	07:30	기상
	11:30	LP 출발
	18:00	C1 도착(2,400m)
	21:00	취침
21일 C1(2,400m)	08:00	기상
	10:00	아침 식사
	12:50	C2 데포 출발
	17:00	C2 도착
	22:50	C1 도착 및 저녁 눈발 내리기 시작
	23:30	취침
22일 C1(2,400m)	06:30	기상
	10:30	C1 출발
	15:30	휴식
	18:00	C1 도착
	20:50	취침(눈발 시작)
23일 C2(2,900m)	07:38	기상(폭설로 텐트 거의 묻힘)
	14:00	폭설로 인한 제설 작업
	15:50	중식
	16:40	제설 작업
24일 C2	04:00	기상. 제설 작업
	07:30	식사. 제설 작업
	11:00	휴식 및 제설 작업
	17:39	내용 없음
25일 C2	09:00	기상. 제설 작업
	10:30	식사 후 제설 작업

나의 꿈은 아직 끝나지 않았다

	12:17	제설 작업
	16:00	제설 작업
	20:30	제설 작업
	23:00	저녁
	00:38	취침. 제설 작업
26일 C2	05:00	기상
	06:30	식사
	09:00	안개 자욱. 바람 없음
	13:30	C2 출발(단독 등반 시작)
	16:30	C3(3,200m) 도착
	22:38	취침(이후 아이젠 착용)
27일 C3(3,200m)	04:00	기상
	09:27	버너 물 끓임
	12:30	C3 출발(데포)
	16:30	BC 도착(대구 YMCA 팀 만남)
	19:30	BC 출발
	21:10	C3 도착
	23:00	취침
28일 C3	04:30	기상
	08:30	식사
	09:30	출발
	17:00	Base camp (Mckinley City) 도착, 입성 자축
29일 BC(4,300m)	08:30	기상(C3보다 엄청 춥다)
	12:30	점심 식사 후 휴식
	21:20	취침
30일 BC	07:00	기상
	09:00	BC 출발
	16:00	하이캠프 도착(High Camp / 5,200m)
	18:50	BC 도착(1시간 50분)

31일 BC	07:45	기상
	08:40	눈발 날리기 사작
	16:27	맑은 날씨. 눈발 계속
6월 1일 BC	06:30	기상
	09:10	BC 출발
	16:10	High Camp 도착
	18:35	텐트 정리 및 식사
	21:40	취침(엄청 춥다)
2일 HC(5,200m)	04:00	기상(바람 강함)
	08:00	아침(무지하게 춥다)
	11:47	맑은 날씨(강풍)
	16:32	라면 누룽지 먹고 휴식
3일 HC	07:45	기상(가스로 시야 가림)
	10:40	침낭 속으로 들어감(엄청 춥다)
	20:00	라면 먹고 취침
4일 HC	06:55	기상
	09:30	정상을 향하여…
	12:15	Denali Pass(2,500m) 후퇴
	13:50	C5 도착 및 취침
5일 HC	03:00	기상
	06:00	밥 먹고 날씨 대기
	09:10	출발. 정상을 향하여…
	17:02	Mckinley(6,194m) 등정
	18:00	정상 출발
	20:10	C5 High Camp 도착
6일 C5(5,200m)	08:30	기상
	11:20	하산 시작(이동하는 팀 없음)
	13:10	BC 도착
	15:30	C3 도착

	18:50	석식 및 취침
7일 C3	07:15	기상
	11:30	출발
	12:10	폭설로 대피
	17:30	저녁 먹고 취침
8일 C3	07:20	기상(밤새 폭설)
	10:00	C3 출발
	17:00	LP 도착
	20:00	저녁 및 취침
9일 LP	07:00	기상
	08:10	출발 준비 끝
	12:30	허드슨 항공기 도착
	14:00	탈키트나 레인저 스테이션 하산 신고
	16:00	탈키트나 출발(오갑복 씨 도착)
	23:00	와실라(Wasilla) 도착 및 석식 (오갑복 씨 자택 뒤 호숫가)
10일 와실라	07:00	기상(모기 극성)
		오갑복 씨 집 뒤 호숫가 축대 보수
	17:00	저녁
	23:00	취침
11일 와실라	07:30	기상
	09:45	페어뱅크스(Fairbanks) 기차 관광(1인 175달러)
	20:30	페어뱅크스 도착
	23:00	취침
12일	06:30	기상
	08:30	디스커버리호 관광
	12:30	시내 관광
	23:00	취침(민박)

13일 페어뱅크스	07:00	기상(민박집 할머니)
	08:00	페어뱅크스 비시터 코너 도착(1인 64달러) 출발
	17:30	와실라 도착
14일 와실라	09:10	윈디 코너 구경
	16:00	박하상 씨, 정영구 씨 도착
	24:50	만찬 후 취침
15일 와실라	06:00	기상
	10:00	와실라에서 페어뱅크스 출발
	16:00	알래스카 주립대박물관 관광
	20:30	서클 핫 스프링(Circle Hot Spring) 도착
	00:00	취침
16일 서클 핫 스프링	08:22	기상(노천 온천욕 후 아침 식사)
	12:40	출발
	13:30	차량 사고
	19:30	페어뱅크스 경찰서 신고
	23:00	취침
17일 페어뱅크스	06:00	기상
	08:00	비지터 카운터(Visitor Counter) 도착
	09:00	페어뱅크스 출발
	17:00	와실라 도착
	01:00	저녁 및 취침
18일 와실라	07:40	기상
	10:00	버젯 렌터카 진술 및 관광
	21:50	취침
19일 와실라	08:50	기상 및 아침 쇼핑
	21:00	저녁 만찬 및 앵커리지 공항 도착
20일 앵커리지 공항	04:30	출발
21일 인천 공항	05:30	도착

장비

1. 이중화, 크램폰, 자일, 스틱, 피켈, 퀵드로, 하네스, 등강기(어센더) 1조, 8자 하강기, 카메라, 헤드 랜턴, 배낭, 어택 배낭, 잠금 버너, 코펠, 슬링, 고도계, 카고 백, 눈삽, 눈 톱, 텐트, 침낭, 침낭 커버, 텐트 슈즈, 매트리스, 설피, 썰매(와실라에서 빌렸음), 버너(MSR), 수통(날진nalgene사 제품), 코펠, 세면도구(치약, 칫솔, 휴지, 바늘, 실), 물티슈, 기록 노트(연필, 볼펜), 덕 테이프, 칼, 무전기, 배터리, 주머니 난로, 스푼

2. 고어텍스(Gore-tex) 재킷과 바지, 파일 재킷과 바지, 고소 내의 상하의, 긴 티셔츠, 반소매 티셔츠, 넌펜, 파일 장갑, 면장갑, 다운 장갑, 카라반용 모자, 고소모, 바라클라바, 고글, 선글라스, 코걸이, 선크림(준비했으나 사용 안 함), 양말, 면양말(다수), 자일

3. 누룽지(다량), 알파미(불로 식품), 새우볶음밥, 즉석자장, 육개장, 된장, 새우젓, 깻잎, 백김치, 라면, 초콜릿. 육포, 비스킷, 인삼차(다량), 건삼, 고소 식량(내가 제조한 것), 미숫가루

참고할 만한 사이트 : www.denaliclub.com

아콩카과(Aconcagua / 6,962m)
2003. 12. 19. ~ 2004. 1. 12.

남미 아콩카과 정상에서의 저자.
단독등반이어서 스스로 셀카를 찍었다.

베이스캠프에서 정상을 바라보면서 마테차를 마시는 저자.

남미의 최고봉
아콩카과 정상에
오르다

꿈같은 기다림의 시간이 모두 지나고 2003년 12월 19일 15시, 인천 공항발 로스앤젤레스행 비행기에 몸을 실었다. 입국 심사대 직원은 1시간 넘게 줄을 서서 기다리는 입국자들은 신경도 쓰지 않는지 너무도 세밀히 입국 수속을 진행했다. 카고 백을 찾아서 검색대를 통과하는데 김치 통을 찾아낸다. 나는 뚜껑을 열어서 '한국 김치'라고 말하고 먹어 보이기까지 하니 비로소 '통과'라고 말한다.

원정 등반을 갈 때마다 아내가 만들어 주는 백김치는 나를 행복하게 해 주고 힘이 나게 해 주는 최고의 부식이었다. 하얀 설원에서 사각사각한 백김치를 꺼내 먹을 때는 정말 금방이라도 정상으로 뛰어오를 수 있다는 느낌이 들 정도로 맛이 있다.

칠레 항공의 화물 카운터에서 다시 짐을 부치고 2층 스낵 식당에서 간단하게 빵을 먹은 후 칠레 국적의 비행기를 타고 페루의 리마에 도착했다. 아르헨티나의 산티아고를 지나 비행기를 갈아타고 드디어 우리의 목적지인 아르헨티나 멘도사(Mendosa) 공항에 도착했다.

하도 여러 번 비행기를 갈아타는 바람에 몇 번 탔는지 기억조차 잘 나지 않았다. 멘도사 공항은 국제공항이지만 우리나라 제주 공항 규모의 작은 공항이었다. 예약한 호텔에서 보내 준 차를 타고 30여 분을 달려 숙소인 아파트 호텔(Apart Hotel)에 여장을 풀고 호텔 앞 공원에서 남미의 분위기를 감상했다.

이용주 씨와 장비점을 둘러본 후 저녁을 먹고 쇼핑을 하고 나니 밤 10시가 되었다. 우리나라는 겨울이었지만 이곳은 여름이라 그런지 중년의 여성이나 젊은 아가씨나 모두 배꼽티에 엉덩이에 걸친 짧은 바지들을 입고 다녀 보기가 민망할 정도였다. 이곳에서는 낮 12시부터 오후 4시까지가 '시에스타(Siesta)' 시간이라 상점도 거리도 한산해 보였다. 그러다가 저녁 6시가 넘으니까 거리는 갑자기 불어난 사람들로 인산인해를 이루고 있었다. 뷔페도 8시 반이 넘어설 때까지 기다렸다가 저녁을 먹을 수 있었다.

이쯤에서 아콩카과에 대해 조금 설명하자면 아콩카과는 아르헨티나와 칠레의 국경을 이루는 안데스 산맥 주능선에 위치한다. 아르헨티나 중서부 멘도사 주의 서북쪽이며, 아르헨티나와 칠레의 국경으로부터 약 15㎞ 떨어져 있다. 높이는 백두산의 2배 반 정도인 해발 6,960m이며, 북쪽에 있는 두 개의 봉우리는 160㎞ 이상 떨어진 칠레의 해안에서도 잘 보인다고 한다.

나의 꿈은 아직 끝나지 않았다

'아콩카과'는 남아메리카 원주민의 언어인 '케추아어(Quechua)'로 '경외할 만한 산'이라고 한다. 아콩카과의 정상에는 빙하가 있고, 가파르고 거대한 절벽을 이루고 있어 '바위 파수꾼' 또는 '하얀 파수꾼'으로도 불린다.

유럽인으로 아콩카과 정상에 처음으로 도전한 사람은 독일의 지리학자이자 모험가인 파울 귀스펠트(Paul Güssfeldt)라고 한다. 그는 1883년에 원정대를 꾸려 서북쪽 능선으로 올라 해발 6,500m 지점까지 진출했다. 귀스펠트가 개척한 북쪽 루트는 오늘날 아콩카과를 오르는 가장 대중적인 루트로 자리 잡았다.

1897년 1월 14일에는 영국 원정대에 속한 스위스 사람 마티아스 추어브리겐(Matthias Zurbriggen)이 유럽인 최초로 아콩카과 산 정상 등정에 성공했다. 한편 케추아 어로 '바위의 수렵장'이라고 불렸던 남벽은 1952년, 프랑스의 저명한 산악인 리오넬 테레이(Lionel Terray)가 귀도 마뇨느(Guido Magnone) 일행과 함께 처음으로 등반 가능성을 확인한 후 2년 후인 1954년에 초등됐다.

12월 21일

호텔에서 6시 20분에 기상, 호텔 식당에 내려가서 토스트에 열대 과일로 아침을 먹고 멘도사 레인저 사무실에서 입산 신고를 했다. 입산료는 1인당 300달러. 사무실에는 흑인과 백인, 동양인 등 세계 여러 나라에서 온 많은 산악인들이 줄을 서서 자기 차례를 기다리고 있어 벌써 원정 등반을 온 기분이 났다. 그러나 업무를 보는 지원들의 행동이 얼마나 굼뜬지 신고를 하려는 인원은 100명도 채 안 되는데 기다리는 시간이 두 시간도 더 걸렸다. 그런 모습을 보고 우리나라의 '빨리빨리 문화'가 반드시 나쁜 것만은 아니라는 생각이 들었다.

11시 정각, 멘도사를 출발하여 '푸엔테 델 잉카'(Puente Del Inca)로 이동했다. 점심은 도로 옆 식당으로 들어가서 쇠고기 스테이크로 먹었다. '웰던'(Well done)으로 주문했는데도 마치 날고기를 주는 듯 피가 흘러 나왔다. 이곳 사람들은 원래 이렇게 먹는 것일까? 도저히 먹을 수가 없어 부득이 한 번 더 익혀 달라고 했다. 내일부터 시작될 등반을 위해서 우리는 빵과 고기를 실컷 먹었다. 해발 2,700m인 푸엔테 델 잉카까지 자동차로 이동해서 그런지 머리가 조금 띵했다. 홍옥선 씨가 저녁을 먹으면서 하는 말이 돈이 부족한데 한국에 가서 줄 테니 일인당 200달러씩만 빌려 달라고 한다. 할 수 없이 두 사람에게 이야기해서 돈을 마련해 모두 600달러를 빌려 주었다. 그런데 나중에 등반이 모두 끝나고 한국에 돌아왔을 때 여행 경비가 부족하다며 100달러만 돌려주었다.

21시 30분, 내일 등반을 기대하며 일찍 잠자리에 들었다.

12월 22일

7시에 기상하니 어제 저녁보다는 개운했다. 아침 식사를 하고 정식으로 등반을 시작했다. 호르콘네스(2,700m)에 도착하여 입산 신고를 하고 나니 9시 30분, 천천히 고소에 적응하면서 걷고 있지만, 무거운 배

낭은 양어깨를 서서히 짓눌러 왔다. 일행들은 벌써 시야에서 가물거렸
다. 등반로 옆에는 보라색과 흰색의 이름 모를 꽃들이 힘든 나를 반기
듯 아름답게 피어 있었다. 계곡을 가운데 두고 좌우의 길을 따라 계속
올라갔다.

출발한 지 5시간 만에 해발 3,400m인 콘플루엔시안(Confluencian)에
도착했다. 벌써 텐트 여러 동이 자리를 잡고 있었다. 매킨리에서 쓰던
1인용 텐트를 설치하고 점심으로 라면을 끓여 먹고 누웠다. 저녁 7시가
되니 해가 기울고 싸늘한 기운이 맴돌았다. 죽 같이 끓인 저녁식사를
마치고 빙하가 녹아 흐르는 소리를 자장가 삼아 침낭을 끌어안았다.

12월 23일

7시 30분 기상. 몸이 개운했다. 오늘은 해발 4,200m인 플라자 프란
시아(plaza francia)로 고소 적응 등반을 간다. 햇반 한 개와 물 그리고 여
벌옷을 가지고 간단한 복장으로 출발했다. 천천히 걷다 보니 일본 팀
과 또 다른 외국 팀이 우리를 앞지르고 있었다. 내려올 때는 최대한 빨
리 뛰어내려왔다. 그래야 고소 적응이 빨라질 것 같았다. 저녁을 먹는
데 홍옥선 씨가 배가 아파서 더 이상 등반을 못 하고 멘도사로 내려간
다고 한다. 부득이 내일부터는 셋이서 등반하기로 했다. 이제 내일부
터는 본격적인 등반의 시작이다. 하루에 무려 1,000m 정도의 높이를
올라야 하므로 일찌감치 침낭 속으로 들어갔다.

12월 24일

9시 30분, 평소와 같이 아침을 먹고 홍옥선 씨와 작별했다. 우리나라의 제주 조랑말같이 생긴 '뮤라'에 공동 장비를 실어 보내고 간식과 여벌옷과 물을 챙겨서 콘플렌시아를 향해 출발했다. 빙하 계곡을 건너기도 전에 일행은 앞질러가 보이지를 않는다.

끝없는 평원을 홀로 걷게 되면 여러 가지 많은 생각을 하게 만든다. 혼자서 이번 등반 일정을 꼼꼼하게 짚어 봤다. 등산로 양 옆으로는 찌를 듯 높이 솟아 오른 봉우리가 금방이라도 쏟아져 내려올 것만 같았다. 간혹 뮤라의 주검도 있었다. 늪지대 같은 지역도 지나고, 개울도 건너고, 너덜 지대도 지났다. 끝이 없을 것 같았던 평원을 지나 드디어 '플라자 데 물라스(plaza de mulas)'에 도착했다. 어제부터 컨디션이 좋지 않아서 그런지 베이스캠프에 도착하기도 전에 피로감을 느꼈다. 뮤라가 지고 온 장비를 찾아서 지친 몸으로 텐트를 두 동 치고 한 동은 식량과 장비 창고로, 다른 한 동은 취침 텐트로 정하고 나니 피로에 지친 몸은 저녁 식사를 제대로 할 힘도 남아 있지 않았다.

12월 25일

7시 기상. 오늘은 짐 정리를 좀 하고 고소 적응이나 할 생각이었다. 9시에 혼자 출발하여 눈밭을 건너서 올라서니 화산 모래 지대가 급경사를 이루며 올려쳤다. 외국 팀의 대원들도 곳곳에서 고개를 숙이고 숨을 몰아쉬고 있었다. 걸어가다가 숨이 차면 스틱을 가슴에 대고 고

나의 꿈은 아직 끝나지 않았다

개를 숙이고 그렇게 쉬었다가 또 걸어가기를 거듭하고 나니 오후 2시, 해발 5,000m 지점에 일명 '10포인트'라고도 불리는 '플라자 캐나다(plaza canada)'에 도착했다.

베이스캠프 쪽을 내려다보니 정말로 많은 텐트가 좁은 공간에 오밀조밀 붙어 있었다. 올라오는 길이 급경사 모래사면이라 매킨리의 헤드월 생각이 났다. 그러나 눈이 없는 모래와 너덜 지대라서 미끄러졌다. 집에 있는 가족 생각이 났다. 나와 가족을 위해서 그 누구보다도 열심히 일하고 있을 아내를 떠올렸다. 이제 앞으로 남은 우리의 삶은 아름답고 또 즐겁게 살고 싶었다.

이런저런 생각에 힘을 얻어서인지 고소 적응을 하고 내려오는 길은 한결 개운했다. 정영국 씨와 이용주 씨도 반겨 주고 우리 텐트의 앞자리에 텐트를 친 미국 부자(父子) 팀도 반겼다. 물을 끓여서 수통에 채우고 실컷 마셨다. 오늘은 어제보다 컨디션이 나아진 것 같았다. 저녁은 준비해온 햇반과 육개장으로 먹었다. 미국 부자 팀 텐트를 방문해 보니 우리에게는 생소한 정수기가 있었는데 수질이 좋지 않아 준비했다고 한다. 작은 정수기가 썩 마음에 들어 나중에 미국을 가게 되면 하나쯤 꼭 장만하고 싶었다. 우리는 그때까지 눈을 모아 그냥 끓여서 걸러 마셨기 때문이다.

12월 26일

6시 30분 기상. 아침 식사를 마친 후 텐트와 버너, 식량 등을 데포하기 위해 해발 5,000m인 '캠프 니도 데 콘도레스(Camp Nido De Condores) 12포인트(Point)를 향해 출발했다.

12포인트는 10포인트 지점에서 훤히 보일 정도의 거리였지만 막상 걸음을 옮겨 보니 정말 힘이 들었다. 베이스캠프에서 10포인트까지 3시간 동안 가쁜 숨을 몰아쉬며 운행을 해 보았지만 열 걸음 정도 전진을 하면 또 가쁜 숨을 몰아쉬어야만 했다. 힘든 것도 힘든 것이지만 숨만이라도 마음껏 쉴 수 있으면 좋을 것 같았다. 한 스텝 숨 고르기가 엇갈리면 아예 스틱을 처박고 고개를 떨군 채 한참을 머물러야만 했다.

찬바람은 세차게 불고 햇살은 내리쬐지만 설원에 몰아치는 찬바람은 역시 이곳이 아콩카과임을 실감나게 했다. 고개를 들 수조차 없을 정도로 앞에서 불고 뒤에서 불고 옆에서도 불어왔다. 경사가 60도는 됨직한 화산 모래 사면을 올라가려니 모래가 흘러내려서 전진이 힘들었다. 한참을 걷다가 위를 쳐다보면 언제나 그 자리에 머물러 있는 것만 같았다. '차라리 숨을 쉬어야만 하는 허파가 없는 인간으로 태어났으면 좋았겠다'라는 말도 되지 않는 생각도 했다.

손가락에 서서히 마비가 왔다. 작은 바위 틈새에 주저앉아 오로지 등정을 위해서 허기진 배를 물과 원정용으로 만든 식량으로 달랬다. 저려 오는 손가락을 사타구니에 넣어보았다. 파일 위에 오버 미튼 장갑을 끼고 한참을 있었는데도 감각은 쉬 돌아오지 않았다. 손가락이 저려오니 숨 쉬는 고통은 잠시 잊혀졌다.

어린 시절 청주 증산골 도랑에 살 때 같은 또래 친구인 전기운 군과 배가 고파서 개구리를 잡아먹던 생각이 문득 났다. 그 때 큰 개구리를 잡으면 통통한 뒷다리가 어린 나의 입 안을 가득 채우던 행복한 순간이

나의 꿈은 아직 끝나지 않았다

기억에 새로웠다. '친구 혁준이는, 또 우리 식구들은 지금쯤 무엇을 하고 있을까? 지금 나의 심정을 이해해 주려나?' 이런 생각을 하니 고통스런 순간이 사라지면서 뜨거운 무엇이 목구멍을 통해 올라왔다. "그래. 여기서 주저앉아 버리면 결코 안 된다."

머리가 조금 아팠다. 바람은 세차게 불어 안면부를 때리니 콧물은 주체를 못하고 줄줄 흘러내린다. 숨을 한 번 깊게 들이쉬고 코를 세게 풀어버려도 이내 콧물이 주르륵 흘러내린다. 콧물은 정상적인 호흡을 방해했다. 또다시 가족들 생각이 났다. 이 작은 사람을 위해서 열심히 살아 주는 것도 고맙고 나를 아껴 주는 마음이 감사했다.

외국팀이 우리를 뒤따라 올라온다. 길을 비켜주니 웃으며 우리를 앞서간다. 나는 손을 들어 인사를 했다. 고산에서는 서로가 말을 별로 하지 않는다. 힘이 들기 때문이다. 그들도 몇 걸음을 가더니 스틱을 박고 고개를 숙여 깊은 숨을 모아 쉰다. 지그재그 식으로 약 50m의 거리를 오르는데도 무려 한 시간이 더 걸리는 것 같았다. '나는 왜 시간과 비용을 들여가면서 이런 고통을 감내하려 하는가?' 스스로에게 물어보았다. 가슴 속에서 폭발하는 그 무엇 때문일까?

저만치 떨어진 곳에 텐트들이 바라다 보였다. 이제 6시간에 걸친 힘든 등반이 끝나가는 순간이었다. 드디어 니도 데 콘도레스에 도착한 것이었다. 우리는 해발 약 5,500m 지점에 4인용 텐트 1동을 설치하고 식량, 장비, 연료를 데포 시키고 난 후 작은 돌무덤을 하나 만들어 놓고 내려왔다. 아직도 찬바람은 우리를 집어삼킬 듯 거세게 불어왔다. 자갈과 모래만으로 이루어진 길이라 한발 하산 길을 내딛기 시작하면 10여 미터는 한달음에 내려서게 된다.

하산 할 때의 기분은 올라갈 때와는 비교할 수 없을 정도로 호쾌한 기분이 들었다. 아마도 이런 기분에 등반을 하는지 모르겠다. 그러나 하산 길은 등산할 때보다 훨씬 더 주의가 필요하다. 넘어지기라도 하면 크게 다칠 우려가 있기 때문이다. 베이스캠프인 '플라자 데 물라스 (plaza de mulas)'가 아득히 내려다 보였다. 이제 내일 등반만 마치면 이번 등반의 절반 정도는 완성된 셈이다.

오후 5시에 베이스캠프에 도착했다. 이곳에서도 바람은 멈추지 않고 계속 불었다. 강풍에 텐트가 날아갈 것만 같아 다시 단단히 고정하고 한 번 더 주변에 돌을 올려놓고서 텐트로 들어왔다. 그렇게 텐트를 단단히 고정해 놓았는데도 불안한 마음을 감출 수 없다. 혹시라도 강한 바람이 텐트를 송두리째 날리지는 않을까 걱정이 될 정도였다. 누룽지로 간단하게 저녁을 해 먹고 침낭 속으로 들어가니 침낭 속에서 나는 땀 냄새와 발 고린내가 만만치 않았다. 밤새 텐트 펄럭이는 소리에 잠을 뒤척였지만 그래도 아침은 벌써 텐트 밖으로 찾아오고 있었다.

12월 27일

7시, 심하게 불어오는 바람이 텐트를 들어 올릴 것만 같다. 이제는 바람 정도가 아니라 태풍이 몰아치는 것 같다. 간식만 조금 먹고 잠시 눈을 붙였다.

9시 30분, 오늘 등반을 포기해야 하나? 오늘은 '니도 캠프'까지 올라가야 일정이 맞는데 밖을 내다보니 아무도 등반 준비를 하고 있지 않다. 그래도 준비는 해야겠다.

10시 10분, 벽에 붙어 등반하는 사람이 보였다. 나는 부랴부랴 짐을 챙겼다.

11시 정각, 혼자 BC를 출발한다. 곧이어 다른 팀들도 시야에 들어왔다. '캐나다 캠프(Canada Camp)'로 가는 팀들이 많았다. 그곳을 지나쳐 가는데 내 앞을 힘들게 걷고 있는 사람이 눈에 들어왔다. 무척 지친 듯이 흐느적거린다는 생각이 들 정도로 힘들게 등반하는 모습이 안쓰러웠다.

나는 어제보다는 등반이 수월한 것 같다. 벌써 베이스캠프를 출발한 지도 4시간이나 지나고 있었다. 스틱을 눈 속으로 깊게 처박아 봤다. 그리고 선 채로 스틱에 기대고 보니 졸음이 금세 몰려왔다. 그러나 이곳에서 졸아서는 안 되었다. 지그시 감은 눈에 희미하게 노란 물감이 흐르는 듯 오로라가 만들어졌다. 그리고 다시 까맣고 파아란 별들이 보였다. 스스로에게 외친다. "깨라, 졸면 죽는다."

벌써 오후 5시가 넘었다. 손가락에 감각이 사라지고 있었다. 나는 잠시 그 자리에 주저앉았다. 졸음과 함께 부모님, 작은형과 이모, 혁준이 등 가족들의 영상이 영사기처럼 돌아갔다. 급하게 삼킨 순두부 덩어리 같은 뜨거움이 목을 타고 올라왔다. 그러나 금방 정신을 차렸다. 조용했다. 그리고 주위에는 아무도 없었다. 잠시나마 아무런 고통도 느끼지 않았다.

드디어 니도 캠프에 도착했다. 어제 데포 시켜 놓은 장비를 찾아 돌무덤을 헤쳤다. 바람이 엄청나게 부는 가운데 텐트를 꺼내니 마치 패러글라이더 기체처럼 텐트가 바람에 나부낀다. 커다란 돌을 들어 텐트를 눌러 놓고 양쪽을 돌로 짓눌렀다. 그리고 텐트 양쪽 안에다가 돌을 마구 집어넣었다. 텐트가 날아가는 것을 막기 위한 조치였다. 그리고 폴대를 십자로 걸고 세웠다. 다시 돌로 앞쪽을 눌러 놓고 나니 텐트가 일어섰다.

텐트 안으로 들어가 가스 버너를 켰다. 그런데 가스 버너의 화력으로는 눈을 쉽게 녹일 수 없었다. 불이 자꾸만 약해져서 가스통을 손으로 잡고 체온으로 온도를 높이니 약한 불꽃이 일어난다. 평소에는 가솔린 버너를 가지고 다녔는데 가볍다는 장점만 생각하고 가스 버너를 가지고 온 것은 나의 실수였다. 해발 5,000m가 넘으니 추위 때문에 가스 버너는 제대로 작동하지 못했다. 간신히 물을 만들어서 마시고 수통에 물을 채웠다. 비빔밥(불로식품의 전투식량)으로 간신히 저녁을 때웠다.

피곤하지만 잠이 쉽게 오지 않았다. 밤 11시가 넘었는데도 날이 훤해서인지 졸리지가 않았다. "내일을 위해서 아무생각을 하지 말자. 그저 단세포처럼 적응하자." 이내 침낭과 친해져야만 했다.

12월 28일

밖이 훤해져 왔다. 밤새 잠을 잘 자서인지 어제보다는 분명히 컨디션이 좋아졌다. 내가 직접 준비한 비상식량과 육포로 아침 식사를 했다. 비상식량은 찹쌀과 각종 건조 야채, 건조 영양식을 환으로 만든 것이다. 코펠에 받은 소변을 버리려고 밖을 보니 초승달과 별들이 하늘에 떠 있었다. 새삼 내가 남아메리카의 하늘 아래 있다는 사실이 실감났다. 은하수가 금방이라도, 밝은 별들이 금세라도 텐트 앞으로 떨어질 것만 같았다.

　밤새 물을 마셔서인지 아침에 마실 물이 없었다. 물을 끓이기 전에 갈증이 나서 급한 김에 그만 코펠에 담겨 있는 소변을 마셨다. 의외로 맛이 끓인 물과도 같아 괜찮겠거니 했는데 잠시 후 뱃속은 마치 맥주를 마신 것처럼 화끈해져 왔다. 산에서 내가 본 소변을 마시게 될 줄이야. 평소 같으면 상상도 하지 못할 일이었고 극한 상황이기에 벌어진 사건이었다.

　8시 3분, 내일 등반 시간을 줄이기 위해서 해발 6,370m에 위치한 제14포인트 지점, 인디펜데치아 쉘터(Independencia Shelter)로 식량과 연료를 데포 시키러 출발했다. 아무도 나서는 사람이 없어 나는 그냥 혼자 여유롭게 갈 수 있는 곳까지 가야겠다고 생각하고 길을 나섰다. 등반로의 경사도는 자그마치 70도는 됨직했다. 모래자갈 지대를 지그재그 방식으로 올랐다. 직등 방식의 등반은 도저히 힘이 들어서 어렵기 때문이었다. 10m 정도의 높이를 오르는데 약 40여 분은 걸리는 것 같았다.

　14포인트 밑에 불로식품의 알파미 3봉지와 육포1개, 라면 1개, 초콜릿 2개 등을 돌무덤으로 눌러놓고 내려오니 너무 무리를 했는지 다시 머리가 띵해져 왔다. 텐트 속으로 들어가 한참을 자고 일어나니 BC에 있는 이용주 씨와 이영국 씨가 올라왔다. 김치와 비빔밥으로 저녁을 먹고 나니 밤 9시가 넘었는데도 해는 중천에 떠있었다. 그래도 저녁에는 어쩔 수 없이 침낭을 껴안고 오지 않는 잠을 청할 수밖에 없었다.

12월 29일

00시 30분, 밤공기가 차가워져서인지 한기가 느껴졌다. 자연스레 눈이 떠졌다. 일어난 김에 텐트 밖으로 나가 하늘을 한 번 보고 와서 이용주 씨의 얼굴을 살펴보니 많이 부어 있었다. 아침 식사를 준비해서 한술 뜨라고 했지만, 국물 한 숟가락도 들지 못했다. 내심 상태가 어떤가 궁금해서 코펠에 물을 떠오라고 시켰더니 마치 술이 취한 사람처럼 비틀거리며 제대로 걷지도 못하는 상태였다. 이 정도라면 고소 증세가 심한 것이다.

어렵게 용주 씨에게 내려가 있을 것을 권했다. 우리는 용주 씨와 안자일렌을 하고 함께 베이스캠프까지 내려왔다. 모두 안전하게 BC로 내려와서 다행이었다. 저녁때는 누룽지를 많이 끓여 넉넉히 먹었다. 베이스로 내려오는 관계로 전체 일정상으로는 이틀을 허비한 셈이다. 이제는 속전속결로 정상 공격을 해야겠다 싶었다. 이런저런 생각을 하며 밤 9시 30분에 침낭 속으로 들어갔다.

12월 30일

간밤에는 따뜻하게 깊은 잠을 자고 아침 6시 30분이 다 되어 일어났다. 알파미죽으로 아침을 먹고 보니 콧구멍 속은 계속 말라붙어 숨쉬기가 힘들었다. 아마도 공기가 무척 건조한 것도 같았다. 코를 풀면 검은 피가 묻어나오기도 했다. 점심은 라면으로 먹고 낮잠을 잤다. 저녁때에는 오랜만에 카레를 끓여 아내가 준비해 준 백김치와 함께 먹었는

나의 꿈은 아직 끝나지 않았다

데 그 맛이 과연 일품이었다. 과일이 먹고 싶어 우리 텐트 옆에 있는 캐나다 팀에게 김 한 봉지와 마늘을 주고 레몬 6개를 바꾸어 먹었다. 내일은 다시 12포인트로 올라가야 했다.

12월 31일

아침 식사 후 10시 정각에 혼자서 베이스캠프를 출발한다. 며칠 전에 같은 길을 올라갈 때보다는 훨씬 더 수월한 것을 보니 어느새 고소에 적응이 된 것 같았다. 그러나 BC에서 니도 캠프까지 오르는 약 6시간 거리의 등산로가 그렇게 만만한 것만은 아니었다. 일본 팀 이야기를 들어보니 내일부터는 태풍이 분다고 한다. 나는 직감적으로 내일 가능하다면 정상공격을 해야겠다고 마음먹었다. 어떤 원정이든 상대방을 잘 모르는 상태에서의 등반은 정말 간단치가 않다는 생각이 들었다.

2004년 1월 1일

2004년의 시작을 알리는 뜻 깊은 날이다. 한국 같았으면 양력설이어서 가족, 친지들과 함께 즐거운 시간을 보내련만 간밤에 해발 5,500m의 이곳 아콩카과 니도 캠프에는 바람이 세차게 불면서 텐트를 마구 흔들었다. 아침 6시에 일어나 다시 홀로 출발 준비를 한다.

8시, 드디어 출발. 어제 장비를 데포 시켜 놓은 14포인트를 지났다.

숨이 차서 거친 숨을 연속으로 몰아쉬었지만, 그래도 발걸음을 멈출 수는 없는 일이었다. 스틱으로 땅을 짚고 선 채로 잠시 쉬자면 자연스레 눈이 감기면서 몽롱한 느낌이 들었다. 힘이 들고 허기가 질 때에는 미리 준비해온 고소 식량을 한 움큼씩 먹으며 체력을 보충했다. 너무 힘들어서 고개를 들 생각도 하지 못하고 발만 바라보고 운행했다. 등반로는 화산 모래 지대가 이어지고 우측으로는 수백 미터 낭떠러지다. 너덜 지대를 지날 즈음 이용주 씨는 그만 되돌아 내려갔다. 갑자기 앞 길에 절벽이 나타났다.

좌측을 보니 한 사람이 내려오고 있었다. 그의 말에 의하면 정상이 바로 위라고 했다. 저녁 6시인데도 해는 중천에 있었다. 언덕 위를 올라서 보니 그 높은 곳에 농구장만 한 크기의 평지가 나타났다. 돌무더기 위에 놓인 십자가 표지판이 눈에 띄었다. 이곳이 바로 아콩카과 정상, 나도 모르는 사이에 해발 6,962m인 이곳까지 올라온 것이다.

배낭과 산악회기를 놓고 사진을 찍고 주변을 향해 정신없이 셔터를 눌러댔다. 나에게 지금 이 순간은 나의 개인 등반사를 새로 써내려가는 순간이었다. 어떤 산악인은 정상에 서면 더 이상 오를 곳이 없다 했지만 나는 그렇지 않았다. 내심 7대륙 최고봉이란 목표가 있고, 우리나라에도 산이 많은 만큼 오를 곳은 얼마든지 있었다.

혼자 황홀하게 해가 지고 있는 일몰을 지켜보다가 아쉬움을 남기고 천천히 하산을 시작했다. 진짜 어려운 등반은 사실 지금부터다. 어떤 등반이든 안전하게 출발 지점까지 돌아가야 등반이 종료되는 것이기 때문이다. 이제 날은 어두워져서 헤드 랜턴 불빛만이 나의 발걸음을 안내해 주었다. 칠흑 같은 너덜 지대를 지나 사면이 모래인 지대를 지나며 "나는 꼭 안전하게 돌아가야 한다"고 다짐을 해 보았다. 어느덧 니도 12포인트까지 오니 마음이 편안해져왔다. 텐트에 들어서니 이용주 씨가 나를 반겨 준다. 무사히 돌아왔다는 안도감에 물만 한 잔 마시고 침낭 속으로 들어갔다. 뜻 깊은 2004년의 첫날이었다.

1월 2일

평소보다 조금 늦은 7시에 기상했다. 알파미로 아침을 먹고 하산 준비를 했다. 어제 등정으로 피로하기는 했지만 마음만은 상쾌했다. 이영국 씨와 이용주 씨는 어제 정상 바로 밑에까지 진출했다가 정상 공격을 하지 못하고 후퇴했다고 한다. 나는 BC로 내려가려고 배낭을 싸는데 이용주 씨는 다시 정상을 가겠다고 한다. 그의 마음이 충분히 이해가 갔다. 용주 씨가 정상을 밟지 못한 스트레스 때문에 긴장하고 있는 것 같아서 나는 오래 전 미혼 시절 연애 이야기를 꺼냈고, 용주 씨도 아내와의 연애 시절 이야기를 하고 한바탕 크게 웃고 나니 기분들이 많이 좋아졌다.

점심 식사 후에 큰일을 보려고 용주 씨와 텐트에서 한참 떨어진 절벽 쪽으로 가서 용변을 보고 있는데 이게 웬일인가? 왼쪽 절벽을 타고 텐트 한 동이 강한 바람에 올라갔다 내려갔다를 반복하고 있지 않은가? 재미있는 것은 텐트가 중력에 의해서 곧바로 수백 미터 절벽 밑으로 떨어지지 않고 절벽 면에 형성된 묘한 기류를 타고 마치 공중부양을 하듯 떠 있는 것이었다. 그런데 더욱 놀라운 것은 절벽을 타고 오르락내리

락 하던 바로 그 텐트가 내 손에 들어오게 되었다는 사실이다. 추측컨
대 절벽 위 정상 부근에서 누군가가 텐트를 치려다가 관리 소홀로 강한
바람이 불며 날아가서 절벽을 타고 내려온 것이리라.

오후가 되니 바람은 더욱 세차게 불었다. 태풍이 온다더니 사실인가
보다. 앞으로 3~4일은 텐트에서 갇혀서 지내야 할 것 같은 예감이 들
었다. 저녁을 일찍 먹고 내일 등반을 위해 침낭으로 들었으나 바람은
그칠 줄 몰랐다. 텐트를 날려버릴 것 같은 강풍과 소음에 시달려서인
지 잠을 이룰 수가 없었다.

1월 3일

아침까지도 텐트가 심하게 날리는 소리에 눈을 뜨니 이용주 씨 역
시 한잠도 깊게 자지 못했다고 한다. 우리는 강풍에 텐트라도 날아갈
까 봐 걱정이 되어서 텐트 주위에 돌담을 쌓았다. 바람의 영향을 최소
한으로 줄이기 위한 긴급 조치인 셈이었다. 그렇게 해 놓으니 마치 제
주도의 돌담같이 보이기도 했다. 이 정도의 강풍이라면 사실상 등반은
접어야 한다.

그런데 혹자는 "아콩카과에는 항상 바람이 그렇게 많이 부는가?" 하
고 물어볼 수도 있겠다. 결론부터 말하자면 그렇다. 아콩카과 산을 오
를 수 있는 시기는 매년 12월에서 2월 말까지다. 이때에는 대체로 바
람이 많이 분다. 심할 때는 풍속이 시속 260km에 이를 정도여서 많은
사람들이 목숨을 잃기도 한다. 아콩카과 북쪽의 일반 등반로를 택하면

　　　　　　　　나의 꿈은 아직 끝나지 않았다

비교적 큰 무리 없이 등반할 수 있어 매년 수많은 등반대가 이 루트로 등반한다. 그러나 아콩카과 남벽은 경사도와 난이도가 높아 지극히 어려운 등반 루트로 알려져 있다.

아콩카과 주립 공원(Parque provincial Aconcagua)의 보고에 따르면 등정에 오르는 전체 인원 중 약 60% 정도만이 등정에 성공한다고 한다. 등반객의 75% 정도는 외국인이고 내국인인 아르헨티나인은 약 25% 정도. 외국인 중에서 미국인이 가장 많고, 독일인과 영국인순이라고 한다.

점심 식사 후에는 강풍 때문인지 텐트가 벗겨지는 일이 일어났고 급하게 보수 작업을 했다. 우리 텐트 바로 옆의 호주, 캐나다 혼성 합동 등반 팀의 텐트는 폴대가 부러지는 수난을 맞고 있다. 우리에게 남은 식량은 이제 단 세끼 뿐. 내일 이영국, 이용주 씨 두 사람이 정상에 오를 수 있기를 간절히 빌었다. 바람아 제발 멈추어 다오.

1월 4일

어제까지만 해도 태풍처럼 심한 바람이 불더니 새벽녘이 되니까 기적 같은 일이 벌어졌다. 바람이 모두 잠들어버린 것이다. 우리에게는 기가 막힌 전조가 아닐 수 없었다. 5시 30분경 자리에서 일어나 7시 15분에 이용주 씨와 나는 니도 캠프를 출발했다. 한 시간 가량 전진 하는데 아직 이른 아침이라 기온이 떨어져 손가락 발가락이 시려 동상에 걸리지 않나 걱정이 될 정도였다. 이용주 씨는 벌써 나를 앞서가고 있었다. 그렇게 한참을 걷는데 아무래도 나의 컨디션은 그렇게 좋지 않은 것 같았다. 두 번의 등정이 무리인지 아니면 목표 의식이 사라져서인지 나는 더 이상 올라가는 것이 심히 부담이 되었다. 나는 이용주 씨를 불러 안전하게 등반하고 오라고 신신 당부하고 후퇴할 수밖에 없었다.

텐트에 돌아와 보니 그동안 불었던 강풍 때문에 못 올라왔던 팀들이 많이도 올라와 있다. 저녁 식사 준비를 하는데도 아침 일찍 출발한 이용주 씨는 돌아오지 않고 있다. 그러다가 어둠이 깊어지고 밤 11시가 다 되어서 이용주 씨가 심하게 지친 모습으로 텐트로 돌아왔다. 그가 무사히 돌아온 모습이 무척 반가웠다. 나는 그에게 여러 가지 먹을 것을 준비해 주었으나 용주 씨 역시 물만 마시고 침낭 속으로 들어간다. 지금 이용주 씨의 만감이 교차하고 심하게 피로한 마음을 잘 알기에 그냥 놔두고 나도 침낭을 끌어안았다.

1월 5일

지난밤은 아콩카과에 온 이래로 가장 추웠던 날 같았다. 강추위에 숨이 제대로 쉬어지지 않을 정도였다. 햇살이 비추고 텐트 안까지 몰아닥친 추위가 조금 가실 무렵 일어나서 딱 세 개가 남은 식량으로 아침을 해 먹고 철수 준비를 한다.

"아콩카과여, 그간 당신과 싸우느라 정말로 힘들었다오! 우리는 승자도 패자도 없는 영원한 산악인이오. 그대가 있어야 내가 다시 당신을 만나러 올 테니 잘 있으시오. 당신을 찾는 많은 사람들을 사랑해 주고 아껴 주시오. 아콩카과여! 언제 당신을 다시 만나러 올지 모르지만

나의 꿈은 아직 끝나지 않았다

정든 당신을 두고 떠나려니 고개가 자꾸 뒤로 돌려지오. 잘 있으시오."

짧은 시간이나마 정들었던 아콩카과에게 인사를 하고 지친 발길을 맥없이 옮긴다. BC에 도착하니 12시. 위쪽과는 달리 너무 따스하고 포근했다. 점심으로 라면을 끓여 김치와 함께 먹으니 그 맛이 정말 일품이었다. 세상에 이렇게 맛있는 음식이 또 있을까? 과일이 떨어진 우리는 지난번에 캐나다 팀과 음식을 바꾸어 먹었던 것을 기억하고는 또 다시 물물 교환을 시도했다. 다른 팀에게 우리에게 남은 식량을 모두 주고 레몬과 바꾸어서 배가 터지도록 실컷 먹었다. 평소에는 거들떠보지도 않던 시디신 레몬이 어쩌면 그렇게 맛이 좋은지… 아마도 우리 몸에 쌓인 피로 물질이 비타민을 많이 필요로 하기 때문일 것이었다. 이제 내일이면 멘도사로 내려가는 날이다. 황량한 사막 같은 길을 내려가야만 한다. 해발 4,300m인 플라자 데 물라스에서 하루 만에 해발 2,720m인 푸엔테 델 잉카까지 내려가야 한다.

1월 6일

아침에 일찍 일어난다고 일어난 것이 7시가 넘었다. 아침 식사로 라면을 끓여 먹고 뮤라에 실을 짐과 개인 배낭을 정리 하고 나니 10시 15분, 드디어 플라자 데 물라스를 출발한다. 한 미국 여성이 빠른 걸음으로 하산 하고 있기에 잠깐 이야기를 나누어 보니 매킨리도 정상까지 등반을 하고 왔는데 아쉽게 이곳은 정상 등정의 꿈을 이루지 못하고 돌아간다고 한다.

그녀와 함께 지겨운 줄 모르고 약 40㎞나 하산했다. 우리는 서로 말이 잘 통하지 않았지만 동행자가 되어서 황량한 사막 같은 길을 이심전심으로 마음을 나누며 지루하다는 생각 없이 걸어 내려갔다. 그의 이름은 제니. 기혼이고 산티아고에 살고 있으며 내일 떠난다고 한다. 키는 작지만 날씬하고 단단한 체구를 갖고 있어서 보여서 평소에 운동으로 다져진 몸매 같았다.

입산신고 지점에 오니 16시 20분. 우리 일행은 제니와 작별인사를 하고 푸른 잔디밭에서 잉카 레인저인 빠울루를 기다렸다. 그리고 멘도사의 숙소인 아파트 호텔로 이동하면서 아콩카과에 올 때 맛나게 먹었던 식당을 들러 기가 막히게 맛있는 쇠고기 스테이크를 실컷 먹었다.

11시 30분이 되어서 숙소에 도착, 짐을 풀고 샤워를 하니 온몸에서 땟국이 흘러내린다. 그리고 보니 지난 14일간 한 번도 제대로 씻은 적이 없었다. 그러고는 깊은 잠에 빠졌는데 꿈속에 사랑하는 아내의 모습이 보였다 사라졌다 했다.

1월 7일

늦잠을 잘 줄 알았는데 아침 일찍 일어나는 것이 습관이 되어서인지 아침 6시 반이 되니 자동으로 눈이 떠진다. 서로 얼굴을 쳐다보니 나는 등반을 시작하기 전과 비교해서 살이 많이 빠지고 혈색이 말이 아니라고 했다. 호텔 식당으로 내려가 빵과 주스, 과일로 간단하게 아침 식사를 하고 슈퍼마켓으로 가서 장을 한 보따리나 보았다. 쇠고기와 상추,

나의 꿈은 아직 끝나지 않았다

토마토, 다양한 과일, 생수 등을 구입했는데 놀랍게도 가격은 미화 20달러 정도밖에 되지 않았다.

점심때는 호텔에서 쇠고기 스테이크를 중심으로 깻잎, 김치, 상추, 마늘로 실컷 포식하고 토마토, 레몬, 사과 같은 과일도 마음껏 즐겼다. 우리는 행복하고 즐거운 마음에 겨워서 멘도사의 야경을 구경하고자 시내로 나갔다. 이곳 여성들의 패션은 배꼽티에 엉덩이가 꽉 끼는 바지가 기본인 듯 했다. 미국의 개척 시대 서부의 활량한 도시를 연상시키다가도 밤에는 인파로 붐비는 신기한 도시 멘도사. 교통 신호를 지키는 사람은 아무도 없어도 자연스레 질서가 유지되는 신기한 도시, 그러나 물가는 놀랄 만큼 저렴한 도시 멘도사는 우리에게 새로운 활력을 불어 넣어준 고마운 곳이었다.

1월 8일

7시, 호텔식으로 아침 식사를 하고 9시에 시내 관광을 나선다. 대중교통인 100번 버스를 타고 가는데 재미있는 현상을 목격하게 되었다. 젊은 아가씨가 승차하니까 그때까지 자리에 앉아 있던 중년의 남성이 자리를 양보하는 것이 아닌가. 한참 후에 한 아주머니가 타니까 이번에는 중간에 앉아 있는 남자가 일어나서 자리를 양보한다. 여성을 우대하는 사회라 그런지 노약자에게 자리를 양보하는 동방예의지국에서 온 이방인에게는 참 낯선 장면이 아닐 수 없었다.

버스는 비포장 길을 따라가다가 주거 지역을 돌아서 약 30여 호가 살

고 있는 한적한 시골 동네에 멈추어 섰다. 상점이라고 하나 있는 곳은
그나마 창문에 철망이 쳐져 있었다. 상점 안을 살펴보니 배추와 말라
가는 감자 그리고 식빵이 조금 있을 뿐이었다. 낯선 동양인이 상점을
기웃거려서인지 우리나라로 치면 중고생 정도 되었을 것 같은 청소년
들이 나를 쳐다보다가 1달러만 달라고 한다.

나는 다시 100번 버스를 타고 나와 대중버스를 타고 시내 구경을 했
다. 대중교통을 이용하면 일반 시민들의 생활이 더 생생하게 눈에 들
어오기 때문에 내가 가끔 사용하는 방법이다. 이번에는 20번과 23번을
타고 시내를 살펴보았다. 지긋한 중년 남성이 젊은 여성에게 자리를
양보하는 장면은 이번에도 계속 목격되고는 했다. 멘도사 시내 중심가
에서 약 20분 정도만 나가면 시골길 같은 비포장이 많았다. 오후 1시부
터 4시 정도까지는 거의 상점들이 문을 닫았다. 더운 날씨여서 어떤 운
전기사는 아예 버스 문을 열어 놓고 달리기도 했다. 멘도사 시내의 주
택가에서는 쓰레기를 집 앞 사람 키만큼 높은 곳에 바구니를 매달아 놓
으면 자전거나 리어카를 탄 청소부가 쓰레기를 수거해 간다. 참 여러
모로 이해가 가지는 않지만 재미있기도 한 도시가 바로 멘도사였다.

1월 9일

7시 30분, 아침 식사 후에 호텔 앞 공원을 구경했다. 남성이 털실로
뜬 모자를 팔고 있기에 기념으로 하나 구입해서 써 보았다. 이 모자는
지금도 내가 자주 애용하는 것으로 가볍고 따뜻하며 보기에도 이국적

나의 꿈은 아직 끝나지 않았다

이어서 멋지다. 고기 뷔페에서는 단 14.50페소만 주면 이 세상에서 최고로 맛있는 다양한 고기들을 실컷 맛볼 수 있었다. 아르헨티나에는 역시 맛있는 고기값이 서민들도 매일 즐길 수 있을 만큼 저렴했다. 아르헨티나에는 사람 수보다 소의 숫자가 더 많다고 한다.

12시가 넘어서 호텔로 들어왔다. 호텔 옆에 위치한 까르푸 매장에서 고기와 과일을 사 가지고 와서 맛있게 요리해 먹었다. 아침 출근 시간에 신호 때문에 차들이 잠깐 정차하면 어디에서 나타났는지 아이들이 뛰어나와 앞 유리창을 닦는다. 그리고는 당당하게 1페소를 요구한다. 그러면 운전자는 돈을 주기도 안 주기도 어려운 그런 상황이 된다.

황량한 시골에 위치한 작은 집들이 많은데 반해 시내에는 거대한 울타리 안에 수천 평도 더 될 것 같은 푸른 잔디밭과 정원을 꾸며놓고 풀장까지 갖추어 놓은 대저택을 바라보자니 이 나라도 빈부 격차가 심하다는 것을 실감할 수 있었다. 우리나라 돈으로 약 3,000원 어치 쇠고기를 사서 요리해 먹었는데 세 명이서 점심과 저녁으로 먹고도 남아 부득이 내일도 쇠고기를 먹기로 했다. 아르헨티나는 쇠고기 천국.

1월 10일

늦잠을 자고 9시가 넘어 식당으로 내려갔다. 이제 이곳 멘도사를 떠난다고 하니 아쉬운 마음이 든다. 호텔에 배낭을 맡겨 두고 공원에 산책하러 갔다. 이제 23박 24일의 길다면 길고 짧다면 짧은 아콩카과 원정이 비로소 마무리되는 순간이 다가왔다. 공원에서 기념 촬영을 하고 오후 4시가 다 되어서 멘도사 공항으로 이동한다.

16시 40분, 짐을 부치고 나서 17시 20분 드디어 란칠레 LA933편은 멘도사 공항을 이륙한다. 칠레의 산디아고 공항에 도착하니 21시. 기온은 30도가 넘는다. 다시 페루의 리마를 거쳐 거대한 뉴욕의 존 F 케네디 공항에 도착하니 아침 7시 30분이다. 12시 30분 뉴욕발 서울행 대한항공 K082편에 짐을 부친다.

1월 11일

이제 내일 오후 5시 30분이면 인천 공항에 도착한다. 대한항공 K082편은 알래스카를 지나 날짜 변경선을 넘어 캄차카 반도의 얼음 땅을 지나 동해로 접어들었다.

1월 12일

뉴욕에서 낮 12시에 출발했는데 인천 공항에는 오후 5시에 도착했다. 아내와 혁준이와 작은형이 서울에는 조금 전까지도 진눈깨비가 내렸다고 한다. 가족들을 만나니 반갑고 행복했으며 아콩카과 등정이 마치 꿈만 같이 여겨졌다. 다음 등정을 위해서 아내의 품속으로 접어든다.

나의 꿈은 아직 끝나지 않았다

대원

이영국, 이강목, 이용주

등반지

남미최고봉 Argentina Mendoza Aconcagua North Face(6,962m)

기간

2003년 12월 19일 ~ 2004년 1월 12일(23박 24일) 대한항공[출국 KE017편, 귀국 KE082]편

목적

1. 산악 생활 7대륙 최고봉 등정 중

2. 도전 정신과 진취적 사고방식 및 기상 고취

3. 강인한 정신력과 자아 발견

4. 강한 체력의 고산 적응 및 신체 변화 적응

개념도

1. SOUTH AMERICA

북위 12도에서 적도를 두고 남위 55도 걸친 남아메리카 대륙

2. ARGENTINA[아르헨티나]

남미 대륙에서 브라질 다음으로 면적이 넓고, 안데스 산맥을 서쪽으로 끼고 남으로는 파타고니아를 칠레와 접하고 있음.

3. MENDOZA

아콩카과를 오르기 위해서는 이 도시를 접하는 것이 편하다. 등반 시즌인 이곳의 여름 (우리의 겨울)에는 각국의 등반객이 몰려들어 멘도사는 활기를 찾는다. 길거리에서 담배를 피우는 사람은 거의 없다. 시내버스에서는 여성을 보면 여성에게 우선 자리 양보하는 것이 예의인 것 같다. 거리는 깨끗하나 교통질서는 좋지 않다. 횡단보도에서 신호를 잘 지키지 않는다. 시내를 조금 벗어나면 비포장인 곳이 많다. 도시 정비는 잘 되어서 가로수 있는 곳에 물이 흐르게 하여 시원함을 더해 준다. 중심가에는 플라자 인펜덴시아 공원이 있어서 많은 사람들이 공원 산책도 하고 쉬고 있다. 우리가 머물렀던 엘포탈 스위트 아파트호텔(TEL 54-0261-425-8733/ 54-0261-438-2038/ E.mail : reservas@elportalsuites.com.ar) 역시 공원 앞에 있어서 좋았다. 우리가 갔던 SAS TIUAJAS 레스토랑은 수백 명이 한꺼번에 즐길 수 있는 극장식 식당으로 요리도 굉장히 많고 맛도 좋았다.

4. ACONCAGUA

태평양 연안을 따라 세계에서 가장 긴 안데스 산맥의 고봉들이 이어진 남미 최고봉
(6,962m). 구아나코(라마나 알파카 비슷한 야생 동물을 일컬음) 보듯 등반 중 동물 뼈를
군데군데 볼 수 있는데, 잉카족들이 이곳을 오른 흔적으로 볼 수 있다. 초등정자인 스위스
가이드 Matthias Zurbriggen이 1987년에 등정했다. 사화산으로 추정되나 950만 년
전까지 활동한 5개의 빙하를 지니고 있고 제한적으로 야생 동물만이 산다. 태평양 연안에
서 불어온 바람은 100km를 넘을 때도 있다. 5,000m 이상은 야간에는 영하 20도에서
영하 30도를 오르내린다. 독일인 D. Porsche가 5시간 30분 만에 등정한 기록에 맞추
어선 안 될 것으로 충분한 시간과 고소에 적응하면서 등반하는 것이 좋을 듯하다.

오후 10시까지 백야 현상이므로 시간을 갖고 등반하는 것이 좋다. 무전기는 잉카에이전트
143.900, 멘도사 경찰 Reszue 142.800, 햄 무전기를 사용하고 있으므로 햄 무전기
를 사용 하는 것이 편리함. 한국의 11월부터 2월까지가 등반 적기로 보면 될 듯하다.

5. 식량

품명	수량	품명	수량
햇반(300g)	8개	무파마탕면	1박스
누룽지 3.75kg	1봉지	돈육포	10개
사골우거지탕	10봉지	즉석우거지탕	10봉지
사골우거지국	10봉지	쇠고기카레	5봉지
쇠고기간짜장	5봉지	맥심커피(90g)	2봉지
홍화반들도시락김	1봉지	인삼차	100봉지
자유시간	20개	화개녹차	50봉지
건포토 500g	2봉지	쥐포구이채	1봉지
생강차	50봉지	자일리톨	20개
훈제오징어 1kg	2봉지	도시락김	4봉지
알칼리 소금	1봉지	십곡미숫가루	1봉지
깨맛 미숫가루	1봉지	립톤 레몬 907g	1봉지
진국설렁탕면 120g	1봉지	고운맛 매운 고추장	1봉지
기타	비닐, PB로프, 끈, 테이프		

6. 장비

품목	수량	품번	수량
오버트라우저	1벌	파일 재킷[상하]	1벌
다운파카[상하]	1벌	반소매 티셔츠	3벌
남방	2벌	긴 바지	2벌

반바지	1벌	팬티	6벌
고소모	1개	바라클라바	1개
카라반모	1개	러닝 셔츠와 팬티	다수
트레킹 모자	1개	쿨맥스 양말	10켤레
이중화	1켤레	트레킹 신발	1켤레
아이젠[설산용]	1개	스패츠	1개
오버미튼	1개	모 장갑	3켤레
파일 장갑	3켤레	침낭[동계용]	1개
침낭 커버	1개	매트리스	2개
헤드 랜턴	2개	스틱	1조
고글	1개	보온병	1개
수통[날진]	1개	배낭[65리터 이상]	1개
어택 배낭	1개	배낭 커버	1개
휴대용 칼	1조	기록 필기구	각 1개
세면도구	1조	자물쇠	1개
선크림	1개	안대	1개

7. 공동 장비

fix로프 9mm, 고도계, 지도, 카라비너, 텐트 3~4인용 3동, 나일론 끈 약간, 은박 매트, 카메라, 무전기, 가스등, 버너(MSR) 2조, 가스 버너, 성냥, 화장지, 반찬통, 수선용 테이프, 접착제, 공구 세트, 여권 사본, 잡주머니 약간, 실 · 바늘

8. 훈련 계획서(2003년)

9월 6~7일	부평공원	마라톤
13~14일	만월산, 소래산	산악 마라톤
20~21일	철마산, 계양산	산악 마라톤
25~26일	철마산, 계양산	산악 마라톤 5시간 30분
10월 4~5일	계양산	하중 훈련
11~12일	인수봉	믹스 등반
18~19일	계양산	하중 훈련
25~26일	철마산, 계양산	야간 하중 훈련
11월 1~2일	인천대공원, 소래산	마라톤
8~9일	강화, 인천	마라톤
15~16일	철마산, 계양산	하중 훈련
22~23일	철마산, 계양산	야간 하중 훈련 20시간
12월 7일	철마산, 계양산	하중 훈련
13~14일	장비 점검 및 배낭 싸기	

05

킬리만자로(Kilimanjaro / 5,895m)
2005. 1. 15. ~ 2005. 1. 28.

킬리만자로 등정을 끝내고 하산중의 저자.
뒤로 보이는 봉우리가 킬리만자로.

킬리만자로 우후루피크에 가기 직전의 휴식시간.

아프리카 대륙의 정상 킬리만자로

1월 15일

얼마나 기다렸던가? 등반 날짜가 다가오면 쉽게 잠을 이루지 못하는 밤이 매번 찾아왔다. '앞으로 남은 기간에 무슨 일을 할까?', '무엇을 준비할까?', '어떻게 시간을 보낼까?' 하는 생각들에 잠을 제대로 이룰 수가 없었다.

대한산악연맹 경기도 연맹의 킬리만자로 원정대가 2005년 1월 15일 인천 공항에 모두 모였다. 오후 4시 30분, 인천 공항발 방콕행 KG231 편. 비행기는 석양을 좇아서 4시간 가까이 날아 태국의 방콕 공항에 내렸고, 20시 10분 방콕발 KG231편은 다시 케냐의 수도 나이로비 공항을 향해 이륙한다.

1월 16일

5시, 나이로비 공항에 도착하여 나오니 이른 아침이라 한가한 편이었으나 벌써부터 더위가 느껴졌다. 원정대를 기다리고 있는 버스를 타고 시내로 접어드니 아침을 맞는 케냐 사람들의 모습은 타임머신을 타고 온 느낌이랄까, 우리네 6·25 전쟁 후 생활상을 보는 듯, 길거리에 나와 서 있는 사람들은 동공에 초점도 없이 우리를 응시하는 눈초리다. 쓰레기 하치장 같은 데서는 여러 명이 엎드려 무엇을 찾고 있었다. 삶의 의미를 잊은 듯하다는 생각까지 들었다. 할 일 없이 길거리를 배회하는 사람들이 많은 것은 물론이고 쓰레기를 주워서 이동하는 사람들, 지저분한 자동차들이 눈에 많이 띄었다. 시내를 벗어나 탄자니아(Tanzania)로 가는 길은 포장은 되어 있었지만 파손된 곳이 적지 않았다.

버스 안에서 빵과 과일로 요기를 하고 탄자니아 국경에서 입국 수속을 받는데 흑인 아주머니들이 액세서리를 사라고 야단이었다. 한 대원은 물건 하나 만져 보고 안 사니까 계속 따라다니면서 사라고 해서 결국 버스에서 구입한다. 1시간가량을 기다려 단체로 입국 비자를 받고 국경을 통과하니 "과연 이곳이 '동물의 왕국'이구나"하는 생각이 들었다. 장대를 들고 빨간 천을 두른 채 소를 몰고 이동하는 마사이족이 시선을 끌었다. 소들에게 물 먹이러 가는 중이라고 한다. 거리에는 빨간 흙먼지만이 바람에 날리는 채 누 무리와, 얼룩말 무리가 나타났고 이내 사라져 갔다. 물을 뜨러 가는 아이들도 보였다. 자동차 지붕 위에 매달아 놓은 가방이 떨어질 것 같아 확인을 위해 도로 옆에 잠시 정차한 순간 아이들이 금방 10여 명이나 모여들었다. 남루한 입성의 아이들은 신발도 신지 않은 맨발 차림이었다. 사탕과 비스킷, 바나나 등을 주니까 그저 무표정하게 받는다.

그렇게 서너 시간을 달려 도착한 곳이 탄자니아 아루샤(Arusha)였다. 큰길가에는 중고 소파 가게도 있고 자전거 수리점도 있고 타이어를 깎아서 샌들 만드는 가게, 과일 노점상들도 늘어서 있었다. 아루샤에서 제법 크다는 호텔에 들러서 점심을 먹고 나니 창가에서 카멜레온이 나를 쳐다보고 있다. 장난삼아 잡아서 사진을 찍고는 놓아 주었다.

다시 모쉬(Moshu)라는 도시로 이동한다고 한다. 우측의 넓고 너른 들판에 홍학 떼가 끝없이 늘어서 있다. 들판이 붉은 것인지 홍학이 많아서 붉어 보이는 것인지 분간이 제대로 되지 않을 정도였다.

킬리만자로 등반의 출발점이라 모쉬는 많은 사람들로 붐볐다. 그러나 먼지가 많이 날렸고 하릴없는 젊은이들도 별다른 하는 일도 없이 그늘에서 소일하고 있었다. 불어오는 먼지 속에 우리네 민박집 정도의 규모의 호텔, 말이 호텔이지 우리네 민박집 건너 방 정도 수준의 숙소에 짐을 부렸다.

저녁을 먹고 나와 룸메이트가 된 한만수 씨와 같은 방에 들었는데 도마뱀 새끼가 방바닥을 기어 다녔다. 깜짝 놀랐는데 알고 보니 이곳에서는 손님이 오면 일부러 도마뱀을 손님방에 넣어 주는 풍습이 있단다. 호텔에서는 "도마뱀이 모기와 곤충을 잡아먹기 때문에 일부러 넣어 준다니 오해가 없기를 바란다"고 말한다.

1월 17일

아침 식사 후에 물을 달라고 하니 1달러에 사 먹으라고 답한다. 역시 아프리카는 물이 귀하구나. 물 인심이 풍부한 한국에서 온 이방인으로서는 조금 아쉬운 부분이기도 하다. 외국 여행을 하다 보면 우리나라 식당처럼 인심 좋은 곳은 그렇게 많지 않은 것 같다. 밥 한 가지만 시키면 반찬이 여러 종류가 나오고 물은 기본적으로 준다. 뿐이랴. 반찬이 부족하다거나 김치가 부족하다면 대부분의 식당에서 무료로 리필을 해준다. 심지어 두 번 세 번까지 리필해서 먹는 경우도 있지 않은가? 계산을 할 때에는 사탕을 집어먹을 수도 있고 커피 자판기가 설치된 곳이 많아 커피까지 한잔 마실 수가 있다. 외국인들에게 이런 이야기를 하면 믿어지지가 않는다는 표정이다. 그러니 정 궁금하면 내 나라 대한민국 코리아로 한번 꼭 놀러들 오시라.

짐을 정리하고 출발 지점인 마랑구(Marangu / 해발 1,800m)에서 입산 신고를 했다. 포터와 가이드들이 모여 있길래 내가 준비한 옷가지와 장난감, 학용품 등을 주니 가이드가 고맙다고 인사한다. 천천히 걷다 보니 열대림의 이름 모를 나무들이 울창했다. 새들도 우리 일행을 반기는지 노래를 하고 원숭이도 이방인을 구경하느라 먼 나뭇가지에서 구경하고 있었다. 시원하리만큼 긴 숲길을 지나 오늘은 만다라(Mandara / 2,700m) 로지(lodge)에 도착했다. 우리나라의 원두막 같은 스타일로 목재로 건축된 로지에 도착하니 온몸이 노곤해져 온다. 고맙게도 포터가 씻을 물을 대야에 담아 내민다. 이곳에서는 포터가 세수물과 손 닦을 물을 떠서 가져다준다. 마치 조선 시대에 상전을 대하듯 공손했다. 그래도 해발이 2,700m나 되다 보니 일몰 후에는 제법 서늘

하여 한기가 몰려왔다.

1월 18일

제법 쌀쌀한 기온의 아침에 역시 따스한 물을 데워서 세수하라고 내민다. 조금은 부담스럽다. 그리고 빵으로 아침 식사를 간단히 마쳤다. 등산로에서 사람들을 만나게 되면 서로 '잠보잠보'(Jambo Jambo / 안녕)라고 인사를 한다. 출발한 지 얼마 안 되어 넓은 평원이 나왔다. 그리고 저 멀리 정면으로 희미하게 킬리만자로가 보였다. 울창한 숲은 언제 사라졌는지 잡초들과 이름 모를 꽃들이 즐비했다. 그나마 지루함을 달래주는 꽃들은 사막에 핀 장미같이 신비한 느낌을 받았다. 가이드는 연신 '뽈래 뽈래(천천히 가라는 뜻)'라고 한다. 황량한 평원을 걷다 보니 '호롬보 헛(Horombo Hut / 3,700m)'에는 15시경 도착했다. 하루에 1,000m씩 고도가 높아지다 보니 조금 힘들었다. 셰르파들은 미리 도착해서 저녁 식사를 준비하고 씻을 물도 가져다줬다.

1월 19일

아침에 일어나니 쿡이 식사 준비를 해서 식탁에 차려 놓고는 먹으러 오라고 부른다.

8시 30분 출발. 중식은 행동식으로 하면서 킬리만자로를 향해 황량한 사막길을 계속 걸어간다. 어제부터 자태를 나타낸 킬리만자로는 내게 다가오지 않고 오히려 점점 더 멀어져 가는 느낌이다. 사막 기후여서인지 아지랑이가 가득 날리는 사막을 무심코 걸었다. 오늘은 16㎞나 걸어온 날이다.

저녁때가 다 되어서 도착한 곳은 '키보 헛(Kibo Hut / 4,750m)'이었다. 저녁은 라면으로 먹고 지친 몸을 침상에 쓰러뜨렸는데 잠이 영 오지 않았다. 오늘 밤 12시에 드디어 정상을 향해 출발한다는데 이런저런 생각에 잠은 자지 못하고 화장실과 침상을 왔다 갔다 하다가 출발 시간을 맞게 되었다. 드디어 2시, 헤드 랜턴 불빛에 의지하며 정상을 향해 출발한다.

1월 20일

비몽사몽 자꾸 감기는 눈을 비벼가면서 지그재그 식으로 모래 사면을 오르니 새벽녘 아프리카의 바람은 제법 차다. 셰르파의 뒤를 따라 올라가는 모습은 마치 수도승들의 행렬 같기도 하고 킬리만자로의 구도자들 같기도 했다. 반짝이는 헤드 랜턴 불빛에 서로를 의지하면서 앞서거니 뒤서거니 숨고르기를 반복하면서 사화산의 모래 사면을 힘들게 통과할 때쯤이었다. 동녘의 붉은 태양이 길만스 포인트를 비추며 떠오르고 있었다. 해발 5,685m의 길만스 포인트(Gilman's point)로 올라가는 구간은 킬리만자로 등반에서 가장 어려운 구간으로 꼽힌다.

길만스 포인트의 일출은 생애 최고의 장관이었다. 나는 정신없이 마

나의 꿈은 아직 끝나지 않았다

치 실성한 사람처럼 마구 셔터를 눌러댔다. 그러는 사이 몇몇 대원이 더 올라왔고 우리는 아무 말 없이 이 대단한 장면들을 가슴 가득 채우고 음미하며 지켜볼 수 있었다.

길만스 포인트를 떠난 지 한 시간가량이나 지났을까, 드디어 킬리만자로의 정상 우후루 피크(Uhuru Peak / 5,896m)에 도착할 수 있었다. 나의 꿈이 현실이 된 그 때는 2005년 1월 20일 아침 7시 40분이었다.

만년설의 빙하는 아직도 킬리만자로를 지키고 있었다. 카메라를 꺼내 동서남북 방향으로 아름다운 전망들을 담고 나니 골드 산악회의 김호현 씨가 혼자 올라온다. 둘이서 번갈아 가며 사진을 찍고 나니 소양수 씨도 오고, 뒤이어 김영희 씨도 올라왔다. 우리는 얼마나 반가웠던지 서로 손을 잡고 덩실덩실 춤을 추었다. 한참을 기다려 우리는 단체로 기념 촬영을 하고 아프리카의 영봉에서 등정의 기쁨을 만끽했다.

정상을 출발하여 하산 길에 접어든다. 한만수씨와 같이 천천히 키보 산장에 도착하여 간단히 간식을 하고, 그렇게 멀게만 느끼던 킬리만자로를 뒤로 하고 호름보 산장에 도착하니 오후 2시. 어제의 킬리만자로는 꿈이었고 오늘의 킬리만자로는 현실이 되었다고 생각하니 한없이 기쁜 감정이 싹터 올랐다. 골드 산악회 소양수 씨가 압력밥솥으로 밥을 지었다. 뜸이 아주 잘 들어 기름지고 뜨끈한 밥을 한 숟가락 퍼서 입 안에 넣으니 그대로 입 안에서 녹는 느낌이었다. 산중에서 이렇게 맛있는 쌀밥은 정말 처음이었다.

1월 21일

여느 때처럼 7시에 기상하여 죽과 빵으로 속을 든든히 채웠다. 오늘은 만다라를 거쳐 마랑구까지 간다고 한다. 하산 길은 마치 염소가 마음대로 뛰어 노닐 듯 마냥 신이 나서 황량한 사막도 우림도 즐겁게 걸었다. 마랑구에 도착하니 오후 1시가 조금 넘었다.

마랑구에서 등정 확인서를 받고 이곳저곳을 구경하다 보니 티셔츠며 모자를 사라고 철망 너머 아이들이 손짓을 해댄다. 일행에게 10달러짜리 모자를 3달러, 10달러짜리 티셔츠를 5달러에 흥정해 주었더니 몇 개씩 구입하고 나에게도 하나씩 준다. 점심은 간단히 과일과 간식으로 하고 그동안 고생한 쿡, 셰르파와 아쉬운 작별을 했다. 이어 모쉬에서 배낭을 챙겨서 아루샤 호텔에 여장을 푸니 며칠간의 피로가 풀리는 것 같았다. 호텔에서 저녁을 든든히 먹고 쇼핑을 원하는 대원들의 물건 값을 흥정해 주다 보니 이번에도 목걸이를 두 개나 선물 받았다. 아무래도 한국에 가지 말고 모쉬에 남아 쇼핑 가이드라도 해야 할 것 같았다.

1월 22일

7시에 기상하여 식당에서 아침을 먹고 편한 휴식을 취했던 아루샤 호텔을 떠난다. 버스를 타고 며칠 동안 정들었던 탄자니아를 뒤로 하고 국경을 넘자마자 케냐 땅 '케냐 암보셀리 내셔널 파크(Kenya Amboseli National Park)가 나타난다. 국경을 넘자마자 바로 우측 동네 뒤로 해서

나의 꿈은 아직 끝나지 않았다

비포장도로를 달리니 빨간 흙먼지가 일어나는 모습이 TV에서 마치 누 떼가 달려가는 장면과도 같았다. 키가 크지 않은 잡목 지대를 두어 시간 달리니 저 멀리 얼룩말 떼와 코끼리 등 야생의 동물들이 보이고 아득하게 킬리만자로가 바라다보였다.

암보셀리 로지(Amboseli Lodge)에 도착하니 숲 속에 현대식 1층 건물 주변으로 원두막 같은 방갈로가 여러 채 들어서 있었다. 우리가 호텔에 들어서니 원숭이들이 주변을 에워싸고 이방인을 응시한다. 이곳에서는 지갑이나 카메라, 먹을 것 등을 함부로 들거나 내놓지 말라고 주의를 준다. 원숭이 터줏대감이 들고 간다는 것이다. 내 방 앞에서 서성이는 원숭이에게 잘 부탁한다는 의미로 초콜릿을 하나 던져 주니 사진을 찍으라고 포즈도 취해 준다. 아무래도 많이 해 본 솜씨였다.

저녁 식사를 하기 전에 노을이 지는 암보셀리의 야생의 세계를 보기 위해서 지붕이 열리는 지프차를 타고 사파리를 했다. 과연 얼룩말, 코끼리, 멧돼지, 악어, 코뿔소, 누 등 TV나 영화로만 보던 야생의 동물들을 바로 곁에서 또 멀리서 살펴볼 수 있는 기회를 가졌다. 코끼리가 옆에 있어서 차가 잠시 멈춘 사이 나는 코끼리 가까이 가서 사진을 찍으려고 30여 미터를 접근하여 셔터를 눌렀다. 그 순간 어미 코끼리가 내게로 막 달려온다. 나는 놀라서 얼른 차로 올라탔고 차는 이내 출발했다. 나중에 들으니 사파리 중에는 절대로 차에서 내려서는 안 된다고 한다. 짐승들이 자기 새끼를 해치는 줄 알고 달려든다는 것이다. 이 사실을 몰랐던 나에게 큰일이 날 뻔했다.

그런데 갑자기 어디에서인가 무전이 오더니 우리가 타고 있는 지프차는 갑자기 어디론가 빠른 속도로 이동하며 먼지를 일으켰다. 과연 수많은 사파리 차량들이 모인 곳은 사자 떼가 모여 휴식을 취하고 있는 장소였다. 사자 무리와 우리가 탑승한 차량의 거리는 불과 20여 미터, 걱정도 되었지만 의외로 야생 사자는 순해 보였다.

로지로 돌아와서 저녁을 먹고 식당 옆 찻집에서 마사이 아저씨들이 공연하는 마사이 춤을 구경했다. 벽난로에 불을 피워 실내는 따뜻했다. 열대 우림 기후여서 연중 덥다는 아프리카에서도 밤이 찾아오면 이렇게 불을 피운다는 사실을 이곳에 와 보고서야 알게 되었다. 마사이 춤은 지팡이를 짚은 채 두 발을 모아 제자리에서 껑충껑충 뛰면서 우우 우우우 소리를 내고, 가끔 몸을 비틀고 뛰기도 하는 아주 단순한 것이었다. 그렇게 다소 실없는 공연을 마치고는 바구니를 돌린다. 1달러씩을 넣어 주니 '땡큐' 하며 하얀 이를 드러낸다.

1월 23일

7시에 아침 식사를 하고 오전에는 한 번 더 사파리를 구경했다. 일행은 로지를 출발하여 다시 나이로비로 향한다. 버스를 타고 두어 시간 달리고 나니 점심때가 되었다. 그런데 식당에 도착하니 입구에는 총을 든 군인들이 삼엄한 경비를 서고 있고, 안에는 굉장히 넓은 정원에 커다란 홀들이 있는 것이 보통 큰 식당이 아니었다. 우리가 1층에 자리를 잡고 앉았는데 그제야 아프리카를 순방 중인 당시 반기문 외교 통상부 장관이 이곳에 왔다는 사실을 알게 되었다. 우리는 얼결에 반기문 장관과 기념 촬영을 했고 반 장관 역시 우리에게 등정을 축하한다는 인사

나의 꿈은 아직 끝나지 않았다

를 해 주어서 반갑고도 고마웠다.

점심은 훈제 고기로 들었다. 여러 종류의 훈제 고기들이 있어서 어떤 고기이고 또 어느 부위인지는 도무지 알 수가 없었다. 의외로 맛은 괜찮아 맛있게 잘 먹고 커피 제조 농장을 구경했다. 케냐 블루 커피를 몇 통씩 산 우리는 드디어 순박한 느낌의 케냐를 떠나게 되었다.

1월 24일

피로감에 잠깐 눈을 붙이고 나니 태국의 돈무앙 국제공항이었다. 아침은 모처럼 한국 식당에서 맛있게 잘 먹고 이층 버스를 타고 캄보디아의 국경 근처인 알람(Alam)이란 곳에서 하루를 쉬기로 하고 이동하여 무더위에 지친 몸을 달래 보지만, 이번에는 모기 떼가 극성이어서 잠을 제대로 이룰 수가 없었다.

1월 25일

국경의 아침은 한 마디로 난장판. 캄보디아의 씨엠립(Siem Reap)으로 넘어가기 위한 기나긴 행렬은 우리의 눈을 의심케 했다. 구걸을 하는 걸인, 장사를 위해 국경을 넘나드는 상인, 태국 사람인지 캄보디아 사람인지 구분이 안 될 정도로 무수하게 섞여 있는 사람들, 국경은 마치 피난길과도 같았다. 캄보디아로 가는 길은 비포장도로였다. 뒷좌석은 먼지가 밀가루같이 올라왔고 길 양옆에서는 한쪽은 모를 내고 한쪽은 벼를 베는 것을 목격하니 식량 걱정은 안 해도 되겠다 싶었다.

어렵사리 씨엠립에 도착해서 유명하다는 톤레삽호수(Tonle Sap Lake)에 오니 숨통은 트였지만, 바다를 방불케 할 정도로 너른 호수의 흙탕물 같은 곳에서 생활하는 사람들을 보니 또한 만감이 교차했다. 그러나 아이들의 동심은 이곳에도 다를 바가 없다. 커다란 고무대야를 타고 고기를 잡고 또 수영도 하며 마음껏 놀고 있으니 말이다.

톤레삽 호수의 물로 밥도 해 먹고 빨래도 하며 일상적인 모든 생활을 한다니 사람이 살아가는 생존력은 정말 끝도 없다는 생각을 해 본다. 그래도 이곳 사람들의 살림살이는 예전보다는 많이 나아졌다고 한다. 한국인을 포함한 관광객들이 많이 찾아오기 때문이었다. 점심 식사 후에 길거리에서 파는 야자 열매나 옥수수도 사 먹어 보고 저녁때는 압살라 쇼를 보면서 토속 만찬도 즐겨 보았다.

1월 26일

빌라 같은 정원이 있는 숙소에서 일찍 일어났다. 오늘은 앙코르와트(Angkor Wat) 등을 구경했다. 사원 입구가 넓지 않아 정문을 통과할 수 있는 버스는 우리나라의 대우 자동차 버스밖에 없다고 한다. 역시 좁은 돌문을 잘도 간다. 바푸온(Baphuon), 바이욘(Bayon), 타프롬(Ta prohm), 프놈바켕(Phnom Bakeng) 등을 관광하며 거대한 사원군의 진면목에 감탄하고야 말았다. 캄보디아는 생각과는 달리 그 옛날 문화가 뛰어나게 번창했던 나라라는 것을 실감할 수 있었다. 절대 왕권은 민중을 힘들게 하지만 때로는 이렇게 거대한 역사적 기념물을 남겨 놓을 수도 있다고 생각하니 역사의 아이러니가 아닐 수 없다. IMF 당시 일본은 앙코르 와트의 입장권 판매권을 획득했다고 들었다. 저녁을 먹고 다시 호텔(Nokor Phnom)로 돌아왔다.

1월 27일

호텔에서 아침을 먹고 톰마논, 차오사이케를 봤다. 그 유명한 킬링 필드(Killing Field)도 방문했다. 폴포트 정권 당시 살해당한 사람들이 묻혀있는 해골 묘역이었다. 이 나라에 다시는 이런 시련의 역사가 없기를 바랄 뿐이었다. 버스를 타고 국경을 넘어 캄보디아를 뒤로한다. 한쪽에서는 모를 심고 다른 쪽에서는 벼를 베고 있다. 연중 삼모작 사모작도 가능한 기후 덕분일 것이다. 긴 여정이 끝나가는 시간, 그동안 고통과 즐거움을 함께 나누며 지내온 대원들이 방콕의 한 식당에 모두 모여 저녁을 함께 먹었다. 그리고 방콕발 대한항공 KE652기 편에 몸을 실었다.

1월 28일

바쁜 일정 속에서도 아프리카 킬리만자로를 등정했다는 사실은 나의 개인 등반사에 있어서 또 하나의 큰 성과였다. 아침에 인천 공항에 도착하여 다른 대원들에게 감사의 마음을 전했다. 특히 경기 연맹 사무국장 박혁수 씨와 한만수 선배님께 진심으로 고맙다는 인사말을 전하고 싶다 .

킬리만자로(Kilimanjaro / 5,895m) 등반 요약

등반 목적
1. 7대륙 최고봉 등정 중
2. 자신에 대한 도전과 자아 발견
3. 산악인의 정신 함양과 신체 변화
4. 생활의 용기와 자신감 회복

* 개인 장비
고어텍스 재킷과 바지, 파일 재킷과 바지, 반바지와 반소매 티셔츠, 면바지와 긴소매 티셔츠, 우모복, 고소 내의 상하의, 마스크, 카라반용 등산화, 오버미튼, 파일 장갑, 헤드랜턴, 고도계, 수통, 카메라, 고글과 선글라스, 카라반 모자와 고소모, 목출모, 배낭, 어택 배낭, 카고 백, 퀵드로, 안전벨트, 슬링, 하강기, 등강기(주마), 매트리스, 스카프, 양말(쿨맥스), 침낭과 침낭 커버, 텐트 슈즈, 고어텍스 중등산화. 아이젠(12발), 스키 스톡, 피켈, 무전기, 표식기, 버너, 코펠, 수선구, 세면도구, 여권 / 필기 도구, 선크림, 자물쇠

아프리카 대륙
아프리카 대륙은 아시아 대륙 다음으로 큰 대륙으로 적도를 기준으로 하여 북위 37도 남위 35도에 자리하며, 남북 길이 8,000㎞ 동서 너비는 약 7,360㎞. 대서양 지중해 홍해와 인도양 남쪽으로는 대서양을 접해 있고 세계 최대의 섬인 마다가스카르 섬도 아프리카 대륙에 속해 있다. 인도양을 끼고 있으면서 소말리아, 에티오피아, 수단, 우간다, 탄자니아로 둘러싸여 있는 나라가 케냐다. 탄자니아는 한반도의 5배 크기의 면적으로 킬리만자로

. 나의 꿈은 아직 끝나지 않았다

등반은 거의 탄자니아 아루사 모시(Moshi)에서 거의 시작된다. 킬리만자로는 휴화산으로 남위 3도 5부, 동경 37도 20부에 자리하고 있고 스와힐리어로는 키푸(Kipoo), 빛나는 산 혹은 위대한 산이라고 원주민들은 부르고 있다.

초등자는 독일인 Hans Meyer와 오스트리아 Purtscheller였다. 정상은 최고봉인 우후루 (Uhuru) 피크로 우리나라와 계절은 정반대로 등반 적기는 1~2월과 6~10월로 건조기를 맞추는 것이 유리하다. 마랑구 루트(Marangu Route)는 산장 시설이 잘 되어 있어 대부분의 등반가들이 마랑구 루트를 선호하고 있다.

코시어스코(Kosciuszko / 2,228m)
2006. 8. 16.

코지어스코 정상에 선 이강목 대원과 원정대.

코지어스코 등반중 잠시 휴식을 취하고 있는 저자.

호주대륙의
최고봉
코지어스코

인천대학의 후배인 김동언으로부터 한 통의 전화를 받았다. 요지는 오스트레일리아 뉴사우스웨일스 주 남동부의 오스트레일리아 대륙 최고봉 '코지어스코'(Mt. Kosciuszko / 2,228m)를 같이 등반 하자는 말이었다. "좋다"고 답변을 하는 순간부터 신바람이 나기 시작했다.

코지어스코 산은 코지어스코 국립공원의 중심지로 등산과 겨울 스포츠가 유명한 곳이다. 1840년 폴란드의 탐험가(Paul Strzelecki)에 의해 산의 이름이 명명됐으며 러시아에 대항하여 독립 투쟁을 벌였던 폴란드의 혁명가(Thaddeus Kosciusko)를 기념하여 붙여진 이름이라고 한다.

내가 세븐 서미츠를 마쳤다고 하면 혹자는 "칼스텐츠 피라미드가 아니고 왜 코지어스코를 올랐느냐?"고 묻는 경우가 있다. 오세아니아

(대양주)의 최고봉으로 불리는 칼스텐츠 피라미드(Carstensz Pyramid, 4,884m)는 인도네시아에 있다. 대양주(大洋洲)는 6대륙의 하나로 태평양 전역에 산재한 섬을 통틀어 묶은 이름이다. 칼스텐츠 피라미드는 보통 서뉴기니라고 부르는 이리안자야 섬에 있으며, 일명 푼착 자야(Puncak Jaya)라고도 부른다. 그렇다면 세븐 서미트에 해당하는 산은 과연 칼스텐츠 피라미드인가 아니면 코지어스코인가? 이 질문에는 산악 전문 칼럼니스트인 한경닷컴 김성률 기자의 글을 읽어 보면 된다.

7대륙 최고봉 중 다른 곳은 이견이 없으나 오스트레일리아를 대륙으로 봤을 때 최고봉은 코지어스코를 7대륙 최고봉의 하나로 보아야 한다는 의견과 오스트레일리아를 포함하여 대양주로서 오세아니아라는 대륙을 놓고 볼 때는 최고봉이 칼스텐츠가 되어야 한다는 주장이 있다. 그러나 이같은 이견은 최근에 대두된 이론이고 1985년 4월에 미국의 딕 배스 일행이 에베레스트에 오름으로써 세계 최초의 7대륙 최고봉 등정자가 될 때까지만 해도 코지어스코를 7대륙 최고봉의 하나로 인정했다. 현재는 칼스텐츠와 코지어스코 둘 다 7대륙 최고봉 중의 하나로 인정하고 있다.

그러나 이 다툼은 사실 큰 의미가 없다. 등반의 기본은 '무상의 행위'이며 세븐 서미트를 했다고 대단한 훈장을 주는 것도 상금이 걸린 일도 아니기 때문이다. 사단 법인 한국 산악회 소속의 산악인 이강목 씨도 2010년 12월에 세븐 서미츠를 완등했는데 당시 그는 코지어스코를 올랐다. 김명준 씨의 경우는 칼스텐츠를 올랐다.

(김성률 기자의 기사 〈[서평] '멈추지 않는 도전의 서사시'
〈라이프 노 리미츠〉 "나의 도전에 한계는 없다"〉 중에서)

등반 준비 목록을 작성하고 경비를 계산하고 장비와 식량을 준비하는

나의 꿈은 아직 끝나지 않았다

사이 어느덧 출발 날짜가 다가왔다. 16일 아침 7시, 공항에 도착하니 최원구, 김은경, 김종호 등이 벌써 도착해있다. 이번에 함께 등반할 대원은 모두 7명. 아내가 싸 준 김밥을 먹고 모든 대원이 짐을 부치고 비행기에 탑승하니 아침의 찬란한 햇살이 서해의 바다를 가르고 있다. 도쿄 하네다 공항에서 비행기를 갈아타야 한단다. 9시간 정도의 여유가 생겨 여기저기를 구경하다가 저녁때가 다 되어서 시드니행 비행기로 갈아 탈수 있었다.

8월 17일

한숨을 자고 일어나니 시드니 공항이란다. 아침 햇살에 눈이 부시다. 봉고차 같은 렌트카를 빌려서 짐을 싣고 나니 7명이 타기에는 다소 비좁아 보여도 이동에는 큰 문제가 없었다. 시드니 중심가의 등산 장비점에서 가스를 현지 구입하고 시드니에서 600㎞ 거리에 위치한 스레드보(Thredbo)로 이동하면서 중간에 라면도 끓여서 나누어 먹고 재미있게 이야기도 하면서 캠핑장에 도착, 텐트 2동을 칠 수 있었다. 저녁으로는 이동 중에 시장을 보아 온 쇠고기 스테이크로 맛있게 먹었다. 내일의 일정을 생각하며 언제나 나의 포근한 잠자리를 만들어 주는 침낭 속으로 들어가 본다.

8월 18일

여명 속에 자리에서 일어나 보니 약간의 서리가 내렸다. 텐트 옆에는 간밤에 보지 못한 큰 개울가에서 산오리들이 아침 먹이를 찾고 있다. 텐트 주위에는 아침 식사를 준비하는 냄새를 맡았는지 서너 마리의 캥거루가 모여서 우리를 쳐다보고 있다. 동물원의 캥거루가 아니고 야생 캥거루는 정말 새끼를 자기 앞주머니에 넣고 통통 두 발로 잘도 뛴다. 우리가 캥거루를 구경하는 것이 아니라 캥거루가 우리를 신기하듯 쳐다보는 모습이 우습기도 하다. 멋진 캥거루들과 작별을 하고 페리셔 밸리(Perisher Valley)라는 곳으로 이동했다.

산악 열차를 타고 가는데 우리 일행만 무거운 배낭을 지고 갈 뿐 다른 사람들은 스키를 타러 가는지 모두가 스키 복장이다. 스키장에 도착하고 보니 이곳은 지금 시즌이 겨울이라 대부분 스키를 타는 사람들이다. 우리는 그저 묵직한 배낭을 메고 설원을 천천히 걸었다. 설원의 하얀 눈 위로는 가끔 설상차가 지나간다.

지도를 보고 방향을 찾아서 내리막길을 지나다보니 허기가 느껴져 라면이라도 간단히 끓여 먹기로 하고 젯보일에 눈을 녹여 라면을 끓여 먹고 다시 전진한다. 개울을 건너가자 눈발이 비치면서 금방 시야를 가린다. 그리고 이동 중에 갑자기 강풍과 눈보라에 앞이 보이지 않을 지경이 되었다. 급경사의 설벽을 올라서는 데 많은 시간이 걸렸다. 날은 벌써 어두워지고 강풍에 눈보라는 그치지 않아 긴급히 야영을 준비한다. 생각보다 강한 강풍과 맞서 텐트를 설치하는 일은 결코 쉽지 않았지만, 우리는 꿋꿋이 2동의 텐트를 치는 데 성공했다.

밖에는 텐트를 날려버릴 듯 강한 바람이 부는 가운데 그나마 아늑한 텐트 안에서 저녁을 먹고 다음 일정과 등반에 대한 이야기로 꽃을 피웠다. 내일은 부디 눈보라가 멈추어 주기를 빌면서 잠자리에 들었다.

8월 19일

간밤에 치열하게 불어대던 눈보라는 이제 많이 약해졌으나 바람만은 양보할 의사가 없다는 듯 거세게 불어와 텐트를 흔들어 놓는다. 예비 식량을 넉넉하게 준비하지 않았기 때문에 점심은 행동식으로 하고 내일 가스가 걷히고 바람이 잠들면 이동하기로 한다. 나침반과 지도를 놓고 많은 이야기로 시간을 보내면서 하루를 보낸다. 저녁때가 되니 바람은 약해졌으나 가스가 많아 전혀 앞이 보이지 않는다.

8월 20일

광준이가 "오늘은 어떤 일이 있어도 출발해야 한다"고 말한다. 아침 식사 후 배낭을 간단히 꾸리고 안자일렌을 한 상태에서 출발한다. 처음에는 가스가 간혹 스쳐 지나가기도 하더니 어느 순간 가스가 자욱하여 전혀 사방을 분간할 수 없을 지경이 되고야 말았다. 그래도 방향을 잘 잡아서 약 3~4시간이나 정상 방향으로 전진을 했는데 정상은 보이지가 않는다.

그 와중에 정상으로 보이는 지점에 올라 사진 촬영을 했는데 표지석도 하나 없는 것이 영 정상 같지가 않았다. 그렇게 엉뚱한 해프닝 속에 다시 안개를 뚫고 전진과 후퇴를 거듭한 끝에 짙은 안갯속의 정상에 도 달할 수 있었다. 드디어 코지어스코 정상. 안개가 너무 짙어 기념 촬영 을 하면서도 사진이 제대로 보일까 걱정이 될 정도였다.

방향을 잘 잡고 하산을 시작한다. 얼마나 내려왔을까. 갑자기 가스 가 걷히면서 저 멀리 스키를 타는 사람이 보인다. 스키 자국을 따라서 계속 내려가다 보니 스레드보 스키장이 보인다. 하산 시에는 리프트를 타고 내려와서 허기진 배를 햄버거로 요기한다.

동언이가 차를 가지고 와서 이동하며 보니까 도로 곳곳에서는 캥거 루가 차에 치여 죽어 있다. 염소보다도 큰 놈들이 도로에서 죽어 있는 모습을 보자니 마음이 안됐다. 카툼바(katoomba)에 도착하자마자 우리 는 만찬을 준비하고 오랜만에 늦게까지 즐겼다.

8월 21일

카툼바의 아침은 상쾌하다. 간단히 아침 식사를 하고 블루마운틴 (blue mountain)으로 출발이다. 길은 한적했다.

8월 22일

이곳의 유스호스텔 스타일은 먹을 것을 마켓에서 사 와서 각자 해 먹

나의 꿈은 아직 끝나지 않았다

는 방식이다. 다른 나라 팀의 트레커들도 각자 먹을 것을 사 와서 식당에서 해 먹고는 한다. 아침 식사 후 이곳에서 유명하다는 블루 마운틴을 트레킹하기로 했다. 계곡 밑으로 내려가니 시원한 물줄기에 원시림같이 우거진 나무가 울창하다. 대여섯 시간을 걸어가니 암벽에는 클라이머들이 등반하는 루트들이 확인된다. 등반거리가 몇 백 미터는 될 것 같은 다양한 코스들이 있어 부러웠다. 멋진 경관을 즐기며 트레킹하는 맛도 제법 좋았다. 즐거운 한때를 보내고 유스호스텔에 다시 돌아와 즐겁게 저녁 식사를 준비한다.

8월 23일

오늘은 시드니 외곽을 통과하여 한적한 고속도로를 달려 브리즈번(Brisbane)에 도착했다. 조용하고 현대적인 도시이면서도 항구에는 거대한 선박들이 정박하고 있어 조용하고 평화로운 도시라는 인상을 받았다. 우리는 넓은 마당이 있는 레스토랑에서 빵과 고기를 주문하고 맛있게 먹었다. 그리고 다시 시드니로 향했다

8월 24일

시드니에 도착해서 합숙소 같은 유스호스텔에 여장을 풀고 각자 외국 사람들과 합숙했다. 오늘은 시드니 시내 관광을 하기로 하고 오페

라 하우스며 해양 공원인 씨월드에 늘러서 돌고래 쇼며 각종 바다 동물들을 구경하고 시드니에서 제일 높은 타워에 올라 시드니 전체를 구경할 수도 있었다. 점심은 중국 식당을 찾아서 먹어 보았으나 생각보다 가격이 비쌌다. 저녁때는 오페라 하우스 옆 공원을 찾아 편한 휴식을 취하기도 했다.

8월 25일

항공편 일정이 아직 하루가 더 남아 있어 관광하기로 한다. 그러다가 한적한 동네 뒤 바닷가에 가게 되었는데 바위에 소라가 가득 붙어 있는 것이 아닌가. 우리는 소라를 한 아름 주워 와서는 버너에 소라를 가득 넣고 끓여 먹었다. 맛이 일품이었다.

8월 26일

즐겁고 행복했던 순간들을 뒤로 하고 동경행 비행기에 탑승한다. 도쿄에 도착하니 컴컴한 저녁, 호텔에 짐을 풀고 잠시 시내의 야경을 구경했다.

나의 꿈은 아직 끝나지 않았다

8월 27일

도쿄를 출발하여 인천 공항에 도착하니 그간의 추억과 행복한 감정이 파노라마처럼 스쳐간다. 이번 등반에는 등반 뿐 아니라 편하게 관광도 할 수 있어서 좋았다. 그래서 코시어스코 등반을 '7대륙 최고봉의 레이스에서 잠시 쉬어 가는 코스'라고 하는지도 모른다. 어쨌든 나는 다시 산봉우리를 하나 가슴 속에 담고 아내의 품속에 빠져든다.

코시어스코(Kosciuszko / 2,228m) 등반 요약

개인 장비

배낭2, 헤드 랜턴, 고글, 스틱 1조, 피켈, 하네스, 등강기(어센더), 자일, 카라비너, 우모복 상하의, 오버 재킷과 오버 트로우저, 파일 재킷과 바지, 쿨맥스 반소매 셔츠와 긴소매 티, 고소모, 윈드 스토퍼, 텐트, 파일 장갑 2, 이중화, 트레킹화, 크램폰, 스패츠, 수통(날진), 매트리스, 침낭, 침낭 커버, 속옷과 양말

치즈(Kyizi / 6,206m)
2007. 8. 8. ~ 8. 16.

이강목 씨는 치즈마운틴 정상을 얼마 남겨놓지 않고 눈물겨운 하산을
하게 된다. 그러나 이 등반의 실패는 결국 큰 등반경험으로 남게 된다.

치즈봉 등반을 함께한 산우들과 함께.

등정 실패의
아픔을 남긴
티베트 치즈마운틴

8월 8일

삼복을 지나는 막바지 더위 속에 티베트의 치즈산에 가기로 한 날이 다가왔다. 몇 달 전 김동언으로부터 호주 코지어스코를 함께 등반했던 팀과 함께 티베트에 위치한 치즈산을 등반하자는 제의를 받고 망설임 없이 같이 가겠다고 승낙했던 것이다.

국내에는 아직 잘 알려져 있지 않은 티베트의 치즈(Kyizi) 마운틴은 티베트 라사에서 멀지 않은 곳에 있고 카라반이 짧아 원정 등반에 유리한 면이 있는 반면 만만치 않은 등반 능력을 요구하는 설산이다. 치즈산 등반에 가장 좋은 시기는 4월말에서 5월 또는 9월 말에서 10월 사이라고 할 수 있다. 이 시기가 티베트에서 가장 따뜻한 계절이기 때문이다.

아침 6시에 기상하여 배낭을 나시 한 빈 점검히고 약간의 간식을 챙겨서 무게를 달아보니 25kg. 손에 들고 갈 작은 배낭을 빼고 달아본 배낭의 무게가 너무 무겁다. 아내가 연희동 사거리까지 승용차로 태워다 주고 다시 공항버스를 갈아탄 다음 인천 공항으로 향한다. 원정대 인원은 모두 10명, 20시 청도행 아시아나 항공편이다. 평일인데도 청도행 비행기에는 유학생들과 사업을 하는 사람들로 가득하고 기내에 탑승하니 그때부터 중국말이 떠들썩하다. 기내식을 맛있게 먹고 약 3시간 30분이 지나니 현지 시각으로 22시 45분, 벌써 청도(Chengdu)에 도착했다.

8월 9일

새벽 5시 30분 비행기를 타야 하는지라 우리는 공항 1층에서 쉬기로 하고 잠시 눈을 붙였다. 새벽 4시 30분, 화장실에서 간단히 세수를 하고 손을 씻고 핸드 캐리어에 카고 백을 담아 짐을 부친 다음 C5게이트로 탑승한다. 비행기는 6시 정각에 출발했다. 비행기 유리창을 통해 바라본 티베트 고원의 아침 풍경은 눈부신 햇살과 함께 눈부신 장관을 연출한다. 비행기는 약 한 시간 반가량을 지나 티베트의 라사 공항에 우리를 부려놓는다.

라사 공항에는 싱겁게 검색대 통과도 없어 우리는 그냥 짐을 찾아서 공항을 나온다. 8시가 되니까 정부 연락관인 '다와'와 셔틀버스가 도착했다. 버스는 우측 강을 끼고 두어 시간을 힘차게 달린다. 라사는 생

나의 꿈은 아직 끝나지 않았다

각보다는 깨끗한 도시였다. 민박 비슷한 유스호스텔을 간신히 찾아서 짐 정리를 하고 점심 식사를 위해 중심가 식당으로 나섰다. 양고기 스프와 말고기 스프 그리고 볶음밥 등을 배불리 먹고 나니 한결 기분이 좋다.

라사 공항의 높이는 해발 3,500m, 라사 시내의 높이는 해발 3,600m로 하루 만에 비행기로 높은 지역에 올라오니 갑자기 머리가 띵해져 온다. 우리가 준비해 간 선물 중에서 민박집 아주머니에게 티셔츠를 선물하니 아주 기뻐한다. 정부 연락관에게는 손목시계를 하나 선물했다. 저녁 식사 후 김광준 대원과 함께 20여 분 걸어 나가 상가 지역을 구경했다. 강가에는 낚시를 하는 사람이 있고 장사를 하는 사람도 있으며 다른 나라의 강가처럼 평범하고 조용하다. 숙소에 돌아오니 김광준, 김동언 그리고 나만 멀쩡하고 다른 대원들은 고소 증세가 오는지 침대에서 일어나지를 않는다.

8월 10일

6시, 밖은 아직도 컴컴하다. 산책을 하러 나오니 단지의 대문이 잠겨 있다. 유스호스텔이 무슨 빌라촌의 단지 같기도 하다. 신기하게 단지 일대는 군인들이 경비를 서고 있었다.

7시, 단지를 벗어나니 바로 강이 나온다. 폭이 넓은 강에는 유유히 강물이 흘러가고 있다. 강을 끼고 상류 쪽으로 산책하고 돌아오니 8시 40분. 그제야 아침 식사를 마친 후 택시를 타고 드래풍 사원(Drepung

Monastery)으로 향한다. 드래풍 사원은 달라이 라마가 주로 여름에 수도를 하던 곳이라고 한다. 사원의 내부는 마치 미로처럼 복잡하다. 방마다 부처상이 있고 가는 곳마다 관람객들은 시주를 한다. 돈을 거슬러서 여러 곳에 시주를 하기도 한다. 사원 구경을 하다가 나오면서는 호떡을 사서 맛있게 먹었다.

버스를 타고 포탈라 궁까지 이동했는데 이곳은 사전에 예약해야만 관람이 가능하다고 한다. 점심 식사를 맛있게 먹고 골동품점이 있는 시장으로 가서 이번에도 대원들의 선물 구입을 상인들과 흥정해 주었다. 나는 역시 흥정을 붙이고 가격을 깎는 데에는 소질이 좀 있나 보다. 이번에도 가격을 깎아 주고는 목걸이와 모자를 선물로 받았다. 이곳에서도 관광객들한테는 바가지요금을 씌운다.

숙소까지 삼륜 인력거 요금을 흥정하니 5위안이면 된다는 거리를 15위안이나 달라고 한다. 한참 만에 인력거를 끄는 노인과 10위안에 가기로 흥정을 마치고 세 사람이 인력거에 탑승했다. 하지만 불쌍한 인력거 할아버지, 전혀 속도를 내지 못한다. 할 수 없이 내가 인력거를 운전하겠다고 하여 김광준과 이형우를 태우고 페달을 밟았다. 처음에는 인력거가 자꾸 오른쪽 방향으로 가는 것 같았지만 조금 지나다 보니 숙달이 된다. 숙소 앞까지 오니 인력거의 주인인 할아버지가 보이지 않는다. 우리도 모르게 속도를 냈는지 저 멀리서 할아버지가 숨을 헐떡이며 헐레벌떡 뛰어온다. 우리는 당초에 할아버지와 흥정한 10위안에 팁 1위안 그리고 할아버지 드시라고 복숭아를 2개나 드렸다. 할아버지가 고맙다며 공손하게 인사를 한다.

나의 꿈은 아직 끝나지 않았다

8월 11일

7시에 기상했다. 간밤에 비가 내리면서 천둥, 번개가 쳤다고 한다. 오늘은 양팔정으로 이동한다고 한다. 셔틀버스는 공항 방향으로 가더니 우측으로 계속 올라간다. 9시 30분에 출발한 버스는 검문소를 두 군데나 통과하고서 양팔정 노천 온천이 있는 곳으로 왔다. 그러나 가는 날이 장날인지 공사 중이라서 휴업이라고 한다. 양팔정 주변의 차도에서는 야크고기를 그 자리에서 잡아 팔고 있었다.

이곳에서 우측으로 만년설 아래쪽이 우리의 베이스캠프인 가낙사라고 한다. 해발 4,800m에 위치한 가낙사는 여승들만 수도를 한다는 사원이다. 버스는 비포장 산길을 아무런 불평도 없이 잘도 달린다. 드디어 가낙사에 도착하여 텐트를 치고 점심은 라면으로 끓여 먹었다. 식사 후에는 가낙사 위쪽으로 약 3시간 정도 고소 적응을 하고 돌아왔다. 저녁은 돼지고기와 밥으로 맛있게 먹고 베이스캠프에서의 행복한 첫날밤을 맞았다.

8월 12일

가낙사의 여승 3명을 포터로 쓰기로 결정했는데 과연 이들이 제대로 포터 역할을 할 수 있을지 궁금하기도 했다. 8시, 가낙사를 뒤로하고 출발했다. 얼마 가지 않아서 벌써 숨이 차오른다. 나만의 호흡법을 이용해서 한발 한발 급경사를 천천히 올라갔다. 출발한 지 두어 시간이 지나고 보니 포터들은 벌써 사라지고 흔적도 보이지 않았다. 여승이라고 얄본 내가 잘못이다. 그들이 이미 이 지역에서 태어나고 자랐으니 태어나기 전부터 고소 적응이 된 사람들 아닌가. 티베트라는 나라 자체가 해발 4,000m 위의 고지에 자리 잡고 있다. 16시, 드디어 전진 캠프(C1)에 도착했다. 이곳에서는 스노 밴드가 코앞같이 가까워 보인다. 전진 캠프에 장비 등을 데포 시키고 16시 30분 하산을 시작했다. 베이스캠프에 돌아와서는 라면과 밥으로 저녁을 먹고 밤늦은 24시 침낭 속으로 들었다.

8월 13일

8시, 가낙사를 출발하여 어제 짐을 데포 시킨 C1에 도착하여 텐트 2동을 설치했다. 휴식을 취하고 있는 차에 그제서 전진 캠프로 들어서는 대원들이 시야에 올라온다. 최정용 대원과 이형우 대원은 걸음이 다소 비틀거리는 것을 보니 힘이 드는 것 같다. 저녁 식사 후 두 대원에게 먹을 것을 주었는데도 전혀 입에 대지를 못한다. 내일은 정상을 공격하는 날이다. 그런데 조금씩 내리던 빗방울이 굵어지더니 어느새 소나기로 바뀌었다. 걱정이 되어서 잠이 오지를 않는다.

8월 14일

빗소리에 잠을 설치고 4시에 일어나 보니 다행히 빗줄기는 많이 가늘

나의 꿈은 아직 끝나지 않았다

어졌다. 혼자서라도 출발하려고 하는데 뒤 텐트의 광준이도 출발을 준비하는 소리가 들린다. 6시, 우리는 C1을 멀리하면서 정상을 향해 발길을 옮기기 시작했다. 스노 밴드에 도착해서는 김동언이 선등으로 자일을 걸고 다음으로 내가 '주마링' 등반을 하고 학수가 마지막으로 등반을 했다. 그다음에 나타나는 설사면에서는 내가 안자일렌을 하고 앞장섰다.

주마링(Jumaring)이란 인공 등반에서 프루지크 매듭과 같은 역할을 하는 등강기(어센더)를 사용해서 고정된 로프를 타고 오르는 기술을 말한다. 저깅(Jugging)이라고도 한다. 대암벽 등반에서는 선등자가 등반을 끝낸 뒤 로프를 고정하면 후등자가 고정 로프를 따라 주마링을 하면서 장비를 회수한다. 그러니까 주마링은 후등자를 위한 기술인 셈이다. 거벽에서의 주마링은 등반 시간을 줄여 주고, 손쉽게 장비를 회수할 수 있기 때문에 체력 소모를 줄여 주는 이점이 있다.

주마링은 어센더에 주마 스텝이나 러너를 걸고 로프에 부착한 뒤 사용한다. 두 개의 어센더를 가지고 양손에 각각 1개씩 사용하며, 로프에 어센더를 위 아래로 나란히 건 후, 두 개의 어센더를 번갈아 올리면서 위쪽으로 이동한다.

오버행에서 주마링을 할 때는 발을 딛고 체중을 실을 수 있는 주마 스텝이 필수적이다. 주마링은 수직 이동보다는 어센더로 트래버스 할 때와 허공에 매달려 이동할 때가 훨씬 더 어렵다.

작은 크레바스가 곳곳에 있는데 가스가 너무 심해서 바로 앞사람이 제대로 보이지 않을 정도였다. 오늘은 동언이가 힘들어 보인다. 학수에게 물어보니 12시가 넘었다고 한다. 두 대원의 등반 속도는 점점 더 느려지고 있다.

그렇게 한 시간 정도 전진을 했는데 두 번째 벽이 나타나지 않으면 시간과 날씨 그리고 일정 등을 감안하여 후퇴를 결정해야 할 것 같다고 말했다. 두 대원은 계속 힘들어한다. 어느덧 2시가 넘자 광준이가 후퇴하자고 한다. 그 말에 우리 모두는 오싹한 한기를 느끼면서 한동안 멍해졌다. 나와 광준이는 서로 부둥켜안은 채 복받치는 아쉬움을 달래야만 했다. 나의 개인적인 등반사에서 정상 등정을 하지 못하고 돌아서는 일은 이번이 처음이자 마지막이 되기를 바라면서 발걸음을 돌릴 수밖에 없었다. 내일 라사로 이동하는 날이라서 시간 일정이 촉박하다.

해발 6,206m인 정상이 바로 몇 백 미터 앞에 있는데도 돌아서는 순간은 정말 아쉽고 슬프기가 그지없었다. 올라올 때 표식기를 몇 개 만들어 놓았기 때문에 하산하면서 길을 잃을 일은 없었다. 우리는 C1에서 모든 짐을 챙겨 가낙사까지 하산했다. 도착 시간은 저녁 7시, 우리가 도착하자마자 기다렸다는 듯이 소나기가 내린다. 비를 맞지 않고 하산을 완료했으니 그나마 다행이라 할 만했다. 식당 텐트에서 저녁을 먹는 사이 잠시 빗줄기가 가늘어진 틈을 타서 텐트를 치고 편히 쉴 수 있었다.

8월 15일

7시, 기상해 보니 빗줄기가 많이 약해지고 있었다. 11시에 차가 올라온다고 한다. 몇몇 대원은 많이 피곤했는지 아직도 일어나지를 못하고 있다. 12시가 지나서 가낙사의 여승들이 우리 짐을 챙겨 준다. 나는 내가 입고 있던 다운 조끼와 반지 그리고 시계까지 풀어서 그들에게 건네주었다. 이곳에 머물면서 그들의 깊은 신앙심과 순수한 정신을 느낄 수 있었다.

양팔정을 지나 라사에 도착하여 규모가 큰 중국 식당에서 훠궈(火锅) 같은 요리를 시켜 먹었는데 여기에 각종 고기와 버섯과 면을 넣어 끓여 먹으니 그 맛이 일품이었다. 맛있는 음식이 들어가니 등정 실패의 아쉬움은 사라지고 평상심을 되찾을 수 있었다.

우리가 머무를 당시 티베트는 축제 기간이라서 숙소를 잡기가 아주 힘들다고 한다. 우리도 간신히 조캉 사원 근처 호텔에 짐을 풀고 젖은 짐을 말리고 공동 샤워장에서 기분 좋게 샤워를 마쳤다. 저녁 식사를 위해 호텔 밖으로 나와서 중국 요리를 먹고 남녀 공용인 미용실에 들러 1인당 100위안의 비용을 지불하고 머리에서 무릎까지 마사지를 받으며 라사의 마지막 밤을 보냈다.

8월 16일

7시 30분 라사공항에 나타난 정부 연락관 다와가 우리의 안전을 기원하며 행운을 축원하는 흰 스카프 카타(Khata)를 일일이 하나씩 목에 걸어 주었다. "라사여, 이렇게 무사히 귀국하게 할 수 있게 해 주어서 감사합니다." 나는 진심으로 우러나오는 감사의 기도를 드렸다.

9시 30분 청두행 비행기를 타서 청두 공항에는 12시에 도착했다. 공항에 짐을 맡긴 다음 무후사라는, 유비와 관우, 장비를 모신 사당을 관광하기로 했다. 택시를 불렀는데 뚱뚱한 아줌마 기사는 점심을 못 먹었는지 말없이 복숭아를 잘도 먹으면서 빌딩숲을 지나 편도 8차선을 잘도 달린다. 우리도 금강산도 식후경인지라 무후사 건너편에 위치한 중국 호텔로 올라가 동언이가 주문한 요리를 정말로 게 눈 감추듯 맛있게 먹어 치웠다.

무후사에는 중국어와 우리말로 자세히 설명해 놓았다. 한국 관광객이 많은 곳인가 보다. 유비, 관우, 장비의 업적이 소개되어 있고 넓은 공원은 아름답게 잘 정리되어 있었다. 무후사 옆 골목에는 중국 정통의 먹거리 가게와 기념품 가게가 즐비했다. 어느덧 저녁 시간이라 무후사 옆 한국 식당에 가서 불고기와 김치로 포식하고 다시 택시를 타고 공항으로 향한다. 생각해 보니 너무 아쉬움이 많이 나는 원정이었다. 그러나 어쩌랴, 다음을 기약하는 수밖에… 아시아나 항공편에 짐을 부치고 나니 밤 12시가 넘었다.

8월 17일

4시 30분, 찬란한 아침 햇살을 받으면서 반짝이는 인천 앞바다를 보니 다시 행복한 기운이 넘친다. 모든 대원들이 힘든 일정 속에서도 꾹 참고 행동해 주어서 또 한 번 감사하고 고맙다. 지쳐 보이던 대원들도 이제는 행복한 미소를 머금고 있다.

나의 꿈은 아직 끝나지 않았다

키지(Kyizi / 6,206m) 등반 요약 💬

대원 명단

김광준, 이강목, 김동언, 김학수, 이슬, 이형우, 최정용, 최상호, 최의용, 유재숙(이상 10명)

에베레스트(Everest / 8,848m)
2009. 3. 23. ~ 2009. 5. 28.

C2에서 C1구간으로 등반중 크레바스를 건너며.

등정후 베이스캠프에서 동서가 후원해준 참소금을 들고.

마침내
에베레스트
정상에 서다

    늘 그랬듯이 원정 전야는 시집가는 딸을 보내는 전날 밤과 같은 심경이다. 그동안 함께 훈련한 모든 대원과 지원을 아끼지 않은 연맹 식구들과 함께 정상 등정을 꼭 성공하고 돌아와 신세를 갚고 싶다. 이제 내일이면 떠나야 한다. 지금까지 살아온 인생만큼이나 복잡다단한 상념 속에 깊은 잠을 이루지 못하고 새벽 4시에 일어났다.

    사실 어제 아내 몰래 손톱과 머리카락을 잘라서 포장한 후 컴퓨터 책상 밑에다 두었다. 어쩌면 다시는 만날 수 없을 수도 있기 때문이었다. 그러나 무사히 원정을 마치고 돌아올 때까지는 절대로 이야기하지 않겠노라 다짐하고 말없이 북인천 산악회 사무실로 향한다.

    산악회 사무실은 벌써 며칠째 짐을 싸느라고 아수라장이 되어 있다.

에베레스트(Everest / 8,848m)
2009. 3. 23. ~ 2009. 5. 28.

내 짐을 찾아 화물차에 싣고 인천 공항에 도착하니 7시, 공항에는 벌써 형님과 아내가 김밥을 싸 가지고 나를 기다리고 있었다. 장비가 든 카고 백(Cargo Bag)을 화물로 부치고 기념 촬영을 했다. 아내가 정성들여 싸 온 김밥을 대원들과 나누어 먹었다. 부끄러워하면서도 눈물을 글썽이는 아내의 눈과 쉽게 마주칠 수가 없었다. 아내와 가족들에게 너무 무심한 것은 아닌가 하는 자책감이 뒤통수를 때리는 것도 같다. 그러나 어쩌랴. 지난 기간 원정 훈련을 하며 그 얼마나 기다리던 에베레스트 원정이었던가. 큰 바위처럼 온몸이 굳어 버릴 것 같았지만 아내, 가족들과 작별하고 면세 구역으로 들어서고 나니 비로소 평정심을 찾을 수 있었다.

8시 45분, 출국 수속을 하고 17번 게이트를 통해 탑승했다. 비행기가 이륙하니 벌써 에베레스트가 눈앞에 그려지는 것 같았다. 옆 좌석에 앉은 대한산악연맹 재미연맹 이만우 씨와 몰려오는 피로도 잊은 채 자연과 인간사에 대하여 이야기하면서 기내식을 두 개나 먹고 깜빡 잠이 들었다.

카트만두(Kathmandu)에 도착한 것은 현지 시각 13시 40분. 타시(Tashi sherpa / 30세) 사다(셰르파들의 우두머리)와 셰르파들의 환영을 받으면서 안나푸르나 호텔 뒤편 Royal Shingi Hotel에 14시에 도착했다. 짐을 정리한 후 18시 정원 식당에서 저녁 식사를 했다. 타멜(Thamel) 거리의 중고 시장에 들러서는 30달러를 달라고 하는 모자를 5달러에 두 개 사 들고 내일의 일정을 생각하면서 숙소로 돌아왔다.

3월 24일

나의 꿈은 아직 끝나지 않았다

4시 30분 모닝콜을 받고 간단히 아침 식사를 한 후 5시 40분에 국내선 공항으로 이동했다. 6시 15분에 공항에 도착하여 탑승 수속을 하고 짐을 부친 다음 6시 50분에 10여 명이 정원인 경비행기에 탑승했다. 아침 햇살을 받으며 카트만두 상공을 선회하던 경비행기는 이내 3~4천 미터의 고봉 사이를 누비며 하늘을 잘도 날았다. 어느새 아스라이 흰 설원이 나타나더니 급강하하여 유명한 루클라(Lukla / 2,800m) 공항에 우리를 내려놓았다. 루클라는 2007년도에 방문했을 때와 변함이 없어 보였다. 늘 그 시간 속에 있는 듯 변화가 없이 조용한 곳.

　　루클라 공항은 에베레스트를 처음으로 등정한 에드먼드 힐러리 경이 추진하여 만든 곳이라고 한다. 그런데 활주로가 짧아 착륙할 때는 오르막이고 이륙을 할 때는 활주로가 내리막이 되도록 공항을 설계했다. 때문에 똑같은 활주로라도 높은 곳과 낮은 곳의 표고차는 60m나 된다고 하니 자연 조건을 최대한으로 이용한 비행장이기도 하고 위험한 비행장이 되기도 한다.

　　루클라 공항은 협곡에 위치해 있어 기후 변화에 민감하다. 비행기가 이착륙을 할 수 있는 시간은 기상이 안정적인 오전 9시에서 10시 정도이고 이 이외의 시간에는 비행기가 뜨지 않는다. 고산 지역의 기후 특성상 어쩔 수 없는 일이기도 한데 이것은 안나푸르나 지역도 마찬가지라고 한다.

　　활주로가 작아 큰 비행기를 착륙을 할 수 없고 20명 안쪽의 탑승객들이 탈 수 있는 경비행기들만 가능한데, 착륙할 때는 비행기가 마치 엘리베이터를 타듯 급속히 내려앉아 승객들을 놀라게 만들기도 한다.

　　실제로 루클라 공항에서는 사고가 많이 발생하여 세계 7대 위험한 공항 중 하나라는 오명도 쓰고 있다. 전 세계에서 가장 짧은 활주로에 가장 높은 곳에 위치한 루클라 공항은 그나마 2001년도에야 포장이 완료되었다고 한다. 어쨌거나 에베레스트가 속해있는 쿰부 히말 방면으로 가는 클라이머나 트레커들이라면 반드시 통과해야만 하는 공항이 바로 루클라 공항이다.

1진으로 루클라에 도착한 우리는 후진을 기다리면서 13시 15분에 점심을 먹고 기나긴 카라반을 출발했다. 팍딩 에베레스트 로지(Phakding Everest Lodge / 2,610m)에 도착한 것은 오후 4시. 저녁을 잘 먹고 일찌감치 침낭으로 빠져든다.

3월 25일

5시 30분 기상. 이곳에서 베이스캠프까지는 네팔의 쿡들이 같이 움직이며 식사를 준비해 준다니 오랜만에 호사를 누리게 생겼다. 무국과 가지 무침으로 식단을 차린 아침 식사를 맛나게 잘 먹고 간단히 스트레칭으로 몸을 푼 뒤에 쌀쌀한 아침을 가르면서 8시에 다시 카라반은 출발한다.

뱅카(Bengka)와 추모아(Chumoa 2,900m)를 지나 몬주(Monju / 2,700m)에 10시 30분에 도착하여 쿰부 계곡 입산 신고를 했다. 출렁거리는 구름다리를 건너 조살레(Jorsalle / 2,740m)에 도착한다. 와이어로 만들어진 이 구름다리들은 최근에 스위스의 기술이 도입되어 더욱 튼튼하고 견고해졌다고 한다. 그럼에도 불구하고 흔들림이 있는 구름다리를 건너자면

나의 꿈은 아직 끝나지 않았다

저 아래로 흐르는 시퍼런 강물 때문에 오금이 저린다. 그러나 무거운 나귀 떼나 야크 떼도 거침없이 이 다리를 오고 간다.

11시 20분, 점심으로 쿡이 만들어 준 맛있는 수제비를 먹고 13시에 출발하여 라르자 도반(Larja Dobhan)을 거쳐 드디어 15시 30분에 오늘의 목적지인 남체 바자르(Namche Bazaar / 3,450m)에 도착했다.

남체 바자르. 그냥 '남체'로, 또한 '셰르파의 고장'으로도 불리는 남체 바자르는 해발 3,440m에 자리 잡은 고산 도시라고 할 수 있다. 페루의 마추픽추(Machu Picchu)가 높은 곳에 위치하고 있다고 하지만 해발 2,400m에 자리한 마추픽추는 남체 바자르에 비하자면 한참 동생뻘이 된다. 남체 바자르에서는 핸드폰도 사용할 수 있고 가격이 비싸지만 인터넷 통신도 가능하다. 깊고 깊은 이 산중 마을에서 이렇게 최첨단 장비를 사용할 수 있는 이유는 남체 바자르 상공에 정지 위성이 떠있기 때문이라고 한다. 남체에는 또 여러 개의 제과점과 술집, 상점 등이 즐비하다. 박물관도 있고 셰르파 기념관도 있다. 고소 적응을 하기에도, 하루를 묵어 가기에도 좋은 환경이어서 언제나 클라이머와 트레커들로 시장과 거리는 붐빈다.

셰르파의 고장에 오니 셰르파에 대해서 언급을 하지 않을 수 없다. 셰르파(Sherpa). 히말라야 산악 등반 안내인을 일컫는 셰르파는 티베트어로 '동쪽 사람'이란 뜻이라고 한다. 네팔의 한 부족이 바로 셰르파다. 셰르파족은 고산 등반에서 탁월한 능력을 보여 줘 외국 등반대를 놀라게 했고 이후로는 부족 이름을 그대로 써서 히말라야의 등반 안내인을 통칭하는 이름으로 바뀌었다.

셰르파는 고산 등반의 전반적인 준비 상황은 물론 등정 루트 선정에

서부터 정상 공격 시간의 최종 설정에까지 모든 것을 조언한다. 그런 의미에서 셰르파는 단순하게 짐만 실어 나르는 '포터'와는 분명하게 구분된다. 가장 대표적인 셰르파가 바로 1953년 에드먼드 힐러리와 함께 에베레스트를 초등한 텐징 노르가이(Tenzing Norgay)다. 네팔의 국민적 영웅이 된 텐징은 다시 에베레스트에 오르지는 않았고 등반 학교에서 후진을 양성했으며 셰르파 등산 조합을 조직하기도 했다.

숙소에 배낭을 내려놓고 쇼핑을 나서 본다. 트레킹 등산화와 텐트와 침낭 안에서 신는 덧신인 텐트 슈즈를 90달러를 주고 샀다. 품질에 비해 가격은 만족할 만했다. 원정 등반 때 꼭 필요한 등반 장비와 의류 등은 반드시 준비해서 오지만 이렇게 크게 중요하지는 않으면서 부피를 차지하는 등산용품들은 현지에서 구입하는 것이 가격도 싸고 추억을 남길 수 있어 좋은 면이 있다. 남체에서 집에 전화도 하고 후배들과 통화를 했다. 19시에는 닭볶음탕으로 맛있게 저녁을 먹었다. 음식을 준비하는 쿡이 어찌나 한국 음식을 맛있게 만들어내는지 칭찬하고 싶었다. 알고 보니 워낙 한국 원정대와 트레킹 팀이 많이 찾아와 한국 음식을 잘 만들 수 있게 되었다고 한다.

3월 26일

맵지만 맛있는 닭볶음탕을 많이 먹어서인지 밤에 화장실을 세 번이나 다녀왔다. 워낙 매운 음식을 잘 먹지 못하는 체질 탓이다. 평소와 같이 아침 식사 때 무국을 주어서 먹고 나니 그제야 속이 좀 가라앉았다. 오늘은 고소 적응일이어서 이곳 남체에서 하루를 더 쉴 것이다. 9시 30분, 남체를 출발하여 샹보체(Syangboche)까지 고소 적응을 하고 12시에 다시 남체로 돌아왔다.

오늘 점심으로는 국수가 준비되었다. 매일처럼 바뀌는 메뉴가 재미 있다. 끈기가 없는 네팔 국수를 먹고 대원들과 쇼핑을 했다. 저녁 식사 때 메뉴로는 다소 매운 육개장이 나와 나는 또 배탈이 날까 걱정이 되어 맨밥만 먹고 고소도 적응할 겸 물을 많이 마셨다.

3월 27일

평소와 같이 6시 30분에 일어나 7시 30분에 아침 식사를 하고 8시 46분에는 앞으로 두 달여간 오지 못할 남체를 뒤로한 채 다시 카라반 이 시작된다. 등산로의 우측 계곡은 깎아지른 절벽이고 그 아래에는 빙하가 녹은 물이 시퍼렇게 흘러가고 있었다.

풍기텡가(Phungi Thanga)에 12시 10분에 도착하여 찐 감자와 라면으로 점심을 먹었다. 팡보체 사원을 오르는 길은 다소 험난했다. 급경사의 오르막은 숨을 고르기 힘들 정도였다. 우리나라에서도 사찰에 오르는 길은 힘들 듯이 이곳에서도 고행을 해야 부처님을 만날 수 있도록 힘들 게 만들어 놓은 것은 아닌가 하는 생각이 들었다.

탱보체(Tengboche / 3,850m)를 지나 디보체(Dewoche / 3,770m)에는 19시 에 도착하였다. 저녁을 먹고 밤 10시에 침낭 속으로 들어간다. 벌써 며칠 카라반이 계속되다 보니 낮에는 걷다가 일찍 잠을 자는 일이 습

관화되어 가고 있다.

3월 28일

6시 30분에 기상. 예상 외로 바깥 공기가 차갑지는 않은 것 같았다. 7시 30분에 따보체를 출발, 당보체(Dangboche)를 거쳐 슈마리에는 11시 30분에 도착하였다. 이곳에서 점심 식사를 하고 페리체(Pheriche / 4,250m)에는 14시 03분에 도착하니 기분이 상쾌했다.

2007년에 한국 에베레스트 실버 원정대와 함께 고소 적응 차 왔던 기억이 새로웠다. 이곳에서는 마치 고대 도시의 시간이 그대로 정지한 듯 예스럽고 평화로웠다. 길가의 돌들도 담장위의 돌들도 그간의 수많은 사연들을 간직하고 있는 듯했다. 그동안 수많은 원정 대원들과 클라이머들 그리고 트레커들이 이 길을 걸어서 쿰부 히말의 깊은 속살을 보고 왔겠지… 페리체 로지에서 야크 똥 말린 것을 태우는 '찜리(난로)' 앞에 앉아 보았다. 그리고 19시 행복한 만찬을 끝으로 오늘 일정을 마무리 한다.

3월 29일

7시 기상. 나와 박인수 대원은 가볍게 간식과 물을 챙기고 9시 30분에 출발하였다. 고소 적응 차 뒷산을 올라 나의 고도계로 해발 5,000m

를 확인한 후 페리체 로지에는 12시에 도착했다. 점심은 야크 고기볶음으로 맛있게 먹고, 2시간 동안 휴식을 취한 후 저녁은 야크 갈비탕으로 맛있게 먹었다. 에베레스트 베이스캠프로 가는 길에는 이렇게 맛있는 음식을 먹고 체력을 보충하면서 고소에 적응하는 것이 가장 편하면서도 올바른 방법이라고 할 수 있다. 자기 체력을 자만하고 무료하다고 술이라도 마시게 되면 금방 고소증이 올 수 있다는 사실을 명심해야 한다. 21시에 침낭으로 들어갔다.

3월 30일

6시 15분 기상. 맥박을 재 보니 76이었다. 나는 밤에 꼭 한 번 이상 소변을 보는 습관이 있어 팍딩부터는 아예 소변을 볼 수 있는 통을 준비해서 가지고 다녔다. 한밤중에 화장실을 가려면 보통 일이 아니었기 때문이었다. 또 고산에서는 소변을 자주 보아야 옳다고 알고 있다. 고소 적응을 위해서는 물과 차를 많이 마셔야 하기 때문에 화장실에 자주 갈 수밖에 없기도 하다.

8시에 페리체를 출발했다. 두사(Dusa)와 투글라(Tugla)를 지나 로부체(Lobuche / 5,000m)에는 15시에 도착, 셰르파와 차 한 잔을 나누어 마시니 따스하고 고소한 맛이 세상에 부러울 것이 없었다. 저녁 무렵 바람과 약간의 눈발이 비쳤다. 18시에 일찌감치 저녁을 먹고 침낭 속으로…

3월 31일

7시 기상. 맥박은 76. 아침 식사 전 맥박을 재는 일은 이제 하루일과의 중요한 일정이 되었다. 밖에는 눈이 제법 내렸지만 그렇게 춥지는 않았다. 눈이 내렸으니 오늘은 먼지를 먹는 일이 없이 고락셉까지 갈 수 있을 것 같았다.

8시 30분에 로부체 출발. 박인수 대원과 먼지 없는 너덜 계곡을 걸으며 이런저런 자연 풍광을 이야기하다 보니 어느새 고락셉(Gorak Shep / 5,140m)에는 11시 10분에 도착했다. 점심은 수제비로 맛있게 먹었다. 날씨가 따스하고 화창했다. 올해부터는 고락셉에서도 예전에 없던 인터넷도 사용이 가능하다고 한다. 이제 아내와 통화할 수 있는 곳은 이곳이 마지막이다. 한국으로 전화를 몇 통하고 충분히 휴식을 취하면서 저녁 식사를 카레라이스로 맛있게 먹었다. 자 내일은 드디어 에베레스트 베이스캠프로 입성하는 날이다.

4월 1일

7시, 기상하여 맥박을 측정하니 78이었다. 쿡이 약한 커피에 양젖을 넣어 만든 밀크티를 한 잔 준다. 정말 따뜻하고 고소한 맛이었다. 고소 적응이 아직 덜 된 대원들은 이곳에서 하루를 더 쉬기로 하고 나머지 대원들은 9시에 고락셉을 떠난다. 화산재와 함께 끝이 없어 보이는 너덜 지대를 지나 빙하 지대로 들어서니 드디어 우리가 앞으로 두 달여 동안 살아가야 할 동네 에베레스트 베이스캠프(Everest Base Camp /

5,400m)가 나타났다.

11시, 나는 셰르파와 가쁜 숨을 몰아쉬며 텐트를 쳤다. 대원들과 같이 돌도 정리하고 본부 텐트며 식당으로 사용될 텐트를 치고 점심은 라면을 들었다. 각종 장비와 운행에 필요한 것을 넣어 가지고 다니는 큰 가방인 '카고백'과 등정 단계별 텐트 사이트인 캠프1(C1), 캠프2(C2), 캠프3(C3)로 올라갈 짐을 정리하고 18시 40분에 저녁을 먹었다.

무사 등정을 기원하는 라마제를 지내기 전에는 아무도 베이스캠프 위로 올라갈 수 없다. BC에는 아직 그렇게 많은 원정대가 모이지는 않았지만 그래도 텐트 칠 만한 곳이 없을 정도로 꽉 들어차서 위에서 내려다보면 마치 휴양지의 텐트촌처럼 분홍, 노랑, 파랑색 등 갖가지 색깔의 텐트들이 제법 멋들어져 보였다. 베이스캠프 위 에베레스트로 진입하는 빙하 지대를 바라보니 과연 저곳으로 내가 에베레스트 정상을 향하여 올라갈 것이라는 사실이 꿈만 같았다. 앞으로 50여 일 동안 계속될 도전의 시작 장소가 바로 이곳이었다. 매순간 최선을 다할 것을 다짐하면서 베이스캠프의 첫날밤을 마무리한다. 무사 등정의 기쁜 소식을 고국에 전해야겠다는 생각뿐이다.

4월 2일

7시 기상. 베이스캠프의 아침 공기는 제법 쌀쌀했다. 텐트 안에 성에가 끼어 있는 것으로 보아 밖의 날씨는 제법 추웠나 보다. 밤새 얼음이 터지는 소리가 '콰콰쾅~ 쾅쾅' 마치 멀리서 대포를 쏘는 소리처럼 크게 들렸다. 맥박은 76. 우리는 분주하게 태양광 집열판을 설치하고 ABC 식량 정리며, 장비 점검을 했다. 바쁜 와중에 안테나와 케이블을 연결하는 커넥터를 찾지 못해 3단 안테나에 케이블을 직접 연결하느라 애를 먹었다. 겨우 결합하여 고락셉과 교신해 보니 그런대로 성공적이었다. 삽과 괭이로 얼음과 돌을 고르고 나니 숨이 턱에 찼다. 어제와 오늘은 바람도 불지 않고 따뜻한 날씨였다. 이렇게 좋은 날 정상에 올라가면 좋으련만… 그래도 좋은 날씨에 위안을 삼으면서 하루를 마무리한다.

4월 3일

7시 기상. 맥박은 64. 베이스캠프에 올라온 이후 맥박이 떨어졌다. 셰르파들은 라마제를 지낼 제단을 만드느라 돌로 축대를 쌓고 얼음을 깨내고 있었다. 나도 셰르파들을 도와주었다. 오늘은 SPCC(Sagarmarta Pollution Control Committee)에서 라마제를 지낸다고 해서 이만우, 박인수 씨와 함께 구경을 갔다. 우리도 1달러씩 놓고 기도했다. SPCC(사가르마르타 오염 조절 위원회)는 네팔의 환경 단체이며, 아이스폴 구간에 사다리를 놓아 주고 팀별 7명 기준으로 미화 약 2,730달러를 받고 있기도 하다. SPCC가 라마제를 마쳐야 그 후에 팀별로 라마제를 치를 수 있다. 1인당 에베레스트 정상까지 등반 입산료는 자그마치 미화 10,000달러로 천 만 원이 넘는 거액이다. 고락셉에 남아있던 마지막 대원이 베이스캠프에 입성했다. 저녁을 먹고 일찌감치 20시에 잠자

나의 꿈은 아직 끝나지 않았다

리에 들었다.

4월 4일

맥박 70. 아침에 일어나니 머리가 약간 띵했다. 어제 크게 무리한 것도 없는데 이상했다. 점심에는 울면을 맛있게 먹었다. 지루한 오후에 인천대학교 유주면 대장이 내 텐트로 놀러 왔다. 나는 카트만두에서부터 박인수 씨와 룸메이트가 되었다. 저녁을 먹고 하릴없이 텐트에 누워 있으면 낙석 떨어지는 소리가 크게 들린다.

4월 5일

7시 기상. 소변통을 비우고 맥박을 재고(60) 앞으로의 등반 일정을 이야기하다 보니 벌써 점심때가 돌아왔다. 카레라이스로 맛있게 식사를 하고 박인수와 함께 고락셉을 다녀왔다. 하산할 때는 1시간 40분, 올라올 때는 1시간 23분이 걸렸다. 며칠 전에 아내와 전화 통화를 했는데 그새 궁금해져서 1분 통화에 250루피(2009년도 환율은 1루피에 약 30원 / 약 7,000원)를 내고 국제 전화를 했다. 오늘은 모처럼 운동을 해서인지 몸이 가뿐했다. 저녁에는 싸락눈이 조금 내렸다. 저녁 7시가 넘으면 그늘이 지면서 베이스캠프는 한겨울이 되어 갔다. 또 하루가 지나갔다. 침낭 속은 포근했다.

4월 6일 ⚔ ☕ 🥄 🥢

7시, 기상하여 소변통을 비우고 맥박을 잰다. 64. 아침 스트레칭을 하고 아침 식사를 한 후 셰르파들이 라마 제단 만드는 것을 도와주고 나니 신성균 대원이 고락셉을 다녀오자고 한다. 10시 46분에 출발하여 고락셉에 도착하니 12시 15분, 점심으로는 샌드위치에 감자를 많이 먹고 14시 30분에 출발하여 베이스캠프에 도착하니 17시였다. 잠시 쉬고 저녁을 먹고 나니 눈발이 굵어졌다.

4월 7일 ⚔ ☕ 🥄 🥢

7시에 기상. 베이스캠프에서의 하루일과는 늘 비슷하다. 소변통을 비우고 맥박을 재고(64), 스트레칭을 한 후 아침 식사를 하고… 일상적으로 지루하고 단조로운 시간들이다. 간밤에는 눈이 제법 많이 내렸다. 이만우 씨와 BC에 자리 잡은 외국 원정대들의 텐트를 구경하러 다녔다. 미국 원정대, 뉴질랜드 원정대, 캐나다 원정대를 비롯하여 지금까지 무려 26개 팀이나 텐트를 설치하고 있었다. 그나마 아직까지는 예년보다 적은 숫자의 텐트라고 한다. 베이스캠프 주변을 둘러보니 매킨리 생각이 났다. 각 원정대의 대원들은 하나같이 꿈의 등반을 꿈꾸며 이곳까지 왔으리라. 저녁을 먹고 나니 지난날 원정을 대비한 훈련을 할 때의 일들이 주마등처럼 스쳐지나갔다.

나의 꿈은 아직 끝나지 않았다

4월 8일

7시에 아침 식사를 하고 나니 날씨가 꾸물거리더니 눈발이 내렸다. 무전기에서 누전이 되어서 전기가 오르면서 마이크를 못 잡겠다고 한다. 새로이 선을 하나 접합하니 괜찮아졌다. 저녁을 먹고 도로 공사가 촬영한 〈산〉이란 영화를 감상했다. 날이 어두워지니 일찍 자고 싶었다.

4월 9일

7시에 일어나 맥박을 재니 68이었다. 9시에 박인수와 안병호 그리고 나 셋이서 고락셉을 다녀오기로 했다. 고락셉에 도착하여 식당에 들러 점심을 주문하고 맛있게 먹었다. 식당 주인은 우리가 자주 찾으니 안면이 익어서 그런지 단골손님처럼 잘 대해 주었다. 아내에게 전화를 하니 기분이 좋은지 목소리가 상기되어 있었다. 나도 덩달아 기분이 좋았다. 13시 30분에 고락셉을 출발, 눈보라를 등지고 베이스캠프에 도착하니 16시다. 고산의 날씨는 변덕스러웠다. 베이스캠프에는 햇살이 반짝였다.

저녁 식사로는 삼겹살 수육이 나왔다. 수육에는 한국에서 직접 가져간 소금을 사용했다. 이 소금은 '태초솔트'라는 회사에서 나온 제품으로 100% 국산 천일염을 녹여 만든 저염도 미네랄 소금이며 짜지 않은 것이 특징이다. 이 제품은 윗동서인 임상호 대표가 만든 것으로 나와 대원들의 건강관리를 위해서 특별히 원정대에 후원한 것이다. 이 소금을 이용한 요리로 나는 물론 대원들이 모두 건강하게 원정을 마칠 수 있었다.

베이스캠프에서는 이제 연일 라마제 행사를 치르느라 오색 경문이
바람에 날리고 있었다.

4월 10일

맥박은 66. 여느 때처럼 아침 일과가 진행되고 점심을 먹고 나와 인
수는 캠프 옆에 있는 빙하 아이스폴 지대를 경험해 보기로 했다. 둘
이서 삼중화에 아이젠과 피켈을 들고 아이스폴 구간 같은 빙하 지대
를 3시간가량 적응 훈련을 하며 돌아다녔다. 다른 원정팀에게도 등
반 전에 신발과 아이젠을 신고 아이스폴 구간 경험 겸 훈련을 권장하
고 싶었다.

바람이 불고 추워지는 듯했다. 베이스캠프에 입성한 지도 여러 날
지나니 높은 고도 때문인지 대원들의 신경이 조금씩 날카로워지는 것
같았다. 서로를 배려하고 말을 아껴야 할 것 같았다. 저녁 식사 후 취
침 전에 인수는 영양제를 먹었다. 내게도 나누어 주어서 같이 먹고 침
낭 속으로 들었다.

4월 11일

7시 기상, 키친 보이 쿤상(Kunsang)이 주는 밀크티는 마른 가슴을 따

나의 꿈은 아직 끝나지 않았다

스하게 하는 느낌이 있다. 아침 맥박은 66. 아침 스트레칭 체조를 하는 데 유독 찬바람이 강했다. 인수가 치약을 주면서 이를 닦으라고 해서 양치질을 하고 점심은 만두를 해 줘서 맛있게 먹었다. 이곳 베이스캠프에는 메디컬 센터(Medical Center)라고 임시 병원(등반 시즌에만 오픈하는 천막 병원)에 봉사 단체의 닥터가 상주하면서 각 원정대 대원의 건강 상태를 체크해 줬다. 다만 상담 후에는 일정액의 상담료 내지는 치료비를 받았다. 이만우 씨와 박인수 그리고 나는 산소 포화도를 재 보았다. 나는 86이라는 수치가 나왔다.

'산소 포화도(oxygen saturation)'란 산소 헤모글로빈의 결합 정도를 측정한 값을 말한다. 그리고 적혈구 중 헤모글로빈의 산소 결합 능력 가운데 산소가 실제로 결합하고 있는 비율을 %로 표시하게 된다. 산소 결핍은 일반적으로 다양한 질병의 원인이 되는 것으로 알고 있으며 심한 경우 생명에 위협이 될 수 있기 때문에 산소 포화도를 측정할 필요가 있는 것이다.

날씨가 좋아서 속옷을 갈아입었다. 내일은 드디어 우리 팀이 라마제를 지낸다고 하여 준비를 도와주었다. 인천대 팀은 캠프1(C1)으로 진출한다고 했다. 이제 등정의 시간은 점점 다가오고 있었다. 라마제를 기점으로 마음가짐을 한 번 더 새롭게 해야겠다.

4월 12일

7시, 오늘 맥박은 79이다. 오늘은 라마제를 지내는 날이어서 아침부

에베레스트(Everest / 8,848m)
2009. 3. 23. ~ 2009. 5. 28.

233

터 셰르파들이 분주했다. 셰르파들은 제단을 정비하고 깃발을 달고 대원들은 개인 장비를 준비했다. 9시에 라마제가 시작되어 두어 시간 동안이나 진행됐다. 모든 대원은 사다 테시 셰르파(Teshi Sherpa)의 경문에 같이 기도하고 안전 등반과 등정 성공을 위해서 간절히 기도했다. 무엇보다 자연에 순응하면서 자아를 발견하고자 저마다 라마신에게 기도했다. 인수와 점심을 먹고 아랫마을 다른 팀 원정대를 구경 다녔다. 저녁을 일찍 먹고 나니 인천대는 등반을 준비하고 셰르파들도 자기가 지고 갈 배낭 무게를 15㎏에 맞추느라 야단이었다.

4월 13일

5시, 새벽부터 텐트 주변이 시끄러웠다. 맥박은 72. 아침을 먹고 나도 등반을 떠날 것에 대비하여 아이젠의 날을 날카롭게 갈았다. 그동안 아침 체조를 하던 장소가 많이 녹아 있길래 삽으로 깎고 얼음을 깨서 다시 운동하기 좋게 만들어 놓았다. 점심은 라면으로 때우고 이만우 씨와 각 팀 텐트를 돌면서 이런저런 이야기를 나누었다. 박영석 대장 팀의 텐트도 방문했다. 초콜릿과 차를 한 잔 주어서 이야기를 나누다 캠프에 돌아오니 간식으로 빵을 만들었다고 한다. 장비를 챙기던 중 내 무전기의 배터리 케이스가 보이지 않았다. 카라반 중에 누가 보았다고 하는데 아무래도 로부체에서 잃어버린 것 같다.

나의 꿈은 아직 끝나지 않았다

4월 14일

맥박은 58. 7시 20분에 아침 스트레칭을 하는데 내셔널지오그래픽의 기자가 스트레칭 하는 모습을 촬영하러 나왔다. 9시 20분에는 라마제단 앞에서 고개를 숙여 무사 등반과 성공을 간절히 빌었다. 나와 박인수는 서서히 아이스폴 구간을 통과해 보았다. 박인수가 저만치서 오르락내리락 연습하는 모습이 보였다. 서너 시간 동안 아이스폴 사다리 구간을 지나니 허기가 느껴졌다.

12시 40분 따라오던 청식이가 그만 돌아가자고 한다. 캠프 1까지의 구간중 반은 온 듯싶었다. 사다리 구간은 생각보다는 어렵지 않았으나 중심이 흔들리면 치명적일 것 같았다. 15시에 BC에 도착했다. 첫 번째 아이스폴 구간 적응 및 고소 적응으로 만족하고 저녁은 돼지고기 수육으로 먹으니 정말 맛이 좋았다.

4월 15일

아침 맥박은 63이었다. 7시에 일어나 오늘은 박영석 팀에서 라마제를 지낸다고 해서 참석하여 차 한 잔과 과일을 먹고 왔다. 박영석 대장의 원정팀은 에베레스트 남서벽을 등반할 예정이며 새로운 루트를 개척하는 팀이니만큼 스폰서가 많은 것이 인상적이었다. 그러나 나는 해외 원정 등반에는 나름대로의 방식이 있고 또 자신의 방식으로 움직이는 것이 가장 바람직하다고 생각한다. 점심 메뉴로 나온 국수는 맵지 않아서 많이 먹었다. 내일 C1에 데포 시킬 장비와 식량을 배낭에 정리하여 채우고 나니 묵직한 무게감을 느꼈다. 내일 새벽에는 4시에 기상하여 등반을 시작하기로 하고 20시에 일찍 침낭 속으로 들어갔다.

4월 16일

아침에 맥박을 잴 시간도 없이 4시 기상. 장비를 착용하고 밥을 먹고 5시에 라마 제단 앞에 묵념을 한 후 어두운 설원의 아이스폴 구간을 향하여 발걸음을 옮겼다. 랜턴 불빛에 의지하여 크레바스 구간의 사다리를 수십 개나 통과하여 C1에 올라서니 오전 11시 30분이었다. 갑자기 허기를 느껴 아침에 쿡이 준비해 준 주먹밥을 먹고 한숨을 잔 다음 17시에 일어나 저녁으로 라면을 끓여 먹고 C1의 만년설 위에서 지는 해를 아무 생각 없이 바라보며 캠프 1에서의 첫날밤을 보냈다.

4월 17일

4시에 기상하여 텐트 앞 눈을 퍼서 물을 만들고 수통부터 가득 채운 다음 아침 식사는 알파미와 옥수수죽으로 먹고 나니 몸이 다시 가뿐했다. C1의 공기는 생각보다 춥지 않았다. 간밤에 약간의 눈이 내렸다. 장비를 챙기고 C2를 향하여 6시에 출발했다. '저 언덕 너머에는 C2가 있겠지…' 라고 생각하며 쉼 없이 발길을 옮겼다. 뒤를 돌아보니 외국팀 등반대 대여섯 명이 내 뒤를 따르고 있었다. 넓은 설사면

나의 꿈은 아직 끝나지 않았다

은 평온해 보였지만 우측이나 남서벽 쪽에는 큰 눈사태가 일어날 수 있어 수시로 확인해야 할 것 같았다. 지그재그로 서너 개의 크레바스 구간 사다리를 건너고, 좌측의 에베레스트 남서벽 쪽으로 들어서다가 언덕을 넘어 가파른 빙하의 너덜 지대에서 데포 시켜 놓은 짐을 찾았다. 그런데 위치가 혼동되어 도무지 어느 곳에 있는지 나와 박인수는 한참을 찾아야만 했다. 알고 보니 셰르파들이 혹시라도 데포 시켜 놓은 짐을 잊어버리고나 바람에 날라 갈까 봐 돌로 무덤을 만들어 덮어 놓았던 것이다.

9시 30분, 텐트가 쳐져 있지 않아 그냥 데포만 시키고 9시 50분에 C2를 출발했다. C1으로 하산하는 길은 재미있었다. 급경사 구간은 별로 없고 완만한 설면이라 천천히 C1을 내려다보며 하산할 수 있었다. 10시 40분에 C1에 도착. 이것저것 장비를 정리하고 11시 10분에 C1을 출발, 베이스캠프로 돌아오니 14시다. 식사 대신 과일만 먹고 잠시 쉬고 있는데 한국산악회의 유학재 씨와 김정욱, 엄관용 씨가 방문하여 차 한 잔을 나누어 마셨다. 손님들은 내일 고락셉에 있는 칼라파트라로 등반을 한다고 내려갔다. 저녁을 오래간만에 맛있게 먹었다. C2까지 진출하고 돌아오니 자신감이 넘쳤다.

4월 18일

7시 기상. 아침 맥박 60. 일상적인 스트레칭부터 하고 밥을 먹고 나니 우리 텐트 사이트 주위의 얼음이 녹아 있었다. 얼음도 깎아내고,

돌로 축대도 더 넓히고, 텐트 뒤쪽에 물이 내려가는 도랑도 만들고 나니 점심시간이었다. 오후에도 나머지 텐트 사이트 정리를 하며 시간을 보냈다. 내일은 몇몇 대원이 각각 식량(5kg)과 개인 장비를 C2에 데포 시키러 갈 예정이었다. 나와 인수도 배낭을 정리했다. C2에서 자유스런 일상 행동으로 며칠간 휴식을 취하고, 고소 적응을 하고, 이달 말경 C3와 C4 정상까지 픽스 로프가 정리된다고 타시 사다가 말했다.

4월 19일

4시 기상. 장비를 착용하고, 식사를 마친 후 라마 제단 앞에 묵념을 하고 아직 어둠이 가시지 않은 아이스폴 지대로 들어갔다. 희미한 랜턴 불빛만이 나의 존재를 깨우쳐 준다. 이리저리 크레바스 구간을 힘들게 넘나들다 보니 여명 속에 허기를 느꼈다. 쿡이 만들어 준 주먹밥을 먹어 보았지만 도무지 넘어가지가 않았다. 지난번 배낭 무게보다 더 무거워진 것 같았다. 숨이 턱에 차올랐다.

11시 30분에 C1에 도착했다. 인수는 지난번에 데포 시켜 놓은 내 배낭을 C2에 올려놓고 온다고 출발했다. 웬 바람이 이리도 부는지 약간의 평지인데도 아이스폴에서 올려치는 강풍은 텐트를 날려버릴 것만 같았다. 며칠 전에는 몇 동 되지 않던 텐트들이 오늘은 제법 20여동이나 되어 보였다. 텐트를 확실히 고정하는 작업을 했다. 네팔에서는 바람이 강하게 불면 바람의 여신(네팔에서는 에베레스트를 사가르마타라고 부르고 티베트에서는 초모랑마라고 한다.)이 노하여 인간에게 벌을 준다고 믿는다.

4월 20일

오늘은 맥박 재는 일을 잊고 있었다. 고소에 올라오니 기억력이 벌써 떨어지는 것일까? 6시에 얼어버린 김밥과 죽으로 일명 '김밥죽'을 만들어 요기를 하고, 8시에 인수와 나는 C2를 향하여 출발했다. 인수도 힘들어 보였다. 어제와 같은 무게를 C2로 옮기는 일이었다. 지난번에는 2시간 반 만에 왔으나 오늘은 4시간 가까이 걸렸다. 그러나 시간이 좀 더 걸리면 어떤가? 안전하게 올라온 것에 감사해야지. 배낭 무게는 자그마치 20kg 가까이 됐다.

C2에 도착하니 박영석 대장 팀의 텐트가 우리 텐트보다 위에 있어서 삽을 빌려와서 지면을 정리한 다음 텐트를 칠 수 있었다. 얼음을 깨고 돌을 고르고 둘이서 허덕이고 나니 배도 고프고 기진맥진이었다. 인수도 무척이나 힘들어 하는 것 같았다. 텐트를 치고 둘이서 알파미에 야채죽을 끓여 먹고 C2의 밤을 맞이했다.

4월 21일

아침에 재어 본 맥박은 67이었다. C2의 아침은 상쾌했다. C3 루트를 확인하러 밖을 나가 보니 벌써 외국 대원들은 C3 구간의 정찰을 다녀왔다고 한다. 길이 어떤지 물어보니 얼마 안 가서 나타나는 수많은 크레바스 구간 때문에 더 이상 전진을 하지 못하고 돌아왔다고 한다. 6시 50분에 무전이 왔다. C1의 대원 4명이 C2로 올라온다고 한다. 무전기를 개방하고 일명 '참새먹이'(내가 직접 만든 고소 식량. 건조 시킨 환약)로 간식을 하면서 텐트에서 무료하게 시간을 보냈다.

11시 25분에 신성균 대원으로부터 무전이 왔다. 대장의 지시로 전 대원은 BC로 귀환하라는 명령이었다. 나는 인수와 함께 이곳에서 하루를 더 쉬고 C3으로 식량을 데포 시키려고 했는데 이게 웬일인가? C2에는 식량도 여유가 있었다. 잠시 후 안병호 대원이 도착했다. 셋이서 라면을 끓여 먹고 13시에 C2를 출발, C1에는 14시에 도착했다. 몇몇 대원은 힘들어했다. 인천 대원 5명은 방금 C1에 도착했다. 아이스폴 구간에서 눈사태가 나서 순간 죽을 뻔했다고 한다. 이정호와 강 PD는 너무 힘들어 해서 C1에 하루 더 머무르기로 하고 나는 인수, 병호, 성균과 함께 서둘러 하산했다. C1에서는 14시에 출발, BC에 도착하니 16시 47분이었다. 며칠 사이에 곳곳이 무너지고 길이 바뀌고 좌우로 무너지는 소리에 서둘러서 하산했다.

도대체 왜 무리한 하산을 하라고 했을까? 오늘같이 크레바스가 무너지는 오후에 갑자기 하산하라는 명령은 쉽게 이해가 되지 않았다. 내려오다 보니 셰르파들도 곳곳에 배낭을 팽개치고 서둘러 하산한 듯 배낭들이 많이 눈에 띄었다.

알고 보니 오늘은 오전부터 눈사태가 일어나 셰르파들도 등반하지 않았다고 한다. 우리 인천 팀만 상행과 하행 등반을 했던 것이다. 하산 중 크레바스가 터지는 소리는 정말 진저리가 쳐졌다. 짙은 가스 때문

나의 꿈은 아직 끝나지 않았다

에 한낮인데도 한밤을 방불케 했다.

4월 22일

BC에서 7시에 기상. 쿤상은 아침에 기쁨의 전도사같이 변함없이 밀크 티를 건네준다. 활달하고 명랑한 쿤상은 키도 크고 상대방을 편하게 해 주는 장점이 있는 친구였다. 쿤상은 성격이 좋아서 어디를 가도 사랑을 받을 것 같았다. 베이스캠프 일대에는 간밤에 싸락눈이 내린 듯했다. 아침 식사를 한 후 따스한 햇살 아래에서 아이젠의 날을 갈아 주는 작업 을 해 둬야 할 것 같았다. 점심은 라면으로 먹고 한국으로 국제 전화를 하기 위해 김광준과 함께 12시 35분에 BC를 출발하여 13시 50분에 고락 셉에 도착했다. 아내와 통화를 하고 사과 한 알을 사서 먹고 BC에서 소 변통으로 쓸 만한 빈 통을 하나 얻어 가지고 왔다. 저녁은 돼지고기 수 육에다 양배추 쌈으로 정말 맛있게 먹었다.

4월 23일

7시 기상, 아침 맥박은 67이었다. 오늘은 고무장갑을 끼고 양말과 팬 티를 한 개씩 빨아서 널어놓았다. 다리가 아프다는 병민이가 이만우 씨와 메디컬 센터에 다녀왔는데 '하지 정맥'이라는 진단을 받았다고 한 다. 걱정이 됐다.

4월 24일.

아침 맥박은 64. 7시에 기상하여 아침 스트레칭과 아침 식사를 한 후 따사로운 햇볕을 마음껏 즐겼다. 간밤에 병민이의 다리 상태가 악화되어 일부 대원만 C1으로 진출했다. BC에서 4시에 출발한 김광준 대원이 8시에 C1에 도착했다는 무전이 왔다. 정말로 빨리 갔다. 청식이와 정호는 내일 C1에서 C2로 올라간다고 했다. 전병민은 다리가 아파서 내일 헬기를 타고 카트만두로 떠난다고 한다. 사뭇 걱정이 되었다. 이만우 씨가 전하는 말에 의하면 메디컬 센터에서는 피가 안 통해서 다리가 썩을지도 모른다고 진단했다는 것이다.

4월 25일

6시 기상. 아침을 7시에 먹고 사진을 찍었다. 병민이가 카트만두로 간다고 했다. 피가 통하지 않아 근육이 죽어 들어가기 때문에 서울까지 가야 한다고 한다. 헬기가 8시에 도착하기로 해서 BC 아래쪽에 있는 빈 공간으로 30여 분이나 내려가서 대기했으나 정작 헬기는 11시 30분이 되어서야 도착했다. 병민이는 무사히 헬기를 타고 떠났다.

점심은 수제비로 맛있게 먹었다. 오늘은 안 자던 낮잠을 두 시간이나 자고 일어났다. 간식으로 찐 감자를 먹었다. 이곳 네팔 감자는 크기는 작지만 맛이 좋았다. 내일 C2로 진출하기 위해 등반 준비를 했다. 1인당 4kg씩 들고 가기로 했다.

4월 26일

4시 기상. 장비를 착용하고, 5시에 아침 식사를 한 후 라마 제단 앞에 서서 무사 등반을 기도한 다음 아이스폴 지대로 진입했다. C1을 거쳐 C2까지 진출했다. 그동안 몇 번이나 올라와 보았지만 아이스폴 지대 통과는 정말 힘들었다. C2에는 오후 4시가 다 되어서 도착했다.

4월 27일

7시 기상, 8시 식사, 9시 정각에는 C3으로 가는 루트도 확인도 하고 고소 적응 차 3시간 동안 등반을 하고 돌아왔다. 오후에는 C3, C4, 그리고 정상까지 올라 갈 식량과 장비를 점검하고, 따로 배낭에 정리해 두었다.

4월 28일

5시 기상, 6시에 C3을 향해서 출발했다. 한 시간가량 전진하는데 설사가 났다. 할 수 없이 주변에서 볼일을 보고 3시간 정도 가파른 설원을 오르니 거의 직벽에 가까운 설벽 구간이 나타났다. 지금껏 애용하던 스틱을 설면 위에 꽂아두고 피켈을 빼 들었다.

자일은 8㎜ 붉은색 '픽스 로프'(fix lope / 고정된 로프)를 이용했다. 우측에 많은 사람들이 매달려 있었다. 나는 좌측에 걸려 있는 피피 로프에 주마를 걸고 킥스텝 하여 당기고, 쉬고 당기고, 숨을 고르고 빌고 당기고… 거의 청빙(얼음의 상태가 단단하고 치밀하여 푸른색을 띤 얼음 / blue ice)의 설빙벽은 먼저 올라가는 클라이머가 만들어내는 '낙빙'(인공빙장이나 자연빙폭 등에서 빙벽 등반 중에 얼음 조각이나 덩어리가 떨어지는 현상) 때문에 고개를 들 수가 없을 지경이었다. 서너 시간 숨을 몰아쉬고 기다시피 하니 손가락이 시린 것도 모르고 주마링을 했다.

C3에 도착하니 12시 20분. C2에서 C3으로 가는데 6시간 20분 정도가 걸렸다. 광준이가 가장 먼저 도착했다. 인수가 죽을 데워 주길래 천천히 먹고 있자니 동언이와 명선이가 도착했다. 우리 넷은 두 개의 텐트로 나뉘어 들어갔다. 동언이가 죽과 비빔밥을 만들어 줘서 정말 맛있게 먹었다. 인수는 어제 올라와서 그런지 머리가 아프다고 했다. 나는 다행히 아직까지 아무런 증상이 없이 정상적인 상태를 유지했다. 좋은 징조라고 생각했다. 좋은 컨디션을 유지하느냐 그렇지 못하느냐에 따라 등정의 성공과 실패가 갈릴 수도 있기 때문이었다.

4월 29일

5시, 인수가 머리가 아프다며 C2로 내려간다고 했다. 조심하라고 하고 누워서 생각하니 나도 잠이 오지 않았다. 6시에 나도 광준이한테 내려간다고 말하고 C2에 오니 아직 아침 식사 전이었다.

7시 50분에 아침을 죽으로 먹고 C1을 거쳐 BC에 도착하니 14시. 이번 고소 적응이 마지막이 되기를 빌었다. 다른 상업 등반대의 분위기

나의 꿈은 아직 끝나지 않았다

를 살펴보니 5월 10일경을 에베레스트 서미트 데이로 확정하는 분위기였다. 그러면 5월 5일까지는 컨디션을 맞추어 영양이나 충분한 휴식을 취해야 할 것 같았다. 아무쪼록 각자의 셰르파와 후회 없는 등반을 해야겠다 싶었다.

4월 30일

7시 기상. 요즈음은 아침 맥박을 못 재고 지나는 일이 많다. 오늘은 스트레칭도 하지 않고 아침 식사를 했다. 오늘은 텐트 정리를 할 생각이었다. 얼음이 녹아 텐트 한쪽이 녹아내리는 것을 막기 위해 돌을 가져다가 축대를 쌓았다.

오후에는 비빔밥으로 점심을 먹고 아이젠을 수리하고 나니 벌써 서너 시가 되었다. 싸락눈이 내리기 시작하더니 제법 많이 쌓였다. 저녁을 먹고 로체 등반 건에 대하여 이원록이 말했다. 청식이와 이견이 좀 있었다. 등정 날짜가 다가오니 서로 신경이 날카로워서 그런 것 같았다. 서로 말을 조심해야 할 것 같았다.

5월 1일

드디어 한 달이 지났다. 오늘 점심 때 현지 에이전트 회사의 사장인 옹추가 올라왔다. 인천대 응원 교수팀이 고락셉에서 아침에 출발했다고 무전이 오더니 13시 30분에 도착했다. 늦은 점심을 먹고 나니 허기가 졌다. 이만우 씨가 점심을 먹고 나더니 하산을 해야겠다고 한다. 지난번에 C1 진출을 12시간 만에 하더니 정상까지는 결코 쉽지 않은 등반임을 눈치 챈 모양이었다.

그는 에베레스트 등정의 꿈을 안고 미국에서 적지 않은 비용과 시간을 할애해서 참여했는데 이제 그만 그 꿈을 접고 하산을 하는 터였다. 나는 그를 고락셉까지 배웅하면서 많은 이야기를 나누었다. 부디 이 시간 이후 그의 건강과 행운이 영원히 함께하기를 진심으로 빌었다. 시간 관계상 고락셉에서 하룻밤을 지내야 했다.

5월 2일

7시 기상, 여기는 고락셉. 인천대 교수팀이 아침을 함께 먹자고 해서 같이 식사를 했다. 8시가 넘어서 체링이 스테이크를 주문했다고 하여 나는 이정호와 함께 또 한 그릇을 뚝딱 해치웠다. 다른 교수팀은 오늘 페리체까지 간다고 한다. 나는 정상 공격 날짜가 7일이니 내려가지 못하고 있는데 베이스캠프에서 무전이 왔다. 정상 등정이 10일 이후로 미뤄진다는 이야기였다. 그렇다면 조금 더 아래쪽으로 다녀와도 될 법했다. 인천대 팀에서 점심으로 삼계탕을 준비해 준다고 해서 오래간만에 맛있게 먹었다.

15시 20분에 박인수가 내 침낭을 가지고 고락셉에 도착했다. 둘이서 로부체로 이동한 후 스테이크로 저녁을 먹고 자리를 잡았다. 오늘은

나의 꿈은 아직 끝나지 않았다

맛있는 음식을 많이 먹은 하루였다.

5월 3일

로부체에서 이틀 밤을 보내게 되었다. SBS 제작국장인 신현운 씨와 이런저런 이야기를 하고 오전을 보내고 있는데 청식이가 내려왔다. 우리가 속한 북인천 산악회에서 응원차 페리체에 와 있어서 마중을 나간다고 했다. 청식이, 인수와 점심을 먹고 있자니까 SBS방송국 사람들과 LIG 보험 구자훈 회장 일행이 함께 올라왔다.

어제 삼계탕을 많이 먹어서인지 아침에 설사를 했고 그 영향으로 하루 종일 기운이 없었다. 빨리 회복을 해야 할 텐데 말이다. 인수는 내일 베이스캠프로 올라가자고 한다. 나는 하루만 더 있고 싶었지만 그의 말에 따르기로 결정했다. 내일 아침 식사를 하고 고락셉으로, 점심을 먹고 베이스캠프까지 가기로 했다.

5월 4일

로부체의 아침은 편안했다. LIG 및 방송사 일행과 함께 아침을 먹고 9시 30분에 로부체를 출발했다. 인수와 나는 약 오천 루피 정도의 방값과 식사대금을 각각 지불하고 BC까지 짐을 들어줄 포터를 600루피에 구해서 함께 출발했다. 고락셉에 도착하여 마지막으로 아내와 통화하고 점심은 라면으로 때웠다. 웬일인지 감기 증세 비슷하게 아팠다. 내일을 위해서 휴식을 취해야 할 것 같았다. BC에서는 셰르파들의 정상 공격 준비로 어수선했다. 충분한 수면을 취해야 했다.

5월 5일

오늘은 어린이날이었다. 7시에 기상하여 오전에는 휴식을 취했다. 드디어 내일 출발이다. 6일에 C1을 지나 C2에서 하루 쉬고, 8일 날 C3을 향하고, 9일 C4에 입성해서 저녁에 잠시 휴식하고, 밤 7시 정상을 향하여 밤새 등반하면 아침 햇살에 정상에 서게 되어 있었다. 지금 컨디션은 평소의 95퍼센트 정도로 아주 양호한 편이다. 일찍 자고 내일 정상을 향해 갈 시간만이 남았다. 이건영으로부터 아내가 보내준 영양제와 돈을 잘 받았다.

"정상 등정의 소식을 꼬옥 당신에게 전해드릴 테니 걱정 마시오. 나의 허물을 감출 수 있는 마지막 기회로 삼겠소. 정말로 당신을 위해서라도 정상의 기쁨을 함께 나누고 싶소. 못난 이 사람을 위해서 생활 전선에서 말없이 일하는 당신에게 작은 기쁨이라도 선사하고 싶구려. 당신의 불타는 정성을 생각하면서…"

마음속으로나마 아내에게 고마운 마음을 전해 보았다.

나의 꿈은 아직 끝나지 않았다

5월 6일

아침밥을 먹고 6시 정각 라마 제단 앞에 섰다. 내가 소속된 산악회에서 응원을 와서 격려까지 해 주니 힘이 솟았다. 라마 제단 앞에서 비장한 마음으로 날씨와 행운이 나에게 에베레스트 정상 등정의 기회를 주기를 간절히 기도했다. 그동안 몇 번 올라가 본 아이스폴 구간의 사다리는 눈이 많이 녹아 뒤집힐 것 같았다.

C1을 거쳐 C2에 도착하니 14시 20분이었다. 늦게나마 점심을 먹고 휴식을 취하고 나니 바람이 일기 시작했다. 내일은 하루 휴식이니 걱정이 없었다. 저녁을 먹고 일찍 자리에 누웠다. C2의 기온은 영하 20도가 넘는 것 같았다. 텐트 안에 놓아둔 소변통도 꽁꽁 얼어붙었다.

5월 7일

C2 5시, 텐트 안이 추워서 일찍 잠이 깼다. 쿡이 밥을 먹으라는 소리를 하지 않더니 9시가 넘으니까 그때서야 밥을 먹으라고 한다. 너무 추워서 텐트 밖으로 나가기도 싫었다. 오늘은 쉬기로 했다. 바람이 세차게 불었다. 내일이면 C3으로 올라가야 하는데 걱정이었다. 그러나 하늘만 쳐다볼 뿐 달리 할 수 있는 방법이 없었다. 아무리 과학이 발달했다 한들 날씨가 좋지 못하면 등반을 원활하게 할 수가 없었다. 셰르파의 말에 의하면 C3에 쳐 놓은 우리 텐트가 눈사태로 무너졌다고 한다. 셰르파는 내일 올라가서 텐트를 다시 설치하고 돌아온다고 했다. 텐트가 무너져서 정상 공격이 또 하루 연기된다고 생각하니 걱정

이었다. 밤이 되자 바람이 자고 별들이 총총했다. 마음만은 행복한 밤
이었다.

5월 8일

C2 역시 간밤에는 무척이나 추웠다. 9시에 늦은 아침을 먹고 셰르
파들은 C3에 텐트를 보수하러 떠났다. 점심시간 전에 나는 C3의 주마
링이 시작되는 지점까지 적응 삼아 전진했다가 돌아왔다. 점심을 먹
는데 성균이와 청식이가 로체를 먼저 등반한다더니 우리와 같이 에베
레스트를 등반한다고 했다. 박영석 대장 팀에서는 남서 벽 후등 기회
를 준다고 했는데 여의치가 않은가 보았다. 그들은 셰르파 5명에 대원
이 6명이나 되었다. BC에서 대원과 셰르파가 1:1 등반인 줄 알던 대
원들은 어안이 벙벙해했다. 여하튼 우리 팀이고 후배들인데 어쩔 수
가 없었다.

저녁 식사를 마치고 내일 C3와 C4로 진출할 셰르파들의 짐과 다른
모든 짐들을 다시 점검했다. 나는 사누를 불러 다시 한 번 등반 과정에
서 해야 할 행동을 미리 상의하고 숙지시켰다. 저녁을 먹고 나니 바람
이 심상치 않게 불었다. '새벽녘에는 그치겠지…' 위로하면서 침낭을
껴안았다.

나의 꿈은 아직 끝나지 않았다

5월 9일

6시, 아침 텐트 안의 온도는 섭씨 영하 25도를 밑돌았다. 오늘 C3으로 진출하고 C4에 이어 11일 아침에는 정상에 등정하고 싶었다. 7시에 쿡이 밀크티를 텐트 안으로 내밀었다. 텐트 문을 열고 보니 제법 눈이 많이 와 있었다. 바람은 없었다.

7시 45분, 사누가 밥을 먹으라고 했다. 9시에 C2로 출발하기로 했다. 안병호도 내 뒤를 따르기로 했고 인수는 11시에 올라온다고 했다. 셋이서 밥을 먹고 나니 갑자기 바람이 거세게 일기 시작했다. 텐트 안에서 장비를 착용하고 있는데 이게 웬일인지 텐트가 날아갈 것 같이 불었다. 8시 45분, BC에서 전 대원은 철수하라는 명령이 떨어졌다. 돌풍과 눈보라를 동반한 날씨가 14일까지 간헐적으로 일어난다는 것이다.

9시 45분, 셰르파와 전 대원이 BC로 하산했다. 도전도 못 해 보고 하산해야 하는 마음이 실로 착잡했다. 이번에는 정말 최상의 컨디션을 만들었는데 등정의 기회를 놓친 것이 무척 아쉬웠다. 무전에 의하면 어제 C1으로 진출하던 다른 팀 셰르파 2명과 대원 1명이 눈사태로 아이스폴 구간(BC와 C1 구간)에서 실종되었다는 것이다. C1에 도착하니 대원만 구조되었다는 연락이 왔다. 아이스폴 구간의 많은 빙탑이 무너지고 루트가 변형되어 있었다. 사가르마르타의 여신은 우리에게 순순히 정상 등정을 허락하지 않았다.

C2에서 BC까지 3시간 20분 만에 하산했다. BC에서 늦은 점심 겸 저녁을 먹었다. 일기예보에 의하면 15일까지는 날씨가 좋지 않다고 한다. 그러나 아쉽더라도 일기예보에 의한 철수 명령은 철저하게 지켜야만

한다. 고산 기후란 워낙 급격하게 변화하기 때문이다. 1996년 상업 원정대의 가이드로 나섰던 당시 세계 최고의 베테랑 산악인 중 한 명인 롭 홀(Rob Hall)과 스콧 피셔(Scott Fischer)도 정상을 등정하고 난 후 하산 길에 눈보라를 동반한 강풍을 만나 백시 현상에 맞닥뜨리게 되자 길을 잃고 8명이 모두 동사하고야 말았다.

당시 이 원정대와 함께 에베레스트를 등정하고 귀환한 저널리스트 존 크라카우어는 당시의 경험을 바탕으로 책 '희박한 공기 속으로(Into Thin Air)'를 펴냈다. 그는 1996년 5월 에베레스트 정상을 등정하고 가장 먼저 캠프로 철수하여 무사귀환 하지만 그와 같은 등반대로 정상에 등정했던 18명 중 12명은 등정 이후 불어 닥친 강풍과 눈보라에 실종되어 생명을 잃게 된다. 이들은 에베레스트 정상까지 안전하고 등반하고 돌아오는 조건으로 1인당 미화 65,000달러를 지불한 한 바 있다.

인투 씬 에어(Into Thin Air)는 '흔적도 없이'라는 뜻으로 원래 눈앞에 보이던 것을 순식간에 감쪽같이 사라지게 하는 마술에서 유래한 말이라고 한다. 18명 중에 12명의 실종… 에베레스트 등반 사상 가장 참혹한 등반 사고로 기억되는 이 사건은 말하고 있다. 세계 최고의 산악인이라 할지라도 해발 8,000m가 넘는 높은 산에서는 자기 몸 하나 건사하는 것조차도 힘든 일이라고… 과학이 고도로 발달하고 슈퍼컴퓨터를 수십 대 동원하여 히말라야의 일기예보까지 하는 오늘날에도 날씨가 좋지 않으면 고산 등정은 포기해야만 한다. 아무리 등정이 중요한 일이라고 하나 그것이 목숨보다 귀중할 수는 없기 때문이다.

5월 10일

7시 기상, 쿤상이 모닝 밀크티를 텐트 안으로 밀어넣어 줬다. 아들 같은 쿤상은 항상 명랑하고 설령 힘이 들어도 얼굴 한번 찡그리는 것을 못 보았다. 이곳 BC는 바람 없이 따스하고 파란 하늘이 높게 드리워져 있었다. 아침을 먹고 동언이 종호, 명선이는 로부체까지 내려간다고 했다. 나는 BC에 남아 텐트 주위의 축대를 보수 했다. 광준이, 성균이, 사누도 바닥 공사부터 도와줬다. 점심 식사를 하고나서 나는 사누와 함께 작업을 마무리지었다.

14시를 넘기자 하얀 하늘에서 눈발이 날리기 시작하더니 저녁을 먹을 때는 눈이 5~6㎝나 쌓였다. 눈발 속에서도 송석우가 '7클럽(우리 텐트 건너편에 위치한 외국의 상업 등반대)'에 다녀오더니 13~18일까지 약한 바람에 일기가 좋아진다고 한다. 7클럽은 17일이나 18일을 서미트 데이로 잡고 행동한다는 정보였다.

오늘은 텐트 정리하느라 힘이 들었는데도 잠이 잘 오지 않았다. 10일 전 서미트 작전은 '15, 16일이냐 아니면 17, 18일이냐?'를 놓고 고민했다. 어느 쪽이든 지금 몬순(장마철)이 시작되니까 빠른 날짜가 좋겠다. 오월에 들어서면서는 눈이 많이 녹아내리고 있었다.

5월 11일

평소처럼 일어났다. 간밤에는 설사가 나서 화장실을 들락날락해야만 했다. 아마 어제 저녁 식사로 나온 매운 닭볶음탕을 맛있게 먹은 탓이었다. 4시 30분에 화장실에 가니 눈이 소복이 쌓여 있었다. 새벽 시간인데 어느 팀인지 여명도 없는 밤에 아이스폴로 등반을 시작해 헤드 랜턴 불빛이 이어지고 있었다.

7클럽의 정상 공격일은 17일이나 18일이라고 했다. 우리는 아직 결정을 못하고 있었다. 대기하고 있는 사람들 분위기가 처음 같지가 않았다. 아침에 또 다른 소문이 들렸다. BC의 어느 팀에서는 셰르파가 술을 많이 먹어서 죽었고, C3에서는 미국 팀 대원 1명이 추락사했다는 소문이었다. 이 같은 소문들은 각 나라의 셰르파들에 의해 금방 전달됐다. 각 팀의 사다(셰르파들의 대장)는 친구들이고 선후배 사이라서 사다를 통하면 각 팀의 정보는 쉽게 얻어졌다. 등반 일정도, '서미트 데이'도 사다와 상의하면 유리했다. 어쩐지 아침 식사 후에 헬기가 아이스폴 위를 날아다닌다 했다.

점심을 먹을 즈음에는 눈발이 다시 일기 시작했다. 쌓인 눈이 발목까지 빠졌다. 밤새 눈이 내릴 것 같았다. 내일 눈이 그치기를 기도 하면서 나에게도 등정의 기회가 단 한 번이라도 주어지기를 간절히 빌고 또 빌었다.

5월 12일

아침 7시, 텐트 밖을 보니 하얀 눈이 소복이 텐트를 덮고 있었다. 러시아 팀 일행이 올라가는 것이 보였다. 우리 텐트 사이트가 아이스폴 입구에 있어서 등반하는 팀이 어느 나라 팀인지, 또 어떤 팀이 내려오

나의 꿈은 아직 끝나지 않았다

느지 쉽게 구분할 수 있었다. 눈발은 점심 때도 오고 오후에는 잠시 그치더니 저녁에 또 내리기 시작했다. 등반을 하는 대원이나 셰르파들은 거의 없었다.

5월 13일

텐트에 눈이 많이 쌓여 있다. 등반 날짜가 언제 잡힐지 숨이 막힐 것만 같았다. 눈을 치우고 점심을 먹는데 오후에는 눈이 그쳤다. 텐트 축대를 보수했다. 해가 많이 길어진 것 같았다. 지난달만 해도 7시면 어두웠는데 지금은 훤했다. 내일 모레 등반 날짜가 정해질 것 같았다. 15일 날 C2에 올라가서 C3, C4, 정상까지 마지막 기회로 알고 컨디션을 조절해야 했다. 오늘은 석우가 내 텐트에서 나와 함께 자겠다고 찾아왔다. 일찍 자고 내일 충분한 휴식을 취해야 할 것 같았다.

5월 14일

여느 때와 같이 7시에 일어나 쿤상이 주는 모닝 밀크티를 받으며 아침을 맞는다. 모든 이들이 쿤상과 같이 자기 맡은 바 일을 즐겁게 해준다면 이 세상이 더 행복하고 활기찰 것만 같다. 약간의 싸락눈이 텐트를 덮고 있을 즈음 아침밥을 먹고 휴식하고 있는데 광준이, 주면이, 석우가 내 텐트로 놀러 왔다. 점심을 먹고 있으니까 인수가 로부체에서 올라왔다. 내일은 마지막 등반이라 내일 올라가면 18일이면 에베레스트 정상에서 내려온다고 한다. 부디 내일 아침이 내 인생에서 또 하나의 전환점이 되어 주기를 빌었다. 내게 주어지는 운명에 맡겨 보고 최선을 다하리라.

5월 15일

캠프의 분위기는 모두 등정에 돌입하자는 것이었다. 5시에 일어나 아침 식사를 하고 6시에 라마 제단 앞에 서서 오랜 시간 고개를 숙여 기도를 했다. 지난날의 모든 후회와 잡념은 잊어버리자. 그리고 생환의 기쁨을 가족, 동료와 나누기 위해 다시 이곳에 돌아오면 새로운 삶의 인생을 살겠노라고 다짐했다. C1을 지나 C2에 도착하니 14시 20분. 아무 생각 없이 침낭 속으로 들어갔다.

5월 16일

아침 식사를 7시에 마치고 그렇게 좋은 날씨는 아니었지만, 사누에게 다시 한 번 정상에서의 행동지침을 이야기 하고 예정대로 9시에 C2를 출발했다. C3에 오르는 길에는 많은 사람들이 벌써 픽스 로프에 매달려 있었다. 나는 다른 왼쪽 줄에 주마를 걸고 등반을 했다.

C2에 도착하니 14시 30분이었고, 텐트 안은 얼음과 눈으로 엉망이

나의 꿈은 아직 끝나지 않았다

되어 있었다. 텐트 위 설벽 쪽에서는 낙빙이 떨어져 텐트가 찢어져 있었고 눈과 얼음이 텐트 안으로 많이 들어왔다. 텐트 바닥의 눈을 퍼내고 나서 얼음을 깨뜨려 내고 대충 치우니 숨이 턱에 찼다.

저녁은 알파미로 먹으려고 제트보일에 눈을 녹여 물을 만들었다. 제트보일(Jetboil)은 코펠과 버너일체형 조리 시스템으로 물이 끓는 시간을 대폭 축소해 주는 장비다. 제품 전체가 알루미늄으로 만들어져서 가볍기 때문에 고산 등반용으로는 최적의 버너 겸 코펠이라고 할 수 있다. 제트보일에서 김이 올라오는 모양이 멀리 시골집의 굴뚝 연기 모양 희미하게 보였다. 수통에 물을 채우고 인삼차를 몇 봉지 넣고 다시 눈을 녹여서 알파미 봉지에 부었다. 알파미 맛이 괜찮았다.

얼음 위에 침낭을 깔고 앉아 보았다. 역시 울퉁불퉁 경사도 심했다. 그래도 텐트 안에 편하게 지내는 것을 행복으로 여기자고 스스로 생각했다.

5월 17일

C3의 아침 햇살은 4시에도 훤하다. 코펠과 제트보일을 꺼내서 눈으로 물을 만들어 알파미 한 개를 먹었다. 장비를 착용한 후 텐트를 나섰는데 갑자기 설사가 났다. 어제 C3에 올라와서 허기진 김에 추운 줄도 모르고 알파미를 맛있게 그러나 덜덜 떨면서 먹어서인지 설사기가 있는 것 같았다.

볼일을 보고 다시 6시 40분에 텐트를 나섰다. 픽스 로프에 주마를 걸고 나서려는데 사누가 벌써 올라왔다. 올라가자고 하니 먼저 올라가라고 했다. 지금부터는 고소 적응 훈련이 아니라 실제 등반이었다. 그러나 느낌은 의외로 괜찮았다. 아침햇살에 반짝이는 설벽은 눈부시리만큼 반짝이는 거울 같았다. 그러나 설벽은 정말 가팔라 80~90도는 되어 보였다. 다행히 크램폰은 지난번에 날을 세워둔 덕분에 눈에 잘 찍혔다.

두 시간 정도 허우적거리고 나니 사누가 뒤쫓아 와서 산소통을 물라고 한다. 나는 조금 더 가서 생각해보기로 하고 그냥 전진 했다. 또 한참을 지나는데 아직도 설벽이었다. 또 다시 두어 시간 킥과 숨 고르기를 거듭하니 사누가 다시 산소를 물라고 했다. 생각해 보니 내 산소통을 사누가 메고 가니 힘들 것도 같아서 그러자고 하고 산소를 물고 보니 바로 좌측 앞쪽이 그 유명한 제네바 스퍼 구간이었다.

웨스턴 쿰에서 사우스 콜로 진출하는 등로상에 있는 제네바 스퍼(Geneva Spur)는 가파른 설빙구간으로 좌우로 두 개의 쿨르와르가 Y자처럼 갈라져있다. 왼쪽은 사우스 콜과 바로 이어져 사우스 콜 쿨르와르이고 오른쪽은 로체페이스와 이어져있어 로체 쿨르와르라고 부른다. 두 쿨르와르 모두 얼음으로 덮여 있어 눈사태가 일어날 위험이 있다. 제네바 스퍼를 지나게 되면 곧바로 사우스 콜(South col)에 도착하게 되어 등정에 또 다른 분수령이 되는 곳이다.

제네바 스퍼 밑에는 데포 시켜 놓은 산소며 배낭이 몇 개 있었다. 제네바 스퍼 구간은 4~5피치 정도에 거의 직벽으로 오버행 구간도 있는 화산암벽 구간인데 다행히 픽스 로프가 있어서 주마를 걸고 너덜 지대를 잘 올라서면 됐다. 뒤를 돌아보니 아까 같이 올라오던 사람들이 까

마득하게 내려다 보였다. 확실히 산소를 물고 나니 걸음이 빨라졌다.

비교적 수월하게 제네바 스퍼 구간을 넘어오니 좌측으로 경사진 너덜 지대와 화산재 사면이 겹치는 구간이 나타났다. 천천히 전진하니 곧 사우스 콜이었다. C4(7,925m)에는 13시 40분에 도착. "우리 텐트가 어디에 있느냐"고 사누에게 물어보니 저 밑에서 다른 셰르파가 가지고 올라온다고 했다. 바람이 부는 사우스 콜은 대낮인데도 엄청나게 추웠다. '사우스 콜'이라는 지명에서 콜(col)은 영어로 패스(pass)라고도 하며 고개를 뜻한다. 이런 지형은 서로 반대 방향으로 뻗어 있는 두 개의 계곡 사이 능선이 양측으로부터 침식되어 분수계가 낮아져서 이루어지기 때문에 바람의 통로가 된다.

두어 시간 쪼그리고 앉아 눈을 감고 아무 생각 없이 있으니까 텐트가 도착했다고 했다. 사누와 텐트를 치고 들어가니 다른 대원들이 왔다. 종호, 동언, 청식, 인수가 도착했다. 비좁은 텐트지만 할 수 없이 5명이서 쪼그리고 앉아 알파미를 먹고, 19시에 등반 준비를 하는데 아까부터 일기 시작한 바람은 점점 더 세게 불었다. 사누를 불러서 물어보니 바람이 불어서 다른 팀들도 망설이고 있다고 한다. 결국 3인용 텐트에서 5명이서 사우스 콜의 하룻밤을 보내게 되었다. 이렇게 세차게 부는 바람이 며칠 동안 계속 가면 어떻게 하나 걱정이 앞섰다.

올라올 때 물고 올라온 산소통을 다시 물고 잠을 자기로 하고 등을 기대보지만 또 설사 기운이 있었다. 평소에는 장이 튼튼하던 사람들도 고소에서는 자주 설사가 일어난다. 나는 캄캄한 C4의 자갈밭에서 간신히 볼일을 보아야만 했다. 고소에서 용변을 보는 일이란 정말 귀찮고 위험한 일이다. 생각해 보라. 영하 20~30도를 넘나드는 강추위에 바람을 가릴 단 하나의 벽도 없이 엉덩이를 까고 힘을 주어야 하는 상황을… 용변을 볼 때에도 확실하게 확보를 해야 하고 긴장을 늦추어서는 안 된다. 혹여 텐트 슈즈를 신고 그대로 텐트 밖으로 나갔다가는 그대로 수십, 수백 미터를 미끄러져 내려가 목숨을 잃을 수도 있다.

5월 18일

새우잠으로 밤을 새웠지만 오전인데도 바람은 우리를 저버리는 양 멈출 생각을 하지 않았다. 자는 둥 마는 둥. C4로 거칠고 치열하게 불어오는 바람은 듣는 이도 없는데 괴성을 지르며 울부짖고 있었다. 10시가 넘어도 다른 대원들은 일어날 생각을 않는다. 버너에 불을 붙이고 해발 8,000m에 가까운 일명 '죽음의 지대', 인간이 도저히 살 수 없는 곳에 위치한 눈을 퍼서 코펠에 담아 버너 위에 얹었다. 강추위에도 불구하고 코펠에 담긴 눈은 서서히 녹아갔다. 이윽고 물이 끓어 코펠 뚜껑이 장단을 맞추며 흔들린다. 나는 무심코 숟가락을 들어 코펠 뚜껑을 가볍게 두드리며 마음속으로 "바람아 멈추어 다오~"를 흥얼거려 봤다.

C4에 머무르고 있는 5명의 대원이 갖고 있는 식량은 알파미 2인분과 야채 죽 4개가 전부였다. 이와 별도로 동언이가 누룽지 2인분을 갖고 있다고 한다. 할 수 없었다. 오늘 19시까지 두 끼만 먹기로 하고 누룽지에 야채 죽 두 개를 넣고 범벅을 해서 아침 겸 점심으로 먹고 나니 11시가 넘었다.

어제 C4로 올라오면서 물고 왔던 산소가 다 떨어져서 새 것으로 갈았다. 그런데 게이지는 20을 가리키고 있다. 최소한 30이상이어야 하는데… 하루 종일 1정도의 압력으로 물고 최대한 움직이지 않기로 했다.

갑자기 중학교 시절, 한 여름 삼복더위에 친구 혁준이와 고구마 튀김 한 봉지를 가지고 서로 먼저 먹으라고 입에 넣어 주던 사춘기 시절의 추억이 머리를 스쳤다. 우린 그때 친구가 나보다 더 먼저 먹어야 하고, 나보다 한 번 더 먹어야 하고, 또 많이 먹어야 한다고 생각했었다. 그 순간 왜 그런 생각이 났는지 나도 모르겠다. 그저 불안하고 이유 없는 공포감에 스스로 안정을 찾기 위해서인 것으로 생각했다. 미친 듯이 불어오는 바람이 부디 잠자기를 기도하는 마음으로 빌었다. 오늘 등반을 하지 못하면 다시 하산을 해야 한다. 그렇게 되면 언제 다시 이곳까지 올라 올 수 있을지 모른다. 어쩌면 영원히…

오후 17시. 아직까지 사가르마타의 신은 바람을 멈추지 않았다. 우리 대원들은 아무 생각 없이 살기 위한 몸부림처럼 코펠에 얼어붙은 눈을 넣어 버너에 올려놓고 녹기를 기다리며 초조해지는 마음을 달래려고 코펠 뚜껑을 들고 맞지도 않는 장단을 쳐 보기도 했다.

셰르파가 18시에 출발한다는 말을 했다. 알파미 한 개를 나누어 먹고 또다시 그 높은 곳에서 용변을 본 다음 장비를 착용하고 출발을 준비해 본다. 그런데 사가르마타의 신은 우리를 저버리지 않은 것일까? 조금 전까지만 해도 그렇게 무섭게 불던 바람이 순간 고요해졌다.

19시 45분, 조금 남은 산소를 입에 물고 텐트 밖으로 나오니 약한 바람이 부는 가운데 석양은 뉘엿뉘엿 넘어가고 만년설은 서서히 어둠속으로 빠져들고 있었다. 사누가 나와서 나에게 컨디션이 어떠냐고 물었다. 사실 설사가 계속 되고 있었으나 나는 약한 모습을 보이고 싶지 않았다. 좋은 컨디션이라고 답했다. 사누와 나는 헤드 랜턴을 켜고 두리번거리면서 픽스 로프를 찾았다. 그리고 사누와 나는 서로 아무 말도 하지 않고 급경사의 설사면을 정신없이 오르기 시작했다. 고산에서는 될 수 있으면 눈으로 서로를 통하면서 말을 안 하는 것이 편하다. 서로를 배려하는 것이다. 그렇게 서너 시간을 정신없이 올랐을까 사누가 이곳이 '발코니'이니 잠시 쉬었다가 가자고 한다.

에베레스트의 발코니(Balcony)는 해발 8,500m 지점으로 사우스 콜과 에베레스트 정상 사이의 중간 지점이라고 보면 된다. 발코니 지역은 너른 눈 평원으로 이루어져 있고 정상으로 이어지는 길을 따라 계속 오르게 되면 해발 8,700m대의 남봉, 즉 사우스 피크(South Peak)가 나온다.

그제야 내가 올라온 아래쪽을 바라보니 랜턴의 행렬이 점점이 움직이면서 올라오는 것이 보였다. 사누가 나의 산소통을 새 것으로 바꾸어 주었다. 물을 조금 마시고 행동식으로 초콜릿을 하나 먹고 출발하자고 하니 이곳부터는 미국 원정대의 셰르파가 앞장서기로 약속이 되어 있다고 한다. 한 사람이 계속 선두를 서게 되면 빨리 지치게 되기 때문에 같은 시간대에 등반하는 팀들의 사다들이 이렇게 선등업무를 나누어서 힘을 비축하는 것으로 생각됐다.

한 시간 정도 기다렸을까? 이 지점부터 러셀을 하기로 한 팀이 어둠 속에 도착하고 이윽고 그들이 앞장을 섰다. 숨 고르기를 해 보지만 차디찬 바람에 콧등이 시려 왔다. 온 세상이 캄캄한 어둠 속에서 나는 헤드 랜턴 불빛에 의지한 채 한 발 한 발 걸어가고 있었다. 어느 누구도 나에게 말을 걸지 않았다. 그리고 나 역시 어느 누구에게 말을 걸지도

나의 꿈은 아직 끝나지 않았다

않았다. 인기척도 들리지 않았다. 바람 소리와 설면에 나의 크램폰이 찍히는 소리만 들릴 뿐… 나는 아무 생각 없이 한 발 한 발 설면을 찍고 또 찍으며 위로 또 위로 나아가고 있었다.

아무 것도 보이지 않는 깜깜한 이 밤에 헤드 랜턴에 비치는 발끝만 쳐다보고 가파른 설릉에서 숨을 골라본다. 등반을 시작한 지 얼마나 지났을까. 그제야 허리를 펴고 서니 등반로 우측의 하늘이 조금 훤해지는 듯 붉어지기 시작했다. 순간 나도 모르게 머리 위에 쓰고 있던 고글을 당겨 눈에 씌웠다. 서서히 에베레스트의 일출이 시작되고 있었다. 일출과 함께 정상을 바라보니 내가 서 있는 바로 이곳이 에베레스트 남봉이라는 사실을 직감할 수 있었다.

사방을 둘러 봐도 온통 구름뿐이다. 마치 내가 '근두운'이라는 구름을 타고 나르는 손오공 같다는 생각이 들었다. 저 아래에 있을 인간 세상의 고통과 시기와 같은 것들을 모두 사랑과 행복으로 바꾸어 주고 싶다는 생각이 들었다. 그 순간 왜 이런 생각이 들었는지… 아마도 일출과 함께 열린 히말라야의 경치가 황홀할 정도로 아름다웠기 때문일 것이다.

나는 사누와 함께 보온병에 들어있는 물과 파워젤을 나누어 먹고 유명한 '힐러리 스텝(Hillary step)'에 도착했다. 힐러리 스텝은 우리가 오르는 가장 대표적인 루트 남동릉 코스의 남봉(8,600m)과 정상의 중간(8,760m 지점)에 위치해 있는 일종의 리지 코스(Ridge Course)다. 1953년 5월 29일 셰르파 텐징 노르가이와 함께 세계 최초로 에베레스트를 등정한 힐러리의 이름을 따서 힐러리 스텝이라고 부른다. 당시 텐징은 탈진한 힐러리를 이곳에서 30분이나 기다려 최초 등정의 순간을 양보했다고도 한다. 네팔 사람들은 그래서 힐러리 스텝을 '텐징의 등'이라고 부르기도 한다.

직접 마주친 힐러리 스텝의 높이는 약 12m 정도. 1990년대 이후 매년 4~6월 등반 시즌이 되면 힐러리 스텝은 정체가 심각해져서 심하면 2~3시간이나 기다리게 되기 때문에 사고와 환경오염의 원인이 되기도 한다. 네팔정부에서는 이곳에 철제 사다리를 설치할 계획이라고도 들었다.

나는 거의 수직인 힐러리 스텝을 돌파하기 위해 우측으로 몸을 틀고 왼발을 들어 올려 당기면서 차고 일어서는 식으로 리지 등반을 했다. 힐러리 스텝을 모두 통과하니 내 앞으로 올라간 팀들은 이미 정상에 도착한 것 같았다. 약한 미풍이 부는 가운데 사누가 저 앞 칸첸중가 열시 방향의 자기 동네 마칼루를 가리키고 있었다.

현지 시각 2009년 5월 19일 9시 3분, 나는 에베레스트 정상에 섰다.

이곳에 오르기 전에는 에베레스트 정상에서 나름대로의 퍼포먼스를 생각해 보기도 했다. 소원을 빌어 볼까, 아니면 원 없이 울어 볼까. 아니면 소리를 질러 볼까, 웃어 볼까. 이곳에 오르면 그간의 고통과 희열 그리고 행복했던 순간들이 파노라마처럼 떠오를 줄 알았는데 그렇지만은 않았다. 나는 그저 잔잔한 미소 속에 에베레스트 정상에 머무르고 있는 이 순간의 행복과 기쁨만을 떠올리고 있었다. 정상에 서면 그간의 삶의 과정이 주마등처럼 떠오를 줄 알았는데 그냥 하얀 종이처럼 아무 생각이 안 나고 행복하다. 즐겁다. 반환점일 뿐이다. 살아서 돌아가야 한다. 결혼 첫날밤은 왜 좋았는지 이순간이 그보다 행복했다. 그리고 이 높은 곳에서 무사히 하산하게 되면 이 세상을 다시 태어나는 모습으로 살아가는 동안 영원히 행복할 것만 같았다.

나의 꿈은 아직 끝나지 않았다

다른 팀들은 기념 촬영을 하느라 분주했다. 티베트 쪽에서 정상부로 약간의 가스가 밀려왔다. 나도 사누에게 맡긴 카메라로 동문 깃발과 함께 사진을 찍으려고 포즈를 취했다. 사누가 누르는 카메라 셔터에 나의 오랜 숙원이 그대로 담겼다. 가스는 점점 더 짙게 밀려오고 있었다. 다른 사람들은 벌써 하산을 서둘렀다. 나는 이곳 에베레스트 정상에 조금이라도 더 오래 머무르고 싶었지만 그럴 수만은 없었다. 우리는 이제 그저 에베레스트 등정의 반환점을 통과했을 뿐이다. 나와 사누는 보온병에 담긴 물을 한 모금씩 마시고 나서 정상을 뒤로했다.

힐러리 스텝에서는 벌써 정체가 시작되고 있었다. 1시간가량이나 주저앉아 기다려야 했다. 마지막 올라오는 사람과 내려가는 사람 앞에 있는 것은 기다림이었다. 그러나 누구 하나 불평하지 않았고 아무런 말이 없었다. 과연 세계 최고봉에 오를 만큼 자질이 훌륭한 산악인들이었다. 날씨는 점점 나빠지고 있었다. 그러나 그 같은 상황에서도 힐러리 스텝을 오르는 사람들, 또 하산을 기다리는 사람들 모두 아무런 불평도 하지 않았다.

평소보다 시간이 두세 배는 더 느리게 흘러간다고 생각되던 그 한 시간이 지나고 힐러리 스텝을 지나 남봉에 도착했을 때쯤 청식이가 세르파 사누에게 물을 달라고 한다. 사누가 나에게 "물을 줘도 되느냐?"고 묻는다. 물을 주라고 하고 우리도 초콜릿 하나씩과 물 한 모금을 나누어 먹었다. 그제야 나는 "이제 살았구나" 하는 생각이 들었다. 그러나 마음과는 달리 벌써 힘이 빠지고 발이 내 마음대로 움직이지 않는다는 것을 느끼게 되었고, '꼭 살아서 돌아가야 한다'는 생각이 들었다. 다행히 정신은 말짱했다. 내려갈 때 보니 설면은 급경사인데 간밤에는 어떻게 올라왔는지… 나는 마치 인수봉 대슬랩과 같은 모양의 설사면 픽스 로프에 몸을 맡겼다. 서서히 어두워지기 시작해서 헤드 랜턴을 켜고 멀리 내려다보이는 C4의 텐트 불빛을 기준으로 천천히 발길을 옮긴다.

C4에 도착하니 오후 5시였다. 벌써 사위가 어두워지고 약한 눈보라가 일기 시작했다. 텐트 안에 들어가 텐트 슈즈를 챙기면서 사누에게어서 C3으로 내려가자고 했다. C4에 식량과 산소가 충분하다면 더 있고 싶었지만 그럴 상황이 되지 못했다. 사누에게 하산을 독려하자 사누도 할 수 없다는 듯이 눈보라 속을 말없이 따라나섰다. 이제 산소마스크는 벗었지만 강한 눈보라에 고글이 얼어붙어 앞이 거의 보이지 않을 지경까지 이르렀다. 잠시 멈추어 서서 고글창의 얼음을 긁어내도 얼마가지 않아 또다시 얼음이 생겼다. 그래도 나는 결코 정신줄을 놓지 않았다.

밤 10시 20분경 옐로우밴드를 벗어나 드디어 C3에 도착했다. 해발 8,000m를 넘나드는 에베레스트에서 나는 쉬지 않고 계속 26시간 30분이나 등반했던 것이다. 강인한 셰르파인 사누도 힘이 들었는지 텐트에 들어가자마자 그대로 침낭 안으로 들어가고 말았다. 나와 사누는 간신히 물 한 모금을 나누어 먹고 나도 침낭 안으로 들어갔다. 강추위와 강풍 속에서 26시간이나 등반했기에 온몸이 아플 만도 한데 통증은 느껴지지 않고 정신이 아득해져 왔다. 깊고 깊은 바다로 빠져드는 듯한 느낌 아니 시골 온돌방의 겨울 아랫목같이 그냥 따스한 곳으로 가라앉는 것 같았다. 그리고 몽롱한 상태에서 순식간에 깊은 잠에 빠져들었다.

5월 20일

C3 텐트에서 잠시 눈을 붙이고 자다 추위에 놀라 몸을 떨며 일어나니 새벽 3시 45분이었다. 조금 더 눈을 붙이고 나니 5시. 나는 그제야 간신히 일어나 코펠을 찾아 눈을 잔뜩 담고 버너에 불을 붙였다. 버너의 열기 덕분에 얼음이 얼 것 같던 텐트 안의 추위도 조금씩 가셨다. 물을 만들어 사누와 나누어 마시고 다시 하산을 시작했다.

C3와 C2로 가는 구간도 결코 만만한 하강 코스가 아니었다. 첫 번째 픽스 로프 구간의 하강은 무난했다. 두 번째 픽스는 로프에 비너를 통과시키고 그대로 '현수 하강'을 하기로 했다. 압자일렌(abseilen)이라고도 부르는 현수 하강이란 한마디로 로프에 몸을 감고 내려오는 하강 방법이다.

현수 하강을 수십 번이나 거듭하고서야 간신히 하강을 마치고 C2로 내려오는 설사면을 걸어 내려오는데 광준이가 보였다. 광준이는 나를 마중하기 위해서 보온병에 먹을 물과 간식을 가지고 이 추위에 두 시간이나 기다렸던 것이다. 나는 지난 번 티베트의 치즈봉 등반 때 그랬듯이 광준이와 얼싸안고 만년설 위를 뒹굴고 또 뒹굴었다. 나는 등정의 희열에 무사히 광준이를 만나게 된 기쁨이 겹쳐 눈물이 날 정도로 웃고 또 웃었다. 30여 시간을 몇 모금의 물만 마시고 추위 속에서 떨어서인지 아무것도 먹고 싶지 않다. 아마도 행복해서 그랬을지도… 목구멍만 아파서 침을 삼킬 수가 없어 힘들다.

C2에서 광준이와 즐거운 대화를 나누는 사이 10시경 C2까지 올라온 쿡이 고맙게도 삼계 백숙탕을 만들어 주었다. 그러나 목에 염증이 생겼는지 너무 아파서 고기는 전혀 먹지를 못하고 간신히 국물만 몇 숟가

락 떠 마셨다. 나는 또다시 밀려오는 피로에 잠시 눈을 붙였다. 일어나 사누에게 BC로 하산하자고 말을 건네 보았다. 그러나 사누는 오후에 C3을 철수해야 한다고 한다. 결국 나 혼자 BC로 하산하기로 했다. 내려오는 길에 다시 C2를 돌아보았다. 언젠가 다시 기회가 주어져 다시 이곳을 등반하겠느냐고 묻는다면 과연 나는 어떤 대답을 하게 될까? 아마 원정 등반에 필요한 경제적인 여건만 허락된다면… C1을 거쳐 아이스폴 지대를 천천히 내려오면서 나의 지난 생애의 모든 걱정과 서러움과 미움, 원망을 모두 이곳에 두고 가기로 마음먹었다.

드디어 꿈에도 고대하던 베이스캠프에 도착했다. 나는 베이스캠프의 라마 제단 앞에 서서 한동안 어린 시절과 청년 시절을 거쳐 에베레스트 등정의 성공을 이룬 지금에 이르기까지의 모든 과정을 감사하였고 또 나의 용서를 간절히 빌었다. 또한 에베레스트 정상을 향해 올라갈 때의 약속을 지킬 수 있게 해 주어서 정말 고맙고 감사하다고 절을 했다. 나의 행위는 종교를 떠난 것이었고 나의 순수한 마음의 발현이었다. 내 모습을 본 후배들이 나를 반겼다. 이구동성으로 얼굴이 말이 아니라고 했다.

5월 21일

여느 때 아침과 마찬가지로 쿤상이 텐트 안으로 밀크티를 내밀었다. 고마운 마음에 2달러짜리 지폐를 건네주었다. 정말 아들 같으면서도 고마운 녀석이었다. 하루 종일 침낭에 누워 있었다. 잠시도 일어나 있

기가 싫었다. 어제 적지 않은 양의 각혈을 했는데 목 안에 있던 핏덩이
는 줄어든 것 같지만 여전히 피가 조금씩 나왔다. 고도가 낮아져서인
지 다행히 설사는 멈추었다. 그러나 힘이 없어서 맥이 풀렸고 만사가
다 귀찮기만 했다. 손과 발에는 이미 동상이 와 있었으나 나는 미처 통
증을 느끼지 못하고 있었다.

저녁에는 모든 대원이 안전하게 하산했다. 셰르파들도 내일 하루만
더 짐을 내리면 모든 짐이 내려온다고 했다. 인천대 팀은 내일 아침에
하산한다고 했다.

5월 22일

7시 기상. 쿤상이 주는 밀크티를 마시고 아침밥을 먹고 난 후에도 전
혀 기운이 없었다. 나는 박인수, 송석우, 인천대 팀과 먼저 베이스캠
프를 떠나 하산하기로 하고, 9시에 두 달여 동안 정들었던 베이스캠프
를 출발했다. 2009 봄 시즌의 에베레스트 베이스캠프, 내 어찌 이 추
억의 장소, 정들었던 마을을 잊으리오.

그동안 여러 번 오갔던 고락셉으로 향한다. 몸도 마음도 가볍게 오가
던 이 길을 오늘은 느릿느릿 힘들게 걷는다. 배낭은 무겁지 않았지만
다리에 힘이 빠져 도저히 빨리 걸을 수가 없었다. 중간에 만난 13살 정
도의 꼬마 셰르파에게 넉넉하게 500루피를 주고 그리 무겁지 않은 내
배낭을 로부체까지 맡겼다. 꼬마 셰르파는 잘도 걷는다. 내가 '비스타
리(네팔어로 '천천히'라는 뜻), 비스타리'라고 하니 그제야 내 뒤를 잘도 따

라온다.

　로부체에서는 점심 식사로 양념 없이 구운 돼지고기구이를 제법 맛있게 양껏 먹었다. 꼬마 셰르파는 로부체까지만 배낭을 들어주기로 했기에 나는 피곤한 김에 페리체까지 배낭을 들어줄 사람을 찾았다. 히말라야에서 셰르파에게 짐을 맡기는 일은 결코 부끄러운 일이 아니다. 그들에게는 중요한 생업이기 때문에 나는 이를 테면 그들에게 일거리를 주는 셈이다. 식당 옆집에 사는 60세의 셰르파가 자원을 한다. 250루피를 주고 그를 고용했다. 서로 말은 잘 통하지 않지만 내가 천천히 걸으면 그는 저만치 가다가도 내가 오기를 기다려 같이 이동했다. 페리체에 도착해서 나는 약속보다 50루피 많은 300루피를 주었다.

　페리체에서 인천대 팀을 만나서 저녁은 21시에 버팔로 스테이크로 맛있게 먹고, 내일 남체까지 가기로 했다. 발에 동상 기운이 있다. 심하지 않은 것이 다행이라 여기고 따뜻한 물에 발을 담그고 일찍 자리에 누웠다.

5월 23일

　페리체에서 7시에 출발. 아침 식사로는 샌드위치에 계란 프라이를 한 개 먹고, 풍기 텡가에서는 점심으로 국수를 한 그릇 먹고 남체까지 왔다. 내일은 내처 루클라까지 가기로 했다. 고도를 많이 낮추고 하행 카라반은 그리 힘든 일이 아닌데도 불구하고 힘든 하루였다. 아마 정상 공격을 하면서 있는 힘, 없는 힘을 다 써버리는 바람에 기력이 쇠해

나의 꿈은 아직 끝나지 않았다

져서 그럴 것으로 생각했다.

저녁에는 닭백숙이 준비되어 아주 맛있게 잘 먹었다. 피로가 회복되고 영양 공급을 충분히 해서인지 정상 등정 후 있던 각혈은 이제 거의 멈추었다. 후배들이 남체에서 인터넷으로 서울로 연락을 취하다가 노무현 대통령이 자살했다는 소식을 알게 되었다고 한다. 참 안타까운 일이 아닐 수 없다.

베이스캠프보다 한결 따스한 남체에서 훈훈한 밤을 맞는다. 내 마음은 이제 나를 아껴 주고 기다리는 가족 품으로 마냥 달려가고 있다.

5월 24일

아침 7시, 아침 식사를 하고 남체를 출발한다. 루클라까지 가는 포터를 구해서 같이 출발했다. 비용은 1,100루피를 주기로 했다. 작은 체구에 나보다 젊은 것이 틀림없지만 얼굴은 오히려 나보다도 나이가 들어 보이는 그는 내 뒤로 세 걸음 정도 떨어져서 내가 쉬면 그도 쉬고 내가 가면 그도 가는 식으로 그림자처럼 잘도 따라왔다. 포터는 다 떨어진 옷과 슬리퍼만 신은 채 일을 하고 있었다. "저 사람도 한 가정의 가장일 텐데…" 하는 생각을 하니 안쓰러운 생각이 들었다.

팍딩에서 점심을 먹고 루클라에 거의 도착할 즈음 비가 내린다. 포터의 신발은 다 떨어져서 양말도 없는 발은 금방 빗물에 젖었다. 나는 포터를 데리고 신발 가게를 찾아가서 그에게 운동화 한 켤레와 양말을 사 주었다. 발을 닦게 하고 신발을 신겼다. 그와 나는 말이 한 마디도 통하지 않았지만 그의 얼굴에는 진심으로 감사하다는 표정이 떠올랐다. 내가 그를 동정해서 신발을 사 준 것은 아니다. 내 짐을 안전하게 들어 주니 고맙기도 하고 그렇게 함으로써 그의 발이 편해지니 나도 기분이 좋아지기 때문이었다. 루클라에 도착해서 처음 약속했던 1,100루피의 두 배 가까이 되는 2,000루피를 주었다. 그가 다시 한 번 고맙다는 표정을 지었다.

루크라에 위치한 히말라야 호텔에 도착하니 17시. 박영석 대장 원정대 팀 일부가 저녁 겸 반주를 하고 있었다. 나는 저녁 식사 후 내 방에서 아직도 피곤한 몸을 추스르기로 했다. 내일은 카트만두로 가는 비행기가 무사히 잘 뜰 수 있기를 빌면서 침낭에 들었다. 두 달간이나 사용한 침낭에서는 익숙한 살 냄새가 났다.

5월 25일

6시 25분, 잠을 자고 있는데 비행기 소리가 들려 깨어났다. 비행기는 가끔 날고 있지만 우리 차례는 아직이고 비행기가 도착하면 우리를 부르러 오겠다는 사람은 오전 내내 오지 않았다. 그러다가 오후에는 우리가 탑승할 수 없다는 연락을 받았다. 하는 수 없다. 루클라 공항은 일기가 좋지 않으면 며칠씩 비행기가 뜨지 못하는 일도 생긴다.

과일이 먹고 싶은 나는 송석우에게 부탁해서 사과를 사 오라고 시켰다. 석우는 비가 내리는데도 밖으로 나가 사과 10개, 망고 4개를 사 왔다. 비타민이 부족한 우리는 과일을 정말 맛있게 배가 터지도록 먹었

나의 꿈은 아직 끝나지 않았다

다. 비가 오는 날에는 할 수 있는 일이 없어 나는 침낭 위에 누워 비가 내리는 창밖을 바라보았다. BC에서 들어온 소식에 따르면 우리 팀 전원이 철수해서 BC에 도착했다고 한다. 석우가 간식으로 감자를 갖다 줬다. 저녁 식사 후에는 남들에게 나의 지친 모습을 보여 주기 싫어 얼른 내 방으로 돌아왔다.

5월 26일

5시 기상. 어제부터 내린 비는 아침이 되어도 그치지 않았다. 혹시나 해서 6시에 배낭을 가지고 식당으로 내려가 보았다. 밀크티와 토스트로 간단하게 아침을 때웠다. 나는 인수와 함께 루클라 공항으로 가서 항공 티켓을 들고 기다렸으나 오전에는 비행기가 뜨지 않는다는 답변만 들을 수 있었다.

점심 식사를 하는데 비행기의 시동을 거는 소리가 들려서 혹시나 하는 생각에 공항으로 달려갔으나 시동은 곧 꺼졌다. 하루 종일 기다렸으나 역시 오늘은 비행기가 뜨지 못한다고 한다. 한시라도 빨리 한국으로 또 가족들에게 돌아가고 싶은 내 마음을 누가 알아줄 것인가. 저녁때가 되니까 BC를 떠나오면서 비에 몽땅 젖은 내 카고 백이 도착했다. 정상 등정 후 나는 극도로 피로한 상태였기 때문에 개인 배낭만 메고 오고 나머지 짐은 두고 내려왔는데 후발대가 짐을 챙겨서 가져온 것이다.

5월 27일

5시에 기상하여 샌드위치를 먹고 9시에 다시 공항으로 가 보았다. 그러나 여전히 비행기는 도착하지 않는다. 오후에는 연거푸 3대나 공항에 착륙했으나 다른 팀만 태우고 우리 차례는 오지 않았다. 나는 광준이, 인수와 함께 규모가 작은 루클라 시장으로 구경을 갔다. 별로 살 것은 없고 깻묵만 한 크기의 야크 치즈를 사서 셋이서 나누었다. 나는 별로 술을 즐기지 않지만 한국에 가져가서 술안주로 내놓으면 좋겠다는 생각이 들었다. 루클라에서 벌써 4일 째. 무료한 하루가 또 지나갔다.

5월 28일

5시에 기상하여 배낭부터 정리했다. 석우와 식당으로 내려가 토스트로 간단히 아침을 때웠다. 오늘은 반드시 루클라를 떠나야 했다. 어떻게 된 일인지 우리보다 늦게 도착한 다른 나라 원정대도 모두 루클라를 출발했는데 우리 팀만 나흘 동안이나 이곳 로지에 묶여 있다. 날씨가 좋지 않아 비행기가 오지 않으면 이곳에 고립될 수밖에 없다는 것은 잘 알고 있지만 답답하기가 이를 데 없었다.

7시 정각에 공항으로 나가 짐을 저울 위에 올려놓고 기다렸다. 드디어 9시가 넘어 우리는 카트만두행 경비행기에 탑승할 수 있었다. 10시가 넘어 드디어 카트만두 공항에 도착하여 짐을 찾았다. 곧바로 국제선으로 이동하여 카고 백을 부치고 공항 이층으로 올라가 스테이크로

나의 꿈은 아직 끝나지 않았다

점심을 먹었다. 공항 면세점에서 네팔 전통차를 몇 개 사고 곧바로 국제선 출국 수속을 한 후 기내에 탑승했다.

눈을 붙여 보려고 해도 그토록 기다리고 보고 싶은 가족 곁으로 간다는 생각에 잠이 오지 않았다. 드디어 0시 30분에 인천 공항, 밤 12시가 넘은 시간인데도 불구하고 공항에는 많은 사람들이 마중 나왔다. 한국 산악회 동문 회장님과 솜다리 동문, 16기 회장도 원주에서 오셨다. 형님과 혁준이도 나왔다. 대산련 인천연맹 북인천 산악회, 인천대학 관계자 분과 여러분이 마중 나왔다. 기념 촬영과 간단한 행사를 마치고 집으로 향했다.

아내와 함께 집에 도착하니 2시였다. 내가 정말 우리 집에 왔는지 꿈만 같았다. 두 달여 만에 내 집 이부자리 위에 누워 본다. 에베레스트 정상을 향해 힘든 발걸음을 옮길 때와 정상에 올라섰을 때의 그 감동이 다시 살아나는 듯했다. 이렇게 무사하고 건강하게 돌아올 수 있어서 원정 대원들과 후원해 주신 분들 그리고 응원해 준 모든 분들께 감사하고 또 감사하다는 생각을 하면서 깊은 행복의 영혼 속으로 들고 싶다.

빈슨 매시프(Vinson Massif / 4,897m)
2010. 11. 30. ~ 2010. 12. 23.

푼타아레나스 공항을 출발하여 남극으로 가는 일류신기 앞에서.

그토록 보고싶던 아내의 환영인사를 받았다.

남극의 설원
위에서

　매번 느끼는 일이지만 원정 중에는 아무리 힘든 일을 겪어도 시간이 지나면 모두 추억이 되어 소멸되고 또 다시 새로운 원정을 꿈꾸게 된다. 그리고 원정을 앞둔 나의 마음은 마치 격랑이 몰아치는 파도처럼 두근거리게 된다. 남극의 최고봉 빈슨 매시프 원정을 떠나는 전날 밤에도 나는 설렘에 깊은 잠을 못 들고 밤새 뒤척이다 먼동이 터 오고 말았다.

　다른 때에도 그런 편이지만 이번 원정을 위해서 가족들에게 또 한 번 큰 부담을 지우고 가는 것 같다. 원정 비용을 마련하기 위해 생업으로 하는 지게차를 팔고도 모자라 은행에서 대출까지 받았기 때문이다. 그렇게까지 해서 원정을 떠난다는 것은 적지 않은 무리수라는 것을 익

빈슨 매시프(Vinson Massif / 4,897m)
2010. 11. 30. ～ 2010. 12. 23.

279

히 알고 있었으나 어쩌랴. 그렇게라도 해서 원정을 떠나지 못하면 숨이 막혀서 죽을 것만 같은 것을 말이다. 아마도 내가 병이 들어도 깊은 병, '고산 원정 병'이 들은 모양이다. 원정을 위해서 가족들을 많이 설득하고 또 이해를 구했다. 또 나를 항상 이해해 주고 응원해 주는 가족들이 고마울 뿐이다.

5시 30분, 아내와 함께 아침밥을 먹고 아내를 출근시킨 다음 헬스장에 가서 가볍게 운동을 한 후 11시에 버스를 타고 인천 공항으로 향했다. 그런데 뒤차가 내가 탄 버스를 들이받으면서 접촉 사고가 일어나는 바람에 부랴부랴 차를 바꿔 타고 계획보다 조금 늦게 공항에 도착했다. 그때 이미 다른 사람들은 모두 도착해 있다. 부랴부랴 짐을 부치고, 기념 촬영을 한 다음 면세점을 통해 탑승구에서 탑승을 기다리는데 정승권 씨가 와서는 한국산악회 사무국에서 나를 찾는다는 것이 아닌가. 다시 사정을 설명한 후 면세 구역과 보세 구역과 세관을 나와 밖으로 나오니 본회 전병구 회장님께서 격려금을 보냈다고 사무국장이 금일봉을 전하고 간다. 이렇게 미안하고 고마울 데가…

매번 원정 등반을 갈 때마다 이번이 마지막 등반이라고 생각하고는 했다. 이번 남극 등반도 7대륙 최고봉 마지막 등반 대상지인 만큼 각별한 상념에 잠겼다. 미국 로스앤젤레스까지는 약 11시간 정도가 걸린다는 기장의 안내 방송이 나왔다.

남극 대륙의 최고봉인 빈슨 매시프(Vinson Massif / 4,897m)는 1966년 12월 18일 니콜라스 클린치가 이끄는 미국 탐험대에 의해 첫 등정 된 이후로 세계 7대륙 최고봉 등정을 갈망하는 여행자들에 의해 꾸준히 탐험되고 있다. 칠레의 푼타아레나스에서 항공편을 이용하여 등반 기점인 빈슨 매시프 캠프로 이동하고 등반은 팀원들의 역량과 기상 상황에 따라 다르지만 대략 5~9일 정도가 소요된다.

11월 30일

8시 30분, KE017편으로 로스앤젤레스 도착. 짐을 찾아서 산티아고로 부치고 티켓을 받아서 칠레 항공 106번 게이트에 도착하니 11시 10분이다. 한국 시각은 12월 1일 새벽 4시쯤일 것이다. 고국의 가족들 얼굴이 떠오른다. 12시 10분발 칠레 항공편으로 산티아고까지 갔다. 어제도 밤새 비행기를 타고 오전에 도착했는데 잠시 눈을 부치고 보니 또다시 밤이었다. 아마도 12월 1일 밤 12시가 넘은 것 같았다.

비행기는 페루의 리마 공항에서 연료를 보충하며 1시간 30분가량 머물렀다가 다시 칠레의 산티아고로 이동한다. 장거리 비행이라 그런지 배가 고팠다. 대한항공에서는 간혹 기내식을 하나 더 달라고 하면 기꺼이 가져다주는 데 반해서 칠레 항공은 기내식의 양도 적은데다가 한 개만 더 달라고 해도 씨도 안 먹혔다.

그런 와중에 스페인 아줌마들이 떠들며 노는 모습이 재미있었다. 무슨 이야기를 하는지 그들의 대화 내용을 알아들을 수는 없지만 쉬지 않고 승무원들과 다정하고 자연스럽게 이야기하며 떠들고 즐기는 모습이 재미있었다. 이제 서너 시간 후면 산티아고에 도착한다고 하는데 웬일인지 마지막 기내식을 먹을 때에는 오므라이스를 두 개를 주어서 간신히 허기를 면할 수 있었다.

빈슨 매시프(Vinson Massif / 4,897m)
2010. 11. 30. ~ 2010. 12. 23.

281

12월 1일 6시 30분(현지 시각) LA601편은 산티아고에 도착했다. 날짜 변경선을 지나오는 바람에 나는 이틀 동안이나 먹고 자며 왔는데도 불구하고 이곳에 오니 하루밖에 지나지 않은 셈이 됐다. 나도 하루만큼 젊어졌으려나.

12월 1일

산티아고 공항에서 짐을 찾아 다시 칠레 남단의 푼타아레나스(Punta Arenas)행 국내선을 갈아타야만 한다. 이곳 날씨는 겨울을 지나 여름으로 접어드는 봄철이라 하늘은 맑았다. 저 멀리 높은 산에는 허연 잔설이 보였다.

산티아고에서 LA285편을 타고 10시 30분에 출발, 중간 기착지에서 적지 않은 사람들이 내리고 탔다. 나는 이곳이 푼타아레나스인 줄 알고 내리려고 했더니 아니란다. 이곳은 쿠에뜨문이라는 곳이다.

15시 30분 드디어 푼타아레나스에 도착했다. 푼타아레나스는 칠레 '마가야네스이라안타르크티카칠레나'라는 다소 긴 이름을 가진 주(州)의 주도이다. 산티아고 남쪽 약 2,200㎞ 지점, 브런즈윅 반도 동쪽의 마젤란해협에 면하며, 푸에고섬의 '우수아이아'를 제외하면 세계에서 가장 남쪽에 위치한 도시다. 전략적 요충지이기도 한 푼타아레나스에는 칠레 육·해·공군의 기지가 있는데 우리가 이곳까지 가는 이유는 바로 이곳의 칠레 공군 기지에서 비행기를 타고 남극으로 가야 하기 때문이다.

나의 꿈은 아직 끝나지 않았다

공항에서 택시 2대에 나누어 타고 호텔에 도착했다. 15달러짜리 호텔에 짐을 풀고 허기진 배도 채울 겸 중국 사람이 하는 고기 뷔페에 갔다. 공항에서 정승권 씨의 컴퓨터 가방을 내가 주워 가지고 왔더니 정승권 씨가 저녁을 산다고 했다. 1인당 15달러짜리 뷔페 식당은 먹을 만했다. 양고기를 실컷 먹고 방으로 돌아오니 23시다. 샤워를 하고 자리에 누웠으나 잠은 오지 않고 정신만 말똥말똥했다.

12월 2일

8시, 토스트에 약간의 과일로 아침 식사를 마치고 중앙 공원 인근의 ANI 사무실로 향한다.

10시 정각에 ANI 가이드로부터 남극에 대한 일반적인 사항과 남극 등반 시의 주의 사항에 대해 상세한 브리핑을 들었다. 시내의 등산 장비점으로 가서 소변통으로 사용할 수통(날진사 제품)을 하나 더 사고 한국인 경영하는 '신라면'이라는 곳에서 점심을 먹고 호텔로 돌아왔다.

16시에 ANI에서 화물로 부칠 짐을 가지러 온다고 해서 짐을 싸 놓았다. 22kg이 나가는 카고 백을 보내니 18시 30분에 ANI에서는 새벽 2시에 우리를 픽업하러 온다고 했다. 신기하리만큼 빠른 진행에 적잖이 놀랐고 또 기뻤다. 보통 이곳에 도착해서도 5일에서 일주일 정도는 기다려야 목적지인 '패트리어트 힐(Patriot Hill)'로 떠날 수 있다고 들었기 때문이다.

신라면 식당의 사장님이 메로라고 하는 심해 물고기 생선을 회로 떠

빈슨 매시프(Vinson Massif / 4,897m)
2010. 11. 30. ~ 2010. 12. 23.

283

준다고 해서 시식을 해보았다. 나는 회를 즐기는 편이라 그동안 여러 종류의 회를 먹어보았지만 메로 회의 맛은 정말 감칠맛이 났다. 메로에는 오메가 성분이 많이 함유되어 있어 고급 어종에 속한다고 한다. 버터처럼 살살 녹는 메로 회에 포도주를 곁들여 마시니 우리가 원정 등반을 온 것인지 럭셔리한 여행을 온 것인지 분간이 잘되지 않을 정도였다.

호텔로 돌아오니 11시 20분, 잠시 후면 우리를 픽업하러 오는데 이곳의 항공편 역시 기후의 영향을 많이 받는지라 날씨가 좋아야 비행기가 뜰 수 있다고 한다. 그래서 원정대들이 공항까지 갔다가도 다시 돌아오는 사례가 비일비재하다는 것이다. 나는 바람이 잔잔해지기를 간절히 빌면서 잠시 눈을 붙였다.

12월 3일

새벽 2시에 전화가 와서 패트리어트 힐로 출발할 수 있으니 호텔 앞으로 나오라고 한다. 2인 1실에 90달러인 호텔비를 정산하고 나오니 버스가 우리 앞에 섰다. 벌써 많은 사람들이 버스에 타고 있었는데 정작 푼타아레나스 공항에 도착하니 아무도 없이 우리 일행만 남게 되었다.

한참을 기다린 후에 원정대는 4시 30분에 1980년대 구소련이 개발한 수송기인 일류신(Ilyushin)기에 탑승했다. 5시에 이륙하여 목적지인 남극 패트리어트 힐에는 9시 30분에 도착했다.

비행기는 아스팔트 활주로가 아닌 얼음판 위에 우리를 내려놓았다. 약간의 미풍이 불었다. 이곳이 정녕 남극이란 말인가? 얼음 평야 지대

나의 꿈은 아직 끝나지 않았다

위에는 작은 컨테이너가 있었다. 그곳에서 차 한 잔을 하고 있자니 이번에는 설상차를 타라고 한다. 약 30여 분가량 평야 지대 같은 얼음 위 눈밭을 달리니 그곳에는 또 다른 비행기가 2대가 있고 텐트가 수십여 개 쳐져 있었다. 이곳이 정말로 패트리어트 힐인 셈이었다.

10시 30분에 텐트 배정과 함께 브리핑을 받은 다음 점심을 먹고 휴식을 취했다. 아침 식사 시각은 오전 8시, 점심 식사 시각은 오후 1시, 저녁 식사 시각은 오후 8시라고 한다. 식당은 항시 티타임 장소로 제공된다. 화장실에서는 소변과 대변을 따로 분리해서 보아야 했다. 다소 고난도의 기술(?)이 필요한 셈이다. 텐트는 2인 1실로 바닥은 합판으로 되어 있었고 아쉬운 대로 둘이서 충분히 지낼 만한 공간이었다. 침대는 아니지만 두꺼운 매트리스를 깔아서 침대 같은 기분이 들었다.

현장에 가 보니 ANI에서 지시한 대로 따라 하는 팀은 몇 명 안 됐다. 다른 사람들은 점심을 먹고 텐트를 치느라 야단이었다. 모두 같이 사용하게 될 식당 텐트는 단순한 텐트가 아니라 최고 수준의 레스토랑을 방불케 했다. 지구의 최남단 남극에서도 이렇게 상업 등반이 이루어질 줄은 정말 꿈에도 몰랐다. 그저 텐트만 빌려 주는 줄 알았지 이렇게 호화로운 식당 텐트가 있을 줄이야… 제공하고 있는 메뉴도 양식에서부터 밥 종류는 물론 고기 뷔페까지 잘 나왔다. 텐트 안의 비품은 수건과 비누 쓰레기통 그리고 테이블까지 있었다.

내일은 베이스캠프로 올라간다. 점심을 먹고 보니 식당 뒤편에 크고 검은 바위가 보여서 설상차 흔적을 따라 길을 나서 보았다. 그런데 놀라운 일이 일어났다. 곧 나타날 것 같던 그 바위는 1시간 이상을 걸었는데도 저 멀리에 있었다. 주변에 비교할 만한 피사체가 없다 보니 원

빈슨 매시프(Vinson Massif / 4,897m)
2010. 11. 30. ~ 2010. 12. 23.

285

근감을 느끼기 힘든 것이 아닌가 하는 생각이 들었다. 19시에는 저녁
을 먹었다.

12월 4일

침낭 속에서 눈을 떠보니 아직 밤 12시. 한밤중인데도 텐트 안은 대
낮과 같았다. 백야 현상 때문에 한밤중도 환하게 밝았다. 흔히 백야 현
상(white night)은 북쪽의 고위도 지역에서만 나타나는 것으로 알고 있지
만, 남극에서도 나타나는 현상이다. 북극에서는 하지 무렵, 남극에서
는 동지 무렵에 백야 현상이 나타난다.

날씨도 포근했다. 보온 장갑을 끼지 않고 밖에 서 있어도 좋을 정도로
포근했다. 남극은 무조건 혹한의 기온인 줄 알았는데 모든 곳이 그렇지
는 않은 모양이다. 바람도 잠들어 편하고 깊은 잠을 이룰 수 있었다.

8시에 아침 식사를 하고 오늘의 일정에 대해서 들었다. 점심 식사는
흰죽과 빵, 야채가 전부였다. BC까지는 세스나기로 이동한다고 하여
배낭을 싸고 대기 상태로 있자니 15시 30분에 경비행기를 탈 수 있었
다. 우리가 오늘의 두 번째 BC 입성이라고 한다.

우리를 태운 경비행기는 10여 명을 아무것도 없는 흰 설원 위에 내려
놓고 그냥 가버린다. 우리는 아무런 준비도 없이 2시간 이상을 밖에 그
대로 노출되어 있었다. 바람이 없었으니 망정이지 날씨라도 급변했으
면 어쩌려고 그러는지 모르겠다.

18시, 이번에는 작은 경비행기가 오더니 다시 우리를 태우고 30여 분

나의 꿈은 아직 끝나지 않았다

비행한 끝에 우리를 베이스캠프에 내려 주었다. 고도계는 해발 2,490m를 가리켰다. 텐트를 배정 받고 짐을 넣어두고 식당 텐트가 있는 곳으로 가보니 10여 명이 앉을 수 있는 테이블이 있는 공간이 있었다.

20시, 저녁 식사로 생선찜과 삶은 감자를 으깨어 놓은 것을 먹고 나니 23시가 넘었다. 밖은 아직도 대낮같이 훤했다.

12월 5일

9시, 텐트 안은 손도 시리지 않았고 밖에는 바람도 불지 않았다. 아침 식사를 하고 난 후 화장실을 만들기로 하고 가이드 밥과 함께 눈톱으로 눈 벽돌을 만들어서 화장실 담을 쌓았다. 밥은 30대의 프랑스인으로 키가 컸다. 밥은 우리가 내일부터 등반을 한다고 했다. 그리고 우선 로우캠프와 하이캠프 그리고 정상을 다녀올 때 먹을 식량을 지급한다고 했다.

배급을 해 주는 식량에는 핫팩과 초콜릿, 비스킷, 라면과 같은 인스턴트 누들, 스프, C 레이션, 그리고 고기 종류와 물만 부으면 먹을 수 있는 여러 가지의 식품들이 들어 있었다. 각자 5일치의 식량을 챙겨서 배낭에 넣고 장비를 점검한 후 나는 다른 가이드 롭과 둘이서 운동 삼아 우측에 보이는 봉우리를 약 500여 미터 등반하고 돌아왔다. 운행 중에는 고글에 김이 서리고 이내 얼어 버려서 앞을 분간할 수 없었다. 더군다나 가스까지 끼어서 내려오는 길이 생각보다 힘들었다. 19시 20분, 저녁에는 닭고기 요리와 국수를 맛있게 먹었다. 운동을 하고 난지라 음식이 더 맛있다.

빈슨 매시프(Vinson Massif / 4,897m)
2010. 11. 30. ~ 2010. 12. 23.

287

12월 6일

5시에 눈을 뜨니 역시 대낮과도 같은 밤이다. 8시에 일어나 변기통에 소변을 버리고, 아침식사를 한 후 썰매 끄는 연습, 주마링 연습을 했고 13시에 점심을 먹었다.

36세인 롭은 프랑스 국적으로 스위스 몽블랑에서 가이드 생활을 하다가 남극의 등반 시즌이 되면 이곳으로 온다고 했다. 롭과 점심을 먹고 화장실을 하나 더 만들었다. 롭은 보기보다는 꼼꼼한 성격 같았다. 간단한 눈 벽돌을 만들 때도 몇 ㎝인지 일일이 재어서 빈틈없이 반듯하게 쌓아야 한다고 했다. 롭은 올여름에 결혼을 한다고 했다. 바람 한 점 없이 햇볕이 쨍쨍한 날인데도 온도계는 영하 15도를 가리켰다.

저녁을 먹고 티타임을 갖고 나니 22시 20분. 내일은 아침 식사 후에 로우캠프로 올라간다고 했다. 로우캠프는 사실 오늘 가려고 했으나 기온이 낮아 너무 춥고 또 로우 캠프에 가스가 가득차서 하루가 연기된 것이다.

12월 7일

아침에 텐트 안이 너무 추워서 일어났다.

8시 30분에 침낭을 나와 식당으로 향했다.

11시에 이동을 위해 카고 백을 썰매에 매달았다.

12시 정각에 BC를 출발, 로우캠프에 도착하니 19시였다. 롭과 안자일렌을 하고 썰매를 끌고 오느라 힘이 들었다. 키가 큰 롭이 한 발을

나의 꿈은 아직 끝나지 않았다

내디디면 나는 네 발을 디뎌야 간신히 따라갈 수 있었다. 허기진 배를 누룽지로 때웠다. 내일은 하이캠프로 올라간다고 했다.

12월 8일

로우캠프의 아침은 BC보다는 훨씬 추웠다. 변기 봉투를 가지고 화장실 쪽으로 갔다. 눈 위에서 볼일을 보려니 엉덩이가 엄청나게 시려왔다. 10시에 아침 식사를 하고 12시 50분에 로우캠프를 출발했다. 한 시간가량은 약간의 경사가 있는 오르막길이었다. 우리가 넘어야 할 설벽은 높이 치솟아 높이를 가늠하기 힘들 정도였다. 다행히 픽스 로프가 걸려 있었다. 주마를 걸고 사력을 다해 4시간가량을 오르니 사선의 설릉(설릉은 눈으로 이루어진 능선, Snow Ridge를 말한다. 독어로 슈네 그라트 Schnee Grat)이었다. 다시 한 시간가량을 트래버스 해서 올라서니 바로 코앞이 하이캠프였다.

하이캠프에는 벌써 대여섯 동의 텐트가 쳐져 있었다. 저 멀리 보이는 곳이 바다인지 구름인지 아니면 동토인지 제대로 구분이 가지 않았다. 그러나 수천 킬로미터나 떨어져 있는 물 위에 떠 있는 바위도 시야에 들어올 정도로 사방은 한 점의 티끌도 없이 맑아 보였다. 매킨리 정상에서도 이렇게까지 멀리 보이지는 않았는데 하늘과 바다가 서로 맞닿아 있는 듯한 모습이 정말 장관이었다. 남극은 이 세상의 공해로부터 자신을 지키며 조금도 오염되지 않은 순수의 세상이라 할 만했다. 나는 연신 카메라 셔터를 눌러 사방의 경치를 담았지만 아무리 그래도

빈슨 매시프(Vinson Massif / 4,897m)
2010. 11. 30. ~ 2010. 12. 23.

289

시야에 들어오는 이 장려한 광경을 재현하기는 결코 쉽지 않을 것이라는 생각이 들었다.

잠시라도 긴장된 마음에서 벗어나 남극의 자연을 만끽하며 서 있자니 이 순간만은 내 생애에 있어서 가장 행복한 순간 중의 하나라는 생각이 든다. 아마도 첫날밤을 보내는 순간보다도 조금 더 행복한 순간이다. 감동의 순간을 내가 아는 모든 이에게 나누어 주고 싶다는 생각이 들었다.

12월 9일

롭이 어제 저녁 식사 시간에 오늘 아침 기상 시각은 8시라더니 7시쯤에 우리를 깨우러 왔다. 간단히 스낵으로 아침 식사를 하고 수통에 물을 채운 후 8시 30분에 출발, 롭이 앞장을 서고 내가 두 번째 그리고 손영조 씨가 세 번째로 뒤따르기로 한다. 안자일렌을 하고 약간의 대각선의 설릉을 우측으로 접어들면서 올려쳤다.

만년설은 위에 내린 신설이 얼어서 내가 밟는 발자국 소리가 "사그락 사그락" 들렸고 피켈 소리가 "샤삭 삐이익" 하고 났다. 그런가 하면 히든 크레바스가 얼어 있어 그대로 발로 딛고 지나갈 때는 "사그락 삭삭, 사그락 사아삭 꿍꿍꽝" 하고 났다.

한 시간 이상을 등 뒤의 약한 바람을 감지하면서 올라오니 원피스로 되어 있는 재킷이 거추장스럽게 느껴졌다. 상의의 지퍼를 내려 양 소매를 벗고 바지는 양옆의 지퍼를 무릎까지 내렸다. 그러나 콧구멍은

나의 꿈은 아직 끝나지 않았다

얼어붙었는지 감각이 없었다. 목구멍은 거친 숨을 몰아내느라 이미 말라붙어 있었다. 더 이상 호흡하기가 곤란해졌을 때 물 한 모금과 홍삼차를 마시고 나니 조금 나은 듯했다. 고개를 숙이고 걸어가자니 앞을 분간하기가 어려웠고 주위를 쳐다볼 여유가 없었다. 설면의 발자국을 찾아내는 것도 쉽지 않았다. 그나마 내가 만들어내는 발자국 소리와 피켈 소리에 적응하면서 숨 고르기에 익숙해지고 있는 것이 다행이라면 다행이었다.

피켈 소리가 익숙할 즈음 머릿속도 평온해진다. 출발한 지 서너 시간은 지난 듯 급경사 구간에 서너 번 피켈을 찍고 고개를 처박기를 수십여 번 하고 나니 바위 지대가 나타난다. 이제 얼마 안 가면 정상인 듯 싶었다. 칼날 같은 나이프 리지(knife edge ridge / 칼날 능선)를 지나니 드디어 정상 능선에 서 있다는 사실을 알 수 있었다. 배낭을 데포 시키고 출발하다가 하산하고 있는 오스트리아 팀과 마주쳤다. 오스트리아 팀의 대원 중에는 시각 장애인도 한 명 있다고 한다. 정상적인 사람들도 쉽지 않은 등반인데 장애우가 이런 도전과 모험을 감행한다는 것은 보통의 정신력 갖고는 어려운 일이라는 생각이 든다.

내가 소속되어 있는 사단 법인 한국산악회는 올해 창립 70주년을 맞는데 기념사업의 하나로 시각 장애인이자 국가 유공자인 송경태와 함께하는 에베레스트 원정대를 발족한다. 내가 알기로는 세계 최초로 시각 장애인과 함께하는 에베레스트 등반이다. 순수 알피니즘을 구현하자는 취지의 이 등반도 성공적으로 이루어지기를 빌어 본다.

나는 배낭 헤드에 들어있던 태극기와 연맹기를 꺼내서 품에 넣었다. 칼날 같은 능선은 양쪽 모두 수백 미터의 직설벽이자 낭떠러지였다.

빈슨 매시프(Vinson Massif / 4,897m)
2010. 11. 30. ~ 2010. 12. 23.

291

강풍이라도 불고 시야가 흐려진다면 위험한 지역이 아닐 수 없다.

2010년 12월 9일 15시 45분(현지 시각) 그토록 고대하던 세븐 서미츠의 순간이 왔다. 나는 이 순간을 잊고 싶지 않았다. 미풍에 지나지 않았지만 내 얼굴은 얼음 성에 뒤덮여 마치 아이스크림을 발라놓은 듯했고 코끝에서 나오는 허연 수증기만이 내가 살아있다는 것을 역설하는 듯했다. 올라온 길을 바라보니 멀리서 가스가 밀려오고 있었다. 긴박감 속에 납작한 돌이 있는 정상에서 촬영을 서둘렀다. 태극기와 연맹기를 양손에 들고 치켜 올릴 때에는 아내와 고마운 사람들의 얼굴이 떠올라 목이 메어 왔다.

영원히 기억하고 싶은 이 순간을 위해 정상에서 조금 더 머무르고 싶었지만 일기가 급변하기 전에 하산을 서둘러야만 했다. 차가운 바람을 뒤로 하고 하산 길에 오른다. 설릉과 암릉 그리고 믹스 구간을 지났다.

19시 10분, 하이캠프에 도착해서 지친 몸을 눕히고 나니 비로소 빈슨 매시프를 등정했다는 실감이 난다. 등정에 소요된 시간은 10시간 남짓이었지만 나에게 정상 등정의 순간은 오랜 기간 동안 기다려왔던 감격적인 순간이었던 것이다. 롭이 밥을 먹자고 한다. 나는 수통에 누룽지와 물을 같이 넣어 마셨다. 절인 냉동 연어도 먹었다. 귀한 연어를 만년설 위에서 먹어 볼 수 있다는 것이 정말 행복했다. 바짝 마른 목에서도 연어는 잘 받아들였다. 연어가 입 안에서 살살 녹아내렸다. 이 밤도 침낭 속으로 들면서 행복은 도전의 기쁨 속에 있다.

나의 꿈은 아직 끝나지 않았다

12월 10일

하이캠프는 포근했다. 하지만 영 잠은 오지 않았다. 밤새 여러 번 잠에서 깼다. 새벽녘에는 날씨가 더 추워져서 침낭 안에서 꼼짝도 않고 9시까지 머물렀다.

흐르는 콧물을 훔치면서 다시 하산 준비를 한다. 수십 피치에 이르는 주마링 구간을 통과하고 로우캠프에 도착하니 13시 10분, 카고 백을 대충 정리하고 서둘러 썰매를 끌고 BC에 도착하니 17시이다.

BC에 도착하니 조용하다 못해 썰렁한 느낌이었다. BC에는 오스트리아 팀과 우리 팀밖에 없었다. 식당 텐트에서 약간의 술과 음료에 생선찜과 밥을 곁들여 나의 세븐 서미츠를 축하하는 와인 건배를 했다. 밤 같지 않은 밤에 축배를 들자니 조금 생소하기도 했지만, 기분만은 그럴듯했다.

밤 12시 30분이었지만, 텐트 안과 밖은 정오를 방불케 할 정도로 훤했다. 정확한 시간은 반드시 시계를 보아야 알 수 있었다. 한밤중이라 피곤할 것 같지만 전혀 그렇게 느껴지지 않는 이유는 사방으로 너무도 아름다운 풍광이 펼쳐지기 때문일 것이다. 마음속으로만 간직하기에는 또 내 가슴 속에만 간직하기에는 정말 아까운 광경이었다.

남극의 경치를 바라보면서 어쩌면 화가들이 하얀 도화지를 사랑하는 이유를 조금은 알 것도 같았다. 이 세상의 모든 것은 하얀 바탕에서 시작되었고 또 하얀 바탕이어야 새로운 모든 것을 창조할 수 있기 때문이 아닐까? 내 마음도 하얀 바탕 위에서 살아갈 것을 다짐해 본다. 포근한 남극의 밤에서 침낭 신세를 진다.

빈슨 매시프(Vinson Massif / 4,897m)
2010. 11. 30. ~ 2010. 12. 23.

293

12월 12일

밤에 한두 번을 깨어났다가 8시에 식당으로 가서 아침으로 죽과 빵을 먹고 차를 한 잔 마셨다. 10시에 롭이 스키를 타러 가자고 한다. 나는 선뜻 응하고 노르딕 스키를 신고 운석을 주우러 갈 겸 따라 나섰다. 하얀 설원을 쉴 새 없이 달려가 보지만 역시 저 멀리 있던 산들과 피사체들은 그만큼 더 뒤로 물러나고 있었다. 점심시간에 맞춰 다시 캠프로 돌아왔다. 16시에 산악 영화를 관람했다. 저녁 식사로 쇠고기 스테이크가 나왔는데 나는 무려 7조각이나 먹고 파인애플도 한 개를 다 먹었다. 내가 대식을 하는 것을 보고 후배들이 모두 놀란 눈치였다. 나는 평소에 많은 양의 식사를 하지는 않지만 원정 기간이나 원정이 끝날 때즈음에는 체력을 비축하기 위해서 억지로라도 음식을 많이 먹는다.

12월 13일

간밤엔 식당 텐트에서 축하 파티가 열렸는지 새벽 3시가 넘도록 떠들고 야단이었다. 겨우 5시가 되어서 잠이 들려는데 바람이 일기 시작하더니 갑자기 텐트가 요동쳤다. 아마도 블리자드가 불어오는 것이 아닌가 싶었다. 블리자드(blizzard)는 남극 지방에서 일어나는 거세고 찬바람을 동반한 눈보라 현상을 말한다. 남극의 기온 변화는 급격해서 몇 시간 사이에 영하 10도에서 20도로 급강하하는데, 동시에 초속 40~80m의 강풍이 불며 눈보라가 몰아친다. 블리자드 현상이 일어나면 일단 전방의 시야가 2~3m로 줄어들고 걷기조차 힘들어진다. 바람이 정말

나의 꿈은 아직 끝나지 않았다

강하게 불 때는 얼음 조각도 함께 날려 살을 베이는 경우도 있다.

8시에 죽과 계란찜, 토스트로 아침 식사를 하고 차를 한 잔 마셨다. 오전에는 텐트에서 짐 정리를 했다. 점심 식사 메뉴로는 양고기 찜에 감자가 나왔다. 평범한 메뉴인데도 어찌나 맛이 있던지 혼자 먹기가 아쉬울 정도였다. 이렇게 맛있는 요리를 가족과 같이 즐겨야 하는데… 갑자기 가족 생각이 났다. 메인 메뉴 이외에도 연어알과 오이 당근으로 무친 요리도 맛있었다. 적지 않은 원정 비용을 지불해서인지 원정 등반을 주관하는 ANI사의 스텝들이 세심하고도 감동적인 배려를 해 주었다.

오후에는 강한 블리자드 때문에 스키를 타러 가지 않았다. 텐트에서 쉬는데 손영조 씨가 오더니 17시까지 배낭을 싸라고 한다. 오늘밤에 푼타아레나스로 돌아간다는 것이다. 빈슨 매시프 정상 등정 이후 이곳 패트리어트 힐에 온 지 벌써 며칠이 지났다. 하루라도 빨리 푼타아레나스로 돌아가 아름답다는 파타고니아를 구경하고 싶었다.

짐을 챙겨서 화물로 부친 후 21시에 설상차를 타고 우리를 실어 나를 일류신 비행기가 있는 곳까지 이동했다. 블리자드가 일으키는 강풍에 몸을 가누기가 힘들 정도였지만 설상차는 잘도 달렸다. 10명을 태운 설상차는 대기실에 우리를 내려놓고 또 다른 탑승객을 태우기 위해 이동한다. 일류신 기는 눈바람 속에서도 벌써 여러 명의 등반 대원들을 내려놓고 하역 작업을 하고 있었다.

22시, 거대한 일류신 기는 우리를 모두 싣고 23시 5분에 남극의 빙하 위를 굉음을 내면서 이륙했다. 그리고 4시간 이상을 날아 우리를 칠레의 푼타아레나스까지 안전하게 데려다 주었다.

빈슨 매시프(Vinson Massif / 4,897m)
2010. 11. 30. ~ 2010. 12. 23.

295

12월 14일

3시 10분에 푼타아레나스에 도착해 호텔로 이동을 마치니 5시 30분이었다. 간단히 씻고 잠시 눈을 붙이고 일어났다. 오후에는 잠깐 시내 구경을 하고 돌아왔다.

12월 15일

오전에는 호텔 차피탈에서 휴식을 하고 오후에는 쇼핑을 한다고 해서 여기저기 구경하러 다녔다. 물가는 한국과 비슷했다. 여행사에서 내일 9시에 푼타아레나스를 출발하여 카탈레스를 거쳐 파타고니아를 다녀오는 왕복 티켓을 12,000페소를 주고 끊었다.

오늘 저녁은 내가 사기로 했다. 메뉴는 쇠고기 스테이크를 선택했다. 박영석 대장 팀이 남극 횡단을 위해 이곳에 왔다고 해서 응원 차 숙소로 찾아갔다. 원정대는 내일 남극으로 일류신 기를 타고 간다고 한다. 타국에서 만난 우리는 늦게까지 이야기꽃을 피웠다. 박 대장은 작년 에베레스트 남서벽 등반 때 만났었고, 함께 온 SBS의 국장도 작년에 로부체에서 만났었는데 멀리 떨어진 이곳에서 다시 또 만나게 되니 더더욱 반가웠다. 우리는 박영석 대장 팀의 무사장도를 기원했고 한편으로는 우리의 빈슨 매시프 등정과 나의 세븐 서미트도 축하받았다.

나의 꿈은 아직 끝나지 않았다

12월 16일

8시 30분에 차피탈 호텔에서 아침 식사를 마치고 버스 정류장에서 푸에르토 나탈레스(Puerto Natales)로 가는 버스를 탔다. 버스는 황량하고도 끝없는 목장 옆 광야를 홀로 달리고 또 달렸다. 창밖으로는 소 떼와 양 떼가 지나가고 말 목장을 지나는가 하면 광대한 초원을 지나갔다. 그리고 나서 14시 30분, 나탈레스에 도착했다.

점심은 정승권 씨가 구운 생선 요리 정식으로 사 주어서 맛있게 먹었다. 하루를 묵고 갈 호텔(Marting Gusinete Hotel) 옆으로는 그야말로 드넓은 호수가 있었다. 저녁 식사로 양고기 아사도라는 것을 먹었는데 그 맛이 일품이었다. '아사도(asado)'는 원래 고기에 소금을 뿌려 숯불에 구운 아르헨티나의 전통 요리다. 원래 아르헨티나의 원주민인 가우초(gaucho)들이 먹던 음식이 전통 음식이 되었다고 한다. 숯불이나 그릴의 한 가지인 파릴라(Parilla)에 쇠고기 중에서도 특히 갈비뼈 부위를 통째로 굽는다. 다른 특별한 양념은 하지 않고 굵은 소금만 뿌려서 간을 맞추는데 그 맛이 기가 막히다. 남미의 쇠고기 품질이 그만큼 좋은 덕도 있을 것이다.

12월 17일

6시에 기상, 칠레노 산장에는 11시 40분에 도착했다. 13시에 칠레노를 출발하여 피츠로이 아래쪽의 '또레(Torres) 야영장'에는 14시 30분에 도착했다. 버너에 불을 붙여 닭죽으로 밥을 해 먹고 각자 비박 준비를 했다. 멀리 흐르는 계곡의 물소리, 바람 소리 그리고 말없는 숲의 울림

빈슨 매시프(Vinson Massif / 4,897m)
2010. 11. 30. ~ 2010. 12. 23.

297

과 별이 반짝이는 밤하늘은 정말 누구라도 시인이 될 것만 같은 풍광이었다. 겨울철 북한산 인수봉 아래 인수 야영장에서의 비박 생각이 났다. 무성한 이끼 위에 나뭇가지를 걸쳐 놓고 다시 그 위에 침낭 커버에 다운 원피스, 겨울옷들을 올려놓으니 영락없는 침대 같았다. 인수봉만한 크기의 암봉 세 개가 나란히 서 있어 마치 삼형제봉처럼 보이는 피츠로이는 멀리서 희미하게 모습을 보이고 나뭇가지 사이로는 강풍 속에 내리는 흰 눈이 바라다 보였다.

12월 18일

파이넬 또레 산장에서 8시에 일어나 박종관 씨와 알파미에 물을 부어 먹고, 9시 20분에 출발, 11시 45분에는 자포니스(Japones) 산장에 도착하여 잠시 휴식을 취했다. 이곳은 이름만 산장이지 제대로 된 천막하나 없이 움막 같은 것을 하나 지어 놓았을 뿐이다. 등반을 하다가 잠시 쉬었다 가라는 의미로 지어진 것도 같았다. 이곳에서 머물다 간 클라이머들의 흔적이 남아 있었다. 서면 벽을 오르는 너덜 지대는 바람이 너무 심하게 불어 서 있을 수조차 없을 지경이었다. 거기에다가 싸락눈까지 몰아치니 눈을 제대로 뜨기 힘들 정도였다. 기념사진만 찍고 주변을 둘러보았다. 전 세계의 암벽 등반가들이 이곳을 등반 대상지로 많이 찾고 있었다.

파이넬 서면 벽 전진 캠프 사이트 바위틈에는 어느 누가 등반하다가 잠시 하산한 흔적이 있다. 자일과 각종 캠 그리고 약간의 암벽 장비가

나의 꿈은 아직 끝나지 않았다

바위틈 밑에 있다. 12시에 출발, 15시 30분에 자포니스 산장에 다시 도착했다. 장중한 암봉을 뒤로 하고 또레 산장을 거쳐 '라스 또레스(Las Torres)' 산장에 도착하니 19시 정각이었다. 하루의 사투는 이렇게 마무리되고 저녁을 거나하게 먹고 자리에 누우니 신선이 따로 없었다. 이렇게 맑은 공기를 평생 마시면서 살고 싶었다. 밤새 바람이 나뭇가지를 흔들고 비바람이 불어 앞산은 보이지 않았다.

12월 19일

6시에 혼자 일어나 화장실과 산장 주변을 돌며 아침 공기를 마시니 야생 토끼가 아침 식사를 하러 나왔는지 산장 주변을 배회하고 있었다. 우리도 산장 앞 잔디밭에 나와서 시원한 공기를 마시면서 라면을 끓여 먹었다. 9시에 일행은 천천히 이동하여 10시 40분에 매표소에 도착했다. 카메라에 여우 새끼가 잡혔다. 여우는 관광객들한테 먹이를 얻어먹으려고 하는지 도망갈 생각을 하지 않았다.

알파미로 점심을 해 먹고 14시 20분에 나탈레스로 가는 버스를 탔다. 17시에 나탈레스에 도착, 푼타아레나스로 가는 2층 버스의 맨 앞좌석 전망 좋은 곳에 앉아 끝없이 펼쳐지는 평원을 원 없이 구경하며 카메라 셔터를 눌렀다. 끝없는 지평선을 향해 달리고 또 달려도 광활한 초원에는 양 떼와 소, 말들이 노닐 뿐 사람이라고는 찾아볼 수가 없었다. 푼타아레나스에 정확하게 20시에 도착했다. 숙소를 정하고 아사도 뷔페로 가서 그동안 부족했던 영양을 보충했다.

빈슨 매시프(Vinson Massif / 4,897m)
2010. 11. 30. ~ 2010. 12. 23.

299

12월 20일

7시에 일어나 샤워를 하고 모처럼 여유 있는 아침 식사를 한 후 시내 구경을 나갔다. 아침부터 비는 세찬 바람과 함께 흩날리고 있었다. 이곳저곳을 구경하고 점심은 다시 한국 식당 신라면에 들러 한식으로 먹었다. 저녁에는 이곳에서 수산업을 하며 성게를 일본으로 수출한다는 서인보라는 분을 만나 중국인이 경영하는 뷔페 식당으로 가서 양고기를 비롯한 각종 고기류를 마음껏 즐기며 푼타아레나스의 마지막 밤을 보냈다. 밤하늘에 보름달이 보였다. 한국에서도 저 보름달을 볼 수 있겠지. 아내도 저 보름달을 보고 있겠지… 한국 생각이 자꾸 나는 것을 보니 이제 돌아갈 때가 다 되어 가는 것 같다.

12월 21일

7시, 아침 식사 후에 짐을 챙겨 체크아웃을 하고 9시에 택시를 타고 공항으로 향했다. 10시에 짐을 부치고, 11시 30분에 21일간 이어진 긴 남극 등반을 마무리하며 국내선 비행기에 탑승했다.

16시 정각에 산티아고 공항에 도착했다. 공항 라운지 레스토랑에서 저녁 식사를 하고 드디어 22시에 산티아고를 출발, 어느새 비행기는 페루의 리마를 날고 있었다.

나의 꿈은 아직 끝나지 않았다

12월 22일

페루의 리마 상공에서 '인사이드 맨(Inside Man)'이라는 액션 영화를 봤다. 졸음이 밀려와 한숨 자고 일어나니 10시 55분에 기내식을 준다. 오므라이스를 먹고 나니 저녁 7시, 로스앤젤레스였다. 40여 시간 동안 비행기를 타니 정말로 지루했다. 어느덧 날짜 변경선을 지나 반은 온 듯했다.

12월 23일

비행기 창문 밖을 보니 오전에 출발했는데도 아직 낮이었다. 날짜 변경선을 역으로 날고 있어서인지 계속해서 낮에만 날고 있었다.

18시 20분, 드디어 인천 공항에 도착했다. 많은 동문들이 공항까지 나와 나의 7대륙 최고봉 등정을 축하해 주었다. 나는 꽃다발을 받고 잠시 동안 아무 생각도 할 수 없었다.

세븐 서미츠, 그것이 대단한 기록은 아닐지 모르지만 나 개인에게는 인생의 의미를 알게 해준 고귀한 체험이었으며 끊임없는 도전 정신의 발현이었다. 이제 30년여의 도전을 매듭지었으나 나의 도전은 앞으로도 멈추지 않고 계속될 것이다. 나의 작은 도전을 지켜봐 주고 응원해 준 사랑하는 아내와 가족, 한국산악회, 산악 동호인 모든 여러분께 진심으로 감사의 마음을 전한다.

빈슨 매시프(Vinson Massif / 4,897m)
2010. 11. 30. ~ 2010. 12. 23.

301

부록

산악인 이강목의
등반 열정

* 대만 옥산(3,952m)등정 (1993년 12월 31일~1994년 1월 3일)

* 설악산 산악마라톤오색.대청봉.희운각.비선대.설악파크호텔(1995년 5월, 3시간 12분 08초)

* 백두산 단독 등정(1995년 7월 21일 ~ 1995년 7월 29일)

* 말레이시아 코타키나발루(4,102m) 등정(1996년 9월 7일 ~ 1996년 9월 11일)

* 백두대간 구간 단독 종주(1998년 2월)

* 유럽 엘부르즈(5,642m) 등정 (2000년 7월 18일~2000년 7월 28일)

* 매킨리(6,194m) 단독 등정 (2001년 4월 5일)

* 뉴질랜드 밀포드 사운드 트레킹 (2001년 6월 28일~2001년 7월 30일)

* 아콩카과(6,959m) 단독 등정 (2003년 12월 19일~2004년 1월 12일)

* 킬리만자로(5,859m) 등정 (2005년 1월 15일~2005년 1월 28일)

* 미국 요세미티 암벽 등반 및 팜스케어 타키봉 등정 (2005년 5월 30일

~2005년 6월 16일)

✳ 호주 코지어스코봉(2,229m) 등정 (2006년 8월 16일~2006년 8월 27일)

✳ 에베레스트 실버 원정대 칼라파트라와 베이스캠프(5,300m) 아일랜드
피크 등반 (2006년 11월 13일~2006년 12월 5일)

✳ 티베트 치즈봉(6,206m) 등반 (2007년 8월 8일~2007년 8월 17일)

✳ 에베레스트(8,848m) 등정 (2009년 3월 23일~2009년 5월 29일)

✳ 빈슨 매시프(4,879m) 등정 (2010년 11월 30일~2010년 12월 23일)

✳ 인천 마라톤 풀코스 14회 연속 출전

원정 비용 마련이 제일 힘들어~
"아내와 세계 일주 하고싶다"

[인터뷰] 세븐 서미츠의 주인공
산악인 이강목 씨와의 인터뷰

1. 산을 오르는 목적이 무엇이라고 생각하는지요?

자연과 하나가 되고 싶습니다. 사람이 자연에서 태어나 한줌의 흙으로 돌아가듯 자연 속에서 인생을 즐기고 싶습니다. 지루한 인생도 자연 속에서는 행복해질 수 있습니다. 등반도 마찬가지죠. 힘들어도 쉬어가고 천천히 올라가다 보면 즐겁게 할 수 있고 산을 사랑할 수 있습니다. 힘든 등반도 인생의 어려운 일을 처리하듯 해 나가면 언젠가는 등반의 목적을 이룰 수 있다고 생각합니다. 마찬가지로 인생에서 새로운 일과 맞닥뜨리게 되면 우리가 적응하기 위해서 노력하듯 등반에 있어서도 새로운 목표가 나타나면 그 목표를 극복하기 위해서 애를 쓰면서 결국 원하는 바를 이루게 되는 것이지요.

제 고향인 충북 청주시 우암동에는 우암산이 있었고 어린 시절 그곳에서 자연과 벗 삼아 놀던 시절이 성장한 후에도 생각나 자연스럽게 등산을 시작했습니다. 결혼한 후에도 일상생활이 힘들면 도피처인 양 자연으로 돌아가서 등산을 하면 또다시 활력을 얻고는 했죠. 즐겁고 재미있어서 시작한 등산이 결국 오늘에 이르게 되었습니다. 산과 자연이 나를 거부하지 않는 한 즐겁게 산에 갈 것입니다.

2. 산에 오르면서 느낀 생각들이 있다면 무엇일까요?

가끔 사람들이 "그 높은 산의 정상에 가면 기분이 어떠냐"고 묻고는 해요. 그래서 한마디로 첫날밤보다 조금 더 행복하다고 해요. 그간 원정 등반을 떠나서 정상에 서면 다른 사람들은 감복해서 막 울기도 하고 나를 붙잡고 행복의 눈물도 흘리고 좋아서 난리입니다. 저는 등정을 시작한 이래 매킨리 원정 때 말고는 소름 끼칠 정도의 행복감을 느껴 보지는 못 했어요. "정상에 올랐으니 반환점을 돌았다. 이제 살아서 집으로 돌아가 일상생활을 해야겠다"는 생각입니다. 등반도 중요하지만 가장으로 살아가는 동안은 저의 역할에 충실해야겠죠.

3. 등산을 시작한 것은 언제부터이며 왜 오르기 시작했나요?

소년시절에 동네에 우암산이 있어 매일 놀러 갔어요. 산에 가면 큰개구리를 잡아 구워서 뒷다리를 먹기도 했죠. 워낙 배가 고프던 시절이었으니까요. 부모님을 따라 인천으로 이사를 와서도 뒷산에 가서 나무도 하고 놀러 다녔습니다. 중·고등학교 시절에는 형이 "너는 몸이 약하니까 태권도를 해라" 해서 운동을 하게 되었죠. 그러다가 1973년경 친구들과 다시 등산을 다니게 되었습니다. 본격적인 등산은 1984년경 다니던 회사(택시 회사)의 동료들과 산악회를 만들어서 다니기 시작했다고 보아야 할 겁니다.

그러다가 월간 산을 몇 년 동안이나 정기 구독하면서 정보를 얻게 되어 해외 등반도 시작하게 되었습니다. 누가 "왜 산에 가느냐?"고 묻는다면 저는 "그냥 자연이 나를 허락해 주니까 좋아서 오른다"고 답합니다. 산에 가면 나를 자연이 반겨 주는 것 같아서 좋아요. 그리고 혼자 등산을 하면 조용함 속에서 외로워 보이기도 하지만 자연 속에는 새소리, 뱀이 지나가는 소리, 개구리가 뛰는 소리, 벌레 소리, 바람 소리 등등이 모든 것들이 나를 반기고 같이 있다는 것을 알게 되는 순간 행복해집니다.

4. 산에서 얻은 어려움이나 보람된 에피소드가 있다면?

어려움이 적지 않았지만 그것은 일상생활 하는 데도 어려움이 있으면 해결해 나가는 방법을 찾듯이 산에서도 어려운 루트를 고집하는 것보다는 나의 그레이드에 맞추어 등반하고 적응해 나간다고 봅니다.

매킨리 등반 때 혼자 폭설 속에서 나오지도 못하고 3일인가 4일을 지내는데 텐트 위로 바위 떨어지는 소리가 들려서 텐트가 찢어지는 줄 알고 후딱 나가 보았었죠. 그런데 옆 텐트의 누구인지는 모르지만 내 텐트 자리가 크레바스인 줄 알고 똥 덩어리를 던진 거였어요. 얼어 있는 똥 덩어리라서 혼자 한동안 실소를 금치 못했던 일이 있습니다.

5. 주로 단독 등반을 많이 하셨는데 특별한 이유가 있나요?

일부러 단독 등반을 해야겠다고 시작한 적은 사실 없었습니다. 암벽 등반이나 일반 산행은 같이 갑니다. 그러나 해외 고산 원정 등반의 경우에는 상황이 달라지지요. 해외 고산 원정 등반은 비용이 많이 들어서 팀을 이루어서 가게 되는데 제 경우에는 나이가 많다거나 등반 실력이 안 된다거나 하는 이유 때문에 팀을 만나지 못해 부득이 혼자 떠난 경우가 많았습니다.

남미의 아콩카과 원정 때는 4명이 출발했는데 1명은 입산 신고를 한 후 몸이 아프다고 포기해서 베이스캠프까지는 3명이 가게 되었고, 정상에 가는 날 3명이 같은 시간에 출발하여 2명은 도중에 하산하고 결국 혼자서 정상에 오르게 되었던 것입니다. 반면에 킬리만자로 등반은 대한 산악 연맹 경기 연맹 팀과 같이 등정했습니다.

6. 원정 등반을 가기 위해서는 어떤 준비를 해야 하는지요?

원정을 가게 될 산이 정해지면 저의 경우 우선 원정 경비 마련이 큰일이었습니다. 상황에 따라서 집을 담보로 대출을 받기도 하고 어떤 경우에는 집을 팔기도 했으며 아내의 도움을 받거나 했죠.

체력 훈련도 중요한데 저는 기본적으로 마라톤을 계속했으며 타이어 끌기로 체력을 길렀습니다. 또 원정 대상이 되는 산의 특성에 따라 필요한 운동을 했습니다.

7. 원정 등반을 가기 위해 희생이 된 것이 있다면 무엇일까요?

첫째는 개인으로서는 막대하다고 할 만한 자금 문제, 둘째는 가장으로 식구들을 편히 살피지 못했다는 사실. 셋째는 자연에 너무 빠지다 보니 애경사와 집안일을 등한시한다는 사실이겠네요.

8. 원정 등반에서 얻은 것이 있다면 무엇인가요?

얻은 것이 있다면 "나도 해냈구나" 하는 성취감이죠. 일상생활에서는 손해를 볼지라도 자연과 산에 적응하기 위한 준비 단계, 실행 단계, 마무리 단계를 거치면서 숙제를 풀듯이 하면 "나도 할 수 있었구나"라고 생각합니다.

어린 시절 원래 12남매였던 저의 형제 중 3형제만 살아남으니까 저는 아예 출생 신고도 하지 않았답니다. 제가 젖을 많이 못 먹으니 오래 살기는 어렵다고 보았던 거죠. 어렸을 때는 약골이라는 소리도 들었지만 꾸준히 운동을 하고 산에 다닌 결과 강한 체력을 가졌다고 해도 결코 쉽지 않은 세븐 서미츠를 이루어냈다고 생각합니다. 저 나름대로 성공한 인생을 살고 건강해진 것은 산과 또 자연과 함께 한 결과였다고 생각합니다.

9. 세븐 서미츠를 하기까지 주변의 반대는 없었는지요?

아무래도 식구들의 반대가 가장 심했지요. 가장으로 식솔을 책임지고 편하게 생활하게 해야 되는데 집을 팔아서 원정을 간다, 융자를 내서 등반을 간다고 하니 가족들이 좋아할 리가 없었죠. 그러나 아내가 저의 모든 도전을 다 받아 주었습니다. 아내가 항상 "이번 원정이 마지막"이라고 내게 다짐하라고 하면서 허락해 주었습니다. 그래서 더욱 아내에게 미안하고 원정을 다녀와서는 가족들이 더 애틋해집니다. 저는 돈은 차츰 벌어서 갚으면 된다는 주의지요.

10. 주변에서 가장 많이 도움을 준 이가 있다면 누구일까요?

뭐니 뭐니 해도 식구들입니다. 또한 40년을 넘게 사귄 친구 권혁준입니다. 혁준이와 너무 가깝게 지내니까 양쪽 어머님이 형제를 맺어서 우리는 이모님 네라고 부르면서 대소사를 형제보다 낫게 챙길 정도입니다. 혁준이 동생들과 제수씨들도 마찬가지고 이모님 한 분만 살아계

신데 저도 친어머니처럼 모시지는 못하지만 마음은 늘 생각합니다. 어
릴 적 배고픈 시절에 이모님은 결코 넉넉지 않은 형편에도 아들 친구인
저를 배불리 먹여 주셨죠. 지금도 항상 감사하게 생각하고 있습니다.

11. 가장 힘들게 등반했던 산은 어디인가요?

힘든 것은 어느 등반이나 마찬가지라고 생각합니다. 그래도 체력적으로
가장 힘들었던 것은 에베레스트 등반이었습니다. 등반 거리가 워낙 길
기 때문이지요. 반면에 재미있고 행복하고 기억에 남는 등반은 매킨리
등정이라고 생각합니다. 여유를 가지고 자기 체력과 스타일에 맞게 업
다운을 반복하면서 마지막 알파인 스타일로 등정하는 과정이 아주 멋지
고 재미있었지요. 매킨리는 등반 환경이 저와 잘 맞는 것 같았습니다.

12. 대륙별 최고봉의 특징이나 느낌을 간단하게 설명해 주신다면?

유럽의 엘부르즈는 고산이기는 하지만 등반 루트가 편해서 누구나 한
번쯤은 가 볼 만한 산입니다. 북미의 최고봉 매킨리는 깨끗한 등반의
표상이지요. 너무너무 청청하고 투명하고 산뜻한 등반입니다. 아프리
카의 킬리만자로는 사화산의 모래 지대를 하루에 거의 일천 미터 씩 올
라가야 하는 루트라서 쉽게 생각해서는 안 됩니다.
오세아니아의 최고봉인 호주의 코지어스코봉은 우리나라 설악산 등산

정도의 난이도도 안 되는 것 같습니다. 스키를 타는 분들이 정상까지 스키를 타고 다니니까 말입니다. 남미의 최고봉 아콩카과는 고소 적응을 잘하고 시즌을 잘 맞추면 큰 어려움은 없습니다. 바람은 좀 많은 편이지만요.

에베레스트는 요즈음 상업 등반대가 아이스폴 지대에 사다리를 모두 깔아 놓아서 고소 적응과 장기 등반에 대한 체력 안배와 유지가 관건인 것 같아요. 고소 적응은 많은 횟수로 업다운 등반을 하는 것이 좋습니다.

13. 가장 오르고 싶었던 산과 가장 좋아하는 산은 어디인가?

산악인이라면 누구나 지구의 꼭짓점을 확인하고 싶을 겁니다. 또 에베레스트의 환상을 살아있을 때 보는 것이 산악인의 꿈이지 않을까요? 만약 저에게 경제적인 여유가 있다면 나이와 상관없이 14좌 등반을 시작할 것입니다.

제가 제일 좋아하는 산은 대한민국의 설악산입니다. 설악가의 구절을 생각하면 머리가 쨍해지고 눈동자가 붉어집니다. 외국의 산 중에는 매킨리의 설원이 적막 속에서도 행복했기 때문에 기억에 남습니다.

14. 남은 인생을 산에서 산다면 어느 산에서 살고 싶은가요?

식구들과 아무 걱정 없이 살 수 있다면 설악산의 어느 품으로 달려가겠지요. 하지만 역시 나의 동반자인 아내의 말을 들어 봐야죠. 남극 원정에서 돌아오면 아내에게 충성을 다 바치기로 했으니까요(웃음).

15. 가장 존경하는 등반가가 있다면 누구이며 그 이유는 무엇인가요?

이탈리아 사람 라인홀트 매스너입니다. 어느 날 그 사람이 쓴 책을 보았는데 고독을 즐기고 자연에 적응하는 그의 모습이 제 생각과 맞는 것 같았어요. 물론 등반 방식에서는 차이는 있지만 그의 책을 보고 은연중 나의 등반 프로그램이 짜여졌는지도 모릅니다. 저는 나름대로 "극지법이냐, 알파인 방식의 등반이냐"를 구분하고 고집하고 싶지는 않아요. 등반은 어디까지나 나의 체력과 실력에 맞추어 하는 것이니까 말입니다.
암벽 등반도 마찬가지입니다 "이 방식, 이 루트가 아니면 안 된다"는 식보다는 자연에 잘 적응하고 나를 행복하게 만들 줄 알면 되는 것이지요. 매스너가 깨끗한 성정을 갖고 있으며 등반 실력도 뛰어나면서도 훌륭한 산악인의 자세를 가졌기 때문에 그를 좋아하는 것입니다.

16. 미진한 마음이 남아 다시 도전하고 싶은 산이 있다면 어느 산인가요?

2008년 7월경으로 기억됩니다만, 티베트에 치즈봉이라는 산이 있습니다. 인천대학에 있는 후배들이 같이 가자고 해서 10여 명이 등반했는

나의 꿈은 아직 끝나지 않았다

데 처음으로 해외 원정 고산 등반에서 실패를 했습니다. 시즌을 잘못 잡은 것 같고 휴가에 맞추다 보니까 일정이 너무 짧았고 많은 대원이 고소증세로 실력 발휘를 못했습니다. 언제가 될지는 모르지만 아내가 윤허해 준다면 다시 한 번 도전해 보고 싶습니다.

17. 세계의 꼭짓점에 모두 발자국을 남겼는데 지금 감회는 어떤가요?

2009년을 기준으로 전 세계의 3,163명이 지구의 꼭짓점을 보았다고 한답니다. 저는 그 많은 분들 중 한 명에 지나지 않지요. 첫날밤의 순간보다 조금 좋았다고 할까요? 등정에 성공할 때마다 아무런 상념 없이 무아지경에 빠지고는 했습니다. 그냥 마음이 평온하고 조용했어요. 다른 외국 대원들을 보면 그들도 조용히 사진만 찍고 돌아서죠. 좋아서 고함을 치고 날뛰고 울고 하는 이를 거의 못 보았으니까요. 지금도 저의 마음은 그냥 담담할 뿐입니다.

18. 등산 외의 장기나 취미가 있다면?

사실 크게 내놓을 만한 장기나 취미는 없는 편입니다. 초등학교 4학년 때부터 스케이트를 탔고 꾸준히 운동을 했으니 운동이 취미인 셈이죠. 평소에는 암벽 등반과 빙벽 등반 그리고 마라톤을 꾸준히 합니다. 아무 음식이나 맛있게 잘 먹는 편이고 독서와 바둑도 가끔 즐기는 편입니다.

19. 만약에 산이 없었다면 무엇에 마음을 주고 살았을 것 같은가요?

글쎄요. 산이 없더라도 자연은 남아 있지 않았을까요? 그 속에서 놀았겠지요. 젊은 시절 한때 탤런트 시험을 보러 간 적이 있었는데 배우가됐을지도 모르겠네요(웃음).

20. 산에 오르면서 주로 관찰하고 살펴보는 것은 무엇인가?

언제부터인가 등산을 가게 된다면 그 대상이 되는 산에 대해서 사전 등반 준비, 등반 전, 등반으로 나누어 생각하고 또 등반 후에는 등반 보고와 등반 평가를 하게 됩니다. 등반을 시작하기 전에는 루트를 면밀하게 확인하고 산의 형세를 읽은 다음 안전을 확보한 상태에서 생명들이 피고 자라는 과정을 살펴보게 됩니다.

21. 최고봉 등반을 하게 된 동기나 이유는 무엇인가요?

우연히 월간지를 정기 구독하면서 대만 옥산을 알게 되어 직접 가 보니 더 높은 곳을 향하여 코타키나발루를 간다고 해서 가게 되었고 라인홀트 매스너의 등반기를 읽고 나서는 "나도 할 수 있을까?" 하는 생각이 들었습니다. 그러다가 엘부르즈 원정을 가게 되었고 하나씩 오르다 보니 어느새 일곱 개의 최고봉을 오르게 된 것 같습니다.

나의 꿈은 아직 끝나지 않았다

22. 자신의 성격은 어떤 편인가요?

원래는 내성적이었는데 등산을 다니면서 외향적으로 변한 것 같습니다.

23. 향후 계획이 있다면?

올해 한국산악회에서 요세미티 등반을 가게 됩니다. 여건이 된다면 참
가하고 싶습니다. 그리고 앞으로는 원정을 자제하면서 가족들을 위해
서 열심히 일하고 싶습니다. 열심히 일하고 여유가 생긴다면 자동차를
가지고 아내와 세계 일주를 하고 싶습니다.

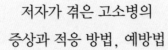

저자가 겪은 고소병의
증상과 적응 방법, 예방법

1. 고소병의 증상

식욕이 떨어진다, 얼굴이 붉어진다, 눈이 충혈된다, 설사를 한다, 얼굴이 붓는다, 어지럽다, 머리가 아프다, 졸리다, 호흡 곤란, 의식을 잃는다…

2. 고소 증세의 적응 방법

㈎ 서두르지 마라

침착하게 시간을 두고 적응해야 하며 빨리 걸어서는 안 된다. 박자에 맞추어 호흡하면서 걷는다.

㈏ 어프로치를 할 때 너무 무거운 짐을 지지 마라

장거리를 한 번에 가려고 하지 말고 가볍게 여러 번 나누어서 이동해야 한다. 특히 짐은 자기 체중의 3분의 1미만을 진다.

㈐ 물을 많이 마셔라
끓인 물을 충분히 자주 섭취한다. 찬물은 많이 마시지 않는 것이 좋다.

㈑ 충분한 휴식을 취하라
수면 시간을 많이 갖도록 한다.

㈒ 모자나 장갑을 벗지 마라
몸을 따뜻하게 유지해야 하고 땀을 흘리지 않아야 한다.

㈓ 영양을 충분히 섭취하라
식사를 거르지 말고 간식을 자주 먹으며 영양 보충제를 먹는다.

㈔ 들숨과 날숨을 코로 쉬어라
코로 숨을 쉬되 너무 큰 숨을 쉬지 않는다.

㈕ 하루 고도를 너무 높이지 말라
일반적으로 하루 500m 이내, 300~600m 정도 올린다.

㈖ 대소변을 정기적으로 보아라
대소변을 정기적으로 보되 설사를 하지 않도록 노력한다.

㈰ 동작을 크게 하지 마라

움직임의 동작을 크게 하거나 큰 소리로 말하는 것은 좋지 않다.

㈎ 하산 시에는 격한 동작으로 해도 좋다

동작을 크게 하고 하산해도 좋다. 가볍게 뛰는 것도 좋다.

㈓ 충분히 훈련하라

산악 마라톤과 인터벌 훈련, 하중 훈련을 꾸준히 해야 한다. 특히 지구력을 키우기 위한 마라톤도 좋다.

나의 꿈은 아직 끝나지 않았다

에베레스트 원정
공동 장비

품목	내역	비고
1. 1캠프용 텐트	4~5인용 2동	
2. 2캠프용 텐트	4~5인용 3동(세르파용 포함)	주방용은 임대 별도
3. 3캠프용 텐트	4~5인용 2동	노스페이스
4. 4캠프용 텐트	4~5인용 2동	노스페이스
5. 예비 텐트	4~5인용 4동	노스페이스
6. 가스통(EPI) 100개	현지에서는 개당 6~7천 원이며 가져갈 수 있으면 국산품 질이 우수	
7. 베이스캠프용 DC전구, 배터리	자동차 전구가 사용하기 좋음	발전기, 어댑터는 여행사 에서 준비
8. 석유	900리터(여행사)	
9. 휘발유	800리터(여행사)	

10. BC텐트, 주방기구 일체	식기류 일체, 도마, 칼, 수저	여행사 해결
11. 산소통	30개	레귤레이터 4개
12. 압력밥솥	2개~4개	국내 구입
13. 매트리스, 롤 매트	20개	현지 구입
14. 눈삽	4개	현지 구입
15. 버너, 코펠	버너 4개, 코펠 4조	
16. 타프린 천막	10-10	현지 구입
17. PP끈, 물통	100미터, 2개	현지 구입
18. 철사, 전기테이프	약간씩	
20. 잡주머니, 매직 약간	100개	국내 구입
21. 태극기, 연맹기, 협찬 사기		
22. 카고 백, 자물쇠	100리터, 각 20개	
23. 롱로즈, 니퍼, 몽키 스패너, 줄		국내 구입
24. 가스등, 심지	2개	국내 구입
25. 표식기, 포장용 테이프		국내 구입
26. 수세미, 키친타월, 실, 바늘	각 10개	철수세미 5개, 국내 구입
27. 고무장갑	20개	국내 구입
28. 노트북, 필기구, 카메라, 잡끈		국내 구입
29. 스노바(Snow Bar)	50개	현지 구입
30. 접의자	30개	국내 구입

나의 꿈은 아직 끝나지 않았다

31. 접착제, 본드	30개	국내 구입
32. 휴지 및 실장갑, 물티슈	실장갑 200개	국내 구입
33. 비닐 및 슬링	20미터, 30미터	국내 구입
34. 온도계, 손톱깎이, 바람막이	4개	국내 구입
35. 버너 수선 기구	1셋트	
36. 카메라 필름	다량	국내 구입
37. 디지털카메라	개인당 1대	
38. 건전지	다량	국내 구입
39. 장기, 바둑		국내 구입
40. 상비약		국내 구입
41. 보온병(BC용)	4개	국내 구입
42. 양초, 프라이팬		국내 구입
43. 비디오카메라		
45. 자일(9미리)	3동	100미터
기타(캠프별 소요 장비)		
캠프1(C1)	텐트 2동, 개인 장비 일체, 버너, 누룽지, 라면, 비상식량, 비상식(셰르파 용 포함)	
캠프2(C2)	텐트 3동(주방용 별도), 버너(석유), 주방 세트, 각종 식량(사실상 전진 캠프), 개인 장비 일체	

캠프3(C3)	텐트 2동(4~5인용), 코펠 1조, 알파미 3개, 라면, 누룽지, 소금, 간식, 비상식 약간, 그라운드시트, 매트리스, 침낭, 보온병, 개인 장비 일체, 눈삽	
캠프4(C4)	텐트 2동(4~5인용), 휘발유, (가스버너 겸용), 코펠 1조, 알파미 1인당 3개, 그라운드시트 2개, 눈삽, 자일(9㎜) 2동(픽스용), 침낭, 보온병, 개인 장비 일체, 침낭, 파워젤, 간식, 비상식, 산소통 1인당 2개	

나의 꿈은 아직 끝나지 않았다